郑振铎 中国俗文学史(下)

吉林人民出版社

第九章　元代的散曲

一

散曲是流行于元代以来的民间歌曲的总称。唐、宋词原来也是民间的歌曲，惟到了五代及北宋，已成了贵族的乐歌，到了南宋，已是僵化了的东西。于是散曲起而代之，大流行于元代；还是活泼泼的民间之物。

到了明代中叶以后，散曲才成了僵化的东西。但还不断的有新的俚曲加入其中，使之空气常是新鲜不腐。在清代也是如此。

散曲是"清唱"的；故亦名"清曲"。（张旭初《吴骚合编》凡例："《南词韵选》及《遴奇》、《振雅》诸俗刻所载清曲，大略雷同"。）所谓"清曲"，是对"戏曲"而言的。戏曲包括动作、歌唱、说白三者；清曲则无动作及道白，只是歌唱而已；故被称为清唱。唱时，只用弦索、笙笛、鼓板等，不用锣鼓。魏良辅《曲律》云："清唱俗语谓之冷板凳，不比戏场借锣鼓之势。全要闲雅整肃，清俊温润。"

散曲可分为套数及小令二类。杨朝英《阳春白雪》卷首所载"燕南芝庵先生撰"《唱论》，有云："成文章曰乐府；有尾声名套数；时行小令唤叶儿。"所谓"成文章"的乐府，大约泛指成篇的散曲或剧曲而言。

套数亦有无"尾声"者；唯以具有尾声为原则。最简单的套数，仅一首一尾（北曲），或仅以引曲，一过曲，一尾声（南曲）组成之。但大多数的套数，总以属于同宫调的"曲调"五八个以上组成之，和宋大曲的组成法有些相同。

元末，有所谓南北合套的东西出现，即一篇散曲，是以南曲调及北曲调混合组成者。

小令通常以一首为一篇，若唐、宋词调的惯例。惟有所谓"重头"者，往往以二首以上之小令，咏述一事或同一情调的东西，有时多至百首（像明人王九思、李开先咏《傍妆台》各一百首）。

二

论述元代散曲，因了这十多年来新资料层见叠出的原故，尚不甚感困难。元剧的文章，最好的恰可达到深浅浓淡、无所不宜的"火候"；也便是达到雅俗共赏的程度。元代的散曲也是如此。他们绝对不是粗鄙恶俗的俚曲，他们不是出于未经文学修养者的手笔。他们里有极多乃是最好的抒情诗人们的杰作。他们乃是经过琢磨的美玉，乃是经过披拣的黄金。其中有一部分，也许不怎么谐俗，不怎么上乘，可是，大多数却都是深入民间的，仿佛有些像宋人所谓"有井水饮处，无不歌柳词"般的情形。当词调一出现的时候，立刻便来了一个温庭筠、韦庄、冯延己和南唐二主的大时代。同样的，散曲一出现的时候，立刻也便来了一个关汉卿、马致远、张少山、乔梦符们的大时代。

从前论述元代散曲的，只知道张小山、乔梦符（《四库全书》只著录《张小山小令》）二家；最多，也只知道关、马、郑、白（以他们的剧曲为更有名）而已。但现在，我们的眼界广大得多了；我们所知道的散曲作家们也更多了。

本章于论述重要的作家们之外，并及无名诗人们的散曲；其中，有些是当时的俚曲，我们应该特别的加以注意。

散曲不完全是抒情诗篇，其中也尽有很多的叙事歌曲。我们于《燕子赋》一类的幽默诗之后，久不见有这一类的东西出现了。但在这个时候，我们在散曲里仍可得到不少的最好的讽刺的或幽默的诗篇，像马致远的《借马》、睢景臣的《高祖还乡》等，都是令人忍俊不禁的绝妙好辞，这是唐诗宋词里所罕见的一种珍奇。

三

元代散曲的作家，《录鬼簿》记载得最有次第。钟嗣成把写散曲者和写剧曲者分开。写散曲的"前辈名公"自董解元（钟云："金章宗时人，以其创始，故列诸首云。"）以后，有：

（一）太保刘公梦正　　（二）张子益平章　　（三）商政叔学士

（四）杜善甫散人　　（五）王和卿学士　　（六）阎仲章学士

（七）盍士常学士　　（八）胡紫山宣尉　　（九）卢疏斋宪使

（一〇）姚牧庵参军　　（一一）史中书丞相天泽　　（一二）徐子芳宪使

（一三）不忽木平章　　（一四）杨西庵参军　　（一五）张九元师弘范

（一六）荆干臣参军　　（一七）陈草庵中丞　　（一八）马彦良孝事

（一九）刘中庵　　（二〇）阚彦举　　（二一）赵子昂承

承旨 学士 旨

（二二）滕玉霄 （二三）白无咎 （二四）邓玉宾同
应奉 学士 知

（二五）冯海粟 （二六）暂克明 （二七）张梦符宪
学士 尚书 使

（二八）曹光辅 （二九）贯酸斋 （三〇）张云庄参
学士（名元用） 学士 议

（三一）奥殷周 （三二）赵伯宁 （三三）郝新庵左
侍御 中丞 丞

（三四）刘时中 （三五）李沈之 （三六）萨天锡照
待制 学士 磨

（三七）曹子贞 （三八）马昂夫 （三九）班恕斋知
学士 总管 县

（四〇）王元鼎 （四一）马守芳 （四二）刘士常省
学士 府判 掾

（四三）虞伯生 （四五）元遗山
学士 好问

连董解元，他所记载的凡四十五人。他说，"右前辈公卿大夫居要路者，皆高才重名，亦于乐府用心。盖文章政事，一代曲型，乃平昔之所学，而舞曲辞章，由乎味顺积中，英华自然发外者也。自有乐章以来，得其名者止于如此。盖风流蕴借，自天性中来。若夫村朴鄙陋固不足道也。"这里所举的都是名公巨卿。兼写剧曲的关汉卿、马致远诸散曲作家，钟氏却不举出了。

钟氏的《录鬼簿》自序，署至顺元年（公元1330年）。邾经题《录鬼簿蟾宫曲》则署至正庚子（公元1360年），那时，钟氏已经死了。钟氏著作《录鬼簿》时代的年龄，最少是30岁。则他所不及见的"前辈公卿大夫"，总是公元1300年以前的人物。我们把这四十多个作家，放在公元1201年到1300年的一百年间，当不会有什么大错的。这构成元代散曲的第一期。

在钟氏所举的"方今才人相知者"里，曾写作散曲的，有以下的许多人：

（一）范冰壶（名居中）　（二）施君承（承一作美）　（三）黄德泽（名天泽）

（四）沈珙之　（五）赵君卿（名臣弼）　（六）陈彦实（名无妄）

（七）康弘道（名毅）　（八）睢舜臣（字嘉贤）（舜一作景）　（九）吴中立（名本）

（一〇）周仲彬（名文质）　（一一）宫大用（名天挺）　（一二）郑德辉（名光祖）

（一三）金志甫（名仁杰）　（一四）曾瑞卿　（一五）沈和甫

（一六）吴仁卿（名弘道）　（一七）刘宣子（字昭叔）　（一八）秦简夫

（一九）乔梦符（名吉一）　（二〇）赵文宝（名善庆）　（二一）王仲元

（二二）张小山（名可久）　（二三）钱子云（名霖）　（二四）黄子允（名公望）

（二五）徐德可（名再思）　（二六）顾君泽（名德润）　（二七）曹明善（名德）

（二八）汪勉之	（二九）高敬臣	（三〇）王守中
	（名九儿）	（名位）
（三一）萧德祥	（三二）陆仲良	（三三）朱士凯
（名天瑞）	（名登善）	
（三四）王日新	（三五）吴纯卿	（三六）李齐贤
（名晔）	（名朴）	
（三七）王思顺	（三八）苏彦父	（三九）屈英夫
（四〇）李用之	（四一）顾廷玉	（四二）俞姚夫
（四三）张以仁	（四四）高可道	（四五）董君瑞
（四六）高安道	（四七）李邦杰	

以上四十七人都是钟嗣成同时代的作家，有相知的，也有不相知的；这便是元代散曲的第二期了。——从公元1301年到公元1360年。

在这第二期里，钟嗣成他自己也是一位重要的作家。而编辑《阳春白雪》、《太平乐府》的杨朝英和著作《中原音韵》的周德清，也都是不凡的诗人。

杨朝英的《太平乐府》编于至正辛卯（十一年，即公元1351年），《阳春白雪》的编成，其时代当也相差不远。杨氏在这二书的卷首（《阳春白雪》残本卷首有"古今姓氏"），都有"姓氏"。这些作家们和钟氏所载的诸家，有一大部分是相同的；其时代，当然也是相同的。

"太平乐府姓氏"所载凡八十五人。杨氏云："已上八十五人外，又有不知名氏者所作；具见集中。比它编有名无曲者不同。"（《录鬼簿》所载的作家凡九十三人，其中二书姓氏相同者，不别作符记。）

| 白无咎 | 关汉卿 | 商政叔 |
| 马致远 | 卢疏斋 | 马东篱 |

元遗山	马谦斋	王和卿
姚牧庵	白仁甫	吕止庵
贯酸斋	马九皋	张云庄
杨西庵	冯海粟	吕济民
周德清	张小山	邓玉宾
乔梦符	查德卿	吴西逸
徐甜斋	孙周卿	武林隐
王元鼎	阿里耀卿	西瑛
卫立中	李伯瞻	赵显宋
刘逋斋	景元启	唐毅夫
高栻	李爱山	宋方壶
王爱山	吴仁卿	刘时中
杜善夫	赵天锡	朱庭玉
盍西村	李伯瑜	顾君泽
胡紫山	仇州判	王伯成
李德载	吴克斋	王敬甫
鲁瑞卿	程景初	钟继先
赵彦辉	杜遵礼	孙季昌
赵明道	郑德辉	秦竹村
周仲彬	李致远	童童学士
沙正卿	王仲诚	李邦基
王仲元	庾吉甫	睢景臣
鲁褐夫	孛罗御史	吕大用
陆仲良	任则明	姚守中
杨澹斋	杨立斋	侯正卿
高安道	董君瑞	行院王氏

珠帘秀歌者

残元本《阳春白雪》卷首的"古今姓氏",除古代的苏东坡、晏叔原、辛稼轩、司马想、柳耆卿、邓千江、吴彦高、朱淑真、蔡伯坚、张子野等十人外,其余的六十人,都是元人:

王修甫	白无咎	彭寿之
张子益	京干臣	石子章
阎仲章	蒲察善长	王嘉甫
元遗山	王和卿	鲜于伯机
吕元礼	刘太保	商政叔
徐子芳	芝 庵	卢疏斋
胡紫山	姚牧庵	贯酸斋
刘逋斋	崔 彧	李秋谷
奥敦周卿	严忠济	庾吉甫
马九皋	阿鲁威	阿里耀卿
史知州	马谦斋	仇州判
冯海粟	吴克斋	张子友
盍志学	侯正卿	吴正卿
关汉卿	白仁甫	马致远
王伯成	左敬之	郑德辉
郑廷玉	杜善夫	亢文苑
张小山	吕止庵	赵文一
高文秀	李茂之	纪君祥
杨君择	冀子奇	孙叔顺
王仲诚	不忽麻平章	李邦基

高安道	董君瑞	陈子厚
赵明道	景元启	李寿卿
刘时中	杨澹斋	

其作品见于《阳春白雪》及《残本阳春白雪》中而姓氏未见于上表者尚有：

商左山	吕止轩	吕侍中	吴仁卿	徐容斋
杨西庵	赵天锡	薛昂夫		

等八人。但疑吕止轩、吕侍中和表中的吕止庵是一人。

在永乐二十年（公元1422年）贾仲明编的《续录鬼簿》里，记载着不少的元末明初的散曲作家。其中有一部分，像钟嗣成、周德清、刘廷信、兰楚芳等都是元人。这些作家们，——从公元1361年到1422年——我们也在这里顺便的述及了。这可算是元代散曲的第三期。

贾氏所记载的作家们，有：

钟继先（名嗣成）	罗贯中	汪元亨（原作"享"误）
谷子敬	丁野夫	郏仲谊（名经）
陆进之	李时英	须子寿
金文质	汤舜民	杨景贤（名暹，后改名讷）
李唐宾	陈伯将	张鸣善
高茂卿	刘君锡	陶国瑛
唐以初（名复）	夏伯和	周德清
刘廷信	兰楚芳	金子仁
詹时雨	刘士昌	花士良

宣庸甫	金元素	金文石
金尧臣	盛从周	刘元臣
龚敬臣	龚国器	赵元臣
臧彦洪	庄文昭（名麟）	王文新
张伯刚	王景榆	陈敬斋
月景辉	赛景初	沐仲旸
虎伯恭	魏士贤	王彦仲
徐景祥	丁仲明	沈士廉
俞行之	贾伯坚（名固）	倪瓒
孙行简	徐孟曾	杨彦华
郏启文	刘东生	贾仲明

在这些作家们里，大多数是写散曲的。可惜，其作品存在于今的，实在太少了。故讲述这第三期的作家的时候，颇有些文献无征之感。

杨铁崖（维桢）尝为周月湖、沈子厚二人的"今乐府"作序；但周沈二人之作，今也不可得见。在《乐府群玉》、《乐府新声》、《词林摘艳》、《雍熙乐府》、《太和正音谱》、《北宫词纪》、《北词广正谱》诸书里，尚可发见有若干作家。其中，像：

　　陈德和　　张子坚　　丘士元　　张彦文　　柴野愚

诸人，比较的可以注意。

四

在第一期的作家里，关汉卿无疑的占着一个极重要的地位。《录鬼簿》未言其写作散曲，但他在散曲上的成就，和他在戏曲上的成就是不相上下的。他写作杂剧至六十余本；就今所存的十余本者来看，几乎没有一本是不好的。他的散曲，从《阳春白雪》、《太平乐府》、《词林摘艳》、《尧山堂外纪》诸书所载的搜辑起来，也可成薄薄的一册，在这薄薄的一册里，也几乎没有一句不是温莹的珠玉。《太和正音谱》称他为"可上可下之才"，实是不可信的批评。

关汉卿的生平，若明若昧。《录鬼簿》云："大都人，太医院尹，号已斋叟。"《尧山堂外纪》则增饰之云："金末为太医院尹，金亡不仕。好谈妖鬼。所著有《鬼董》。"按《鬼董》今存。（《涵芬楼秘笈》本）是否为关氏所著，不可知。"金亡不仕"语，疑为后人的附会。王和卿为元学士。他和和卿是很好的朋友；往来得很密切。当时，他一定是住在大都的，且也必定还做着"太医院尹"一类的官。他有咏《杭州景》（南吕一枝花）的一篇套曲，中有"大元朝新附国，亡宋家旧华夷"语。在南宋亡后（元兵在公元1276年入临安），他必定到过杭州。故他的杂剧亦有题为"古杭新刊"的。如果他是金的遗民，且在金时已为太医院尹，则在金亡的时候（公元1234年），他至少已是一位30岁以上的人了。那末，到了宋亡的时候，他至少已有70多岁了。我很怀疑，他做太医院尹是元代的事。他也许像白仁甫一样，在童年的时候看见蒙古兵的灭金。但他不会是"金亡不仕"。在金时，恐怕他根本不曾出仕过。《录鬼簿》记载董解元，特别提出"金章宗时人"等话。但记着关汉卿的事时，却没有一字涉及"金"。其非仕金可知。

在杂剧里，我们一点看不出关氏的生平和他的自己的情绪来。他的全副力气是用在刻划他所创造的人物的身形、行动和思想、情绪上去了。但在散曲里，我们却可看出一位深情缱绻的人物。他也许和柳耆卿是同流，终生沉酣在歌妓间的。他为他们写下许多的杂剧，也为他们写下许多的散曲。他有一篇《不伏老》（南吕一枝花），恐怕便是他的自供吧：

〔南吕一枝花〕攀出墙朵朵花,折临路枝枝柳。花攀红蕊嫩,柳折翠条柔。浪子风流,凭着我折柳攀花手,直煞得花残柳败休。半生来弄柳拈花,一世里眠花卧柳。

〔梁州第七〕我是个普天下郎君领袖,盖世界浪子班头,愿朱颜不改常依旧。花中消遣,酒内忘忧。分茶攧竹,打马藏阄。通五音六律滑熟,甚闲愁到我心头!伴的是银筝女银台前理银筝笑倚银屏,伴的是玉天仙携玉手并玉肩同登玉楼,伴的是金钗客歌金缕捧金樽满泛金瓯。你道我老也暂休。占排场风月功名首,更玲珑,又剔透。锦阵花营都帅头,四海遨游。

隔　尾

子弟每是个茅草冈沙土窝初生的兔羔儿乍向围场上走,我是个经笼罩受索网苍翎毛老野鸡踏踏得阵马儿熟。经了些窝弓冷箭蜡枪头,不曾落人后。恰不道人到中年万事休,我怎肯虚度了春秋!

黄钟煞

我却是蒸不烂煮不熟捶不匾炒不爆响当当一粒铜豌豆,恁子弟谁教钻入他锄不断斫不下解不开顿不脱慢腾腾千层锦套头。我玩的是梁园月,饮的是东京酒,赏的是洛阳花,扳的是章台柳。我也会吟诗,会篆籀,会弹丝,会品竹,我也会唱鹧鸪,舞垂手,会打围,会蹴踘,会围棋,会双陆。你便是落了我牙,歪了我口,瘸了我腿,折了我手,天与我这几般儿歹症候,尚兀自不肯休！只除是阎王亲令唤，神鬼自来勾，三魂归地府，七魄丧冥幽，那其间才不向烟花路儿上走。

写得多末有风趣！他的许多小令，写闺情，写别怨，写小儿女的意态，写无可奈何的叹息，写称心快意的满足的，几乎没有一首不好，不入木三分，比柳词还要谐俗，却也比柳词还要深刻活泼；比山谷词还要艳荡，却也比山谷词还要令人沉醉，同时却又那样的温柔敦厚，一点也不显出粗鄙恶俗。

沉醉东风

咫尺的天南地北，霎时间月缺花飞！手执着饯行杯，眼阁着别离泪。刚道得声保重将息，痛煞煞教人舍不得。好去者望前程万里！

忔则忔鸾孤凤单，愁则愁月缺花残。为则为俏冤家，害则害谁曾惯！瘦则瘦不似今番，恨则恨孤帏绣衾寒，怕则怕黄昏到晚！伴夜月银筝凤闲，暖东风绣被常悭。信沉了鱼，书绝了雁，盼雕鞍万水千山。本利对相思若不还，则告与那能索债愁眉泪眼。

碧玉箫

盼断归期，划损短金篦。一捻腰围，宽褪素罗衣。知他是甚病疾，好教人没理会。拣口儿食，陡恁的无滋味。医，越恁的难调理！帘外风筛，凉月满闲阶。烛灭银台，宝鼎串烟埋。醉魂儿难挣挫，精采儿强打挨。那里每来，你取闲论诗才。台，定当的人来赛。

《题情》的《一半儿》四首,没有一首不是俊语连翩、艳情飞荡的:

一半儿

云鬟雾鬓胜堆雅,浅露金莲簌绛纱,不比等闲墙外花。骂你个俏冤家,一半儿难当一半儿耍。

碧纱窗外静无人,跪在床前忙要亲。骂了个负心回转身。虽是我话儿嗔。一半儿推辞一半儿肯。

银台灯灭篆烟残,独入罗帏淹泪眼。乍孤眠好教人情兴懒!薄设设被儿单,一半儿温和一半儿寒。

多情多绪小冤家,拖逗得人来憔悴煞。说来的话先瞒过咱!怎知他,一半儿真实一半儿假!

《楚台云雨会巫峡》套(《双调新水令》),写得是那末荡魄惊魂。"颤钦钦把不住心头怕,不敢将小名呼咱,只索等候他。"那情景是如何的紧张。《玉骢丝鞚锦鞍鞯》套(双调示换头新水令)写忆别的情怀,写重会时的喜欢和误解,都是达到很不容易达到的深刻的描写的程度:

〔一锭银〕心友每相邀列著管弦,却只待劝解动凄然!十分酒十分悲怨,却不道怎生般消遣!

〔阿那忽〕酒劝到根前,只办的推延。桃花去年人面,偏怎生冷落了今年?

〔不拜门〕酒入愁肠闷怎生言!疏行潇潇西风战。如年,如年似长夜天,正是恰黄昏庭院。

这是写"忆"。但当那男人有了一个机会,"忙加玉鞭,急催骏骁",飞到"那佳人家门前"时:

〔喜人心〕人丛里遥见,半遮着罗扇。可喜的风流业冤,两叶眉儿未展。百般的陪告,一剗的求和,只管里熬煎。他越将个庞儿变,咱百般的难分辨。

好容易方才去了她的疑心,和她和好。"天若肯为人,为人是今生愿,尽老同眠也者,也强如雁底关河路儿远"。

他的《白鹤子》:"鸟啼花影里,人立粉墙头。春意雨丝牵,秋水双波溜。"是如何漂亮的一首抒情小诗!

他也写些"闲适"的小曲,那却并无什么出色之处,像《四块玉》:(题作《闲适》,凡四首。)

适意行,安心坐。渴时饮,饥时餐,醉时歌;困来时就向莎茵卧。日月长,天地阔,闲快活。

旧酒没,新醅泼。老瓦盆边笑呵呵,共山僧野叟闲吟和。他出二对鸡,我出一个鹅,闲快活。

意马□,心猿锁,跳出红尘恶风波,槐阴午梦谁惊破!离了利名场,攒入安乐窝,闲快活。

商亩耕,东山卧,世态人情经历多。闲将往事思量过,贤的是他,愚的是我,争甚么!

又像《碧玉箫》的一首:

秋景堪题，红叶满山溪。松径偏宜，黄菊绕东篱。正清樽斟泼醅，有白衣劝酒杯。官品极，到底成何济！归，学取他渊明醉！

盖为题材所限，很不容易有惊人之作。

汉卿的朋友王和卿，也是一位风流人物，一生追逐于歌妓之后的。他也是大都人，《录鬼簿》称他为"学士"。《尧山堂外纪》（卷六十八）云："关汉卿同时。和卿数讥谑关。关虽极意还答，终不能胜。"和卿所咏，多半杂以谐谑，无多大的深刻的情绪，像咏蝶的《醉中天》，"咏秃"的《天净纱》，咏"王妓浴房中被打"的《拨不断》（"你本待洗腌臜，倒惹得不干净"）都过于滑稽挑达，没有大作家的风度。惟《题情》的《一半儿》：

鸦翎般水鬓似刀裁，小颗颗芙蓉花额儿穿，待不梳妆怕娘左猜。不免插金钗，一半儿鬅松一半儿歪。

较好；但比之关氏的《一半儿》却差得很远。

王实甫也和关氏同时。他的不朽的《西厢记杂剧》，相传其第五本是关氏所续。他的散曲流传得最少，却没有一首不好。《别情》的《尧民歌》云：

自别后遥山隐隐，更那堪远水粼粼！见杨柳飞绵衮衮，对桃花醉脸醺醺。透内阁香风阵阵，掩重门暮雨纷纷。

怕黄昏不觉又黄昏，不销魂怎地不销魂！新啼痕压旧啼痕，断肠人忆断肠人。今春香肌瘦几分？搂带宽三寸。

其俊语何减《西厢》！又《春睡山坡羊》写的是那末有风趣！

> 云松螺髻，香温鸳被，掩春闺一觉伤春睡。柳花飞小琼姬，一片声雪下呈祥瑞。把团圆梦儿生唤起，谁不做美？呸！却是你！

五

白仁甫名朴（后改字太素），号兰谷先生，真定人，文举（名华）之子。赠嘉议大夫太常卿。他是金之遗民。八岁时，金亡。他父亲和元好问是好友。好问遂挈他北渡。他因为自己是亡国之民，举目有山川之异，恒郁郁不乐。放流形骸，期于适意。恐怕多少是受有遗山的影响。中统初，有欲荐之于朝的，他再三逊谢，不就。有《天籁集》。他写杂剧十余本，《秋夜梧桐雨》尤盛传于世。他的《庆东原》小令道：

> 黄金缕，碧玉箫，温柔乡里寻常到。青春过了，朱颜渐老，白发凋骚。只待强簪花，又恐傍人笑。

大约是他的自况吧。他的《寄生草》（《劝饮》）和《沉醉东风》（《渔父词》）：

寄 生 草　劝饮

> 长醉后方何碍，不醒时有甚思？糟腌两个功名字，醅渰千古兴亡事，面埋万丈虹霓志。不达时皆笑屈原非，但知音尽说陶潜是。

沉醉东风　　渔父词

　　黄芦岸白苹渡口，绿杨堤红蓼滩头。虽无刎颈交，却有忘机友。点秋江白鹭沙鸥，傲杀人间万户侯，不识字烟波钓叟。

二篇，略略可以看出他的强为旷达的情怀来。而《对景》（《双调乔木查》）一套，尤有黍离之感。在元曲里，像这样情调的作品是极罕见的：

　　〔双调乔木查〕海棠初雨歇，杨柳轻烟惹，碧草茸茸铺四野。俄然回首处，乱红堆雪。

　　〔幺篇〕恰春光也，梅子黄时节。映日榴花红似血，胡葵开满院，碎剪官缬。

　　〔挂搭沽序〕倏忽早庭梧坠，荷盖缺，陆宇砧韵切，蝉声咽，露白霜结，水冷风高，长天雁字斜，秋香次第开彻。

　　〔幺篇〕不觉的冰澌结，彤云布朔风凛冽。乱扑吟窗，谢女堪题，柳絮飞，玉砌长郊万里，粉污遥山千叠。去路赊，渔叟散，披蓑去，江上清绝。幽悄闲庭，舞榭歌楼酒力怯，人在水晶宫阙。

　　〔幺篇〕岁华如流水，消磨尽自古豪杰。盖世功名总是空，方信花开易谢，始知人生多别。忆故园，漫叹嗟！旧游池馆，翻做了狐踪兔穴。休痴休呆，蜗角蝇头，名亲共利切。富贵似花上蝶，春宵梦说。

　　〔尾声〕少年枕上欢，杯中酒好天良夜，休辜负了锦堂风月。

他的《阳春曲》(《知机》四首）大约写的是无可奈何的悲哀吧：

知荣知辱牢缄口，谁是谁非暗点头。诗书丛里且淹留。闲袖手，贫煞也风流。

今朝有酒今朝醉，且尽樽前有限杯。回头沧海又尘飞。日月疾，白发故人稀！

不因酒困因诗困，常被吟魂恼醉魂。四时风月一闲身。无用人，诗酒乐天真。

张良辞汉全身计，范蠡归湖远害机。乐山乐水总相宜。君细推，今古几人知！

他颇长于写景色。春、夏、秋、冬的四题，已被写得烂熟，但他的《天净沙》四首，却是情词俊逸，不同凡响。

天 净 沙

春
春山暖日和风，栏干楼阁帘栊，杨柳秋千院中。啼莺舞燕，小桥流水飞红。

夏
云收雨过波添，楼高水冷瓜甜，绿树阴垂画檐。纱厨藤簟，玉人罗扇轻缣。

秋
孤村落日残霞，轻烟老树寒鸦，一点飞鸿影下。青山绿水，白草红叶黄花。

冬

一声画角谯门,半亭新月黄昏,雪里山前水滨。竹篱茅舍,淡烟衰草孤村。

"孤村落日残霞"的一首,殊不下于马致远的"枯藤老树昏鸦"。

他也善作情语。《德胜令》的几首和《阳春曲》的几首都是不下于关汉卿、王实甫诸作的。

德 胜 令　三首

独自寝,难成梦。睡觉来怀儿里抱空。六幅罗裙宽褪,玉腕上钏儿松。

独自走,踏成道。空走了千遭万遭。肯不肯疾些儿通报,休直到教担搁得大明了!

红日晚,残霞在。秋水共长天一色。寒雁儿呀呀的天外,怎生不捎带个字儿来?

阳 春 曲　题情四首

轻拈斑管书心事,细摺银笺写恨词。可怜不惯害相思。只被你个肯字儿,拖逗我许多时。

从来好事天生险,自古瓜儿苦后甜。奶娘催逼紧拘钳。苗是严,越间阻越情忺。

笑将红袖遮银烛,不放才郎夜看书。相偎相抱取欢娱。止不过迭应举,及第待何如!

百忙里铰甚鞋儿样?寂寞罗帏冷串香。向前搂定可憎娘。止不过赶嫁妆,误了又何妨!

六

马致远的时代,当略后于关、王、白诸人。《录鬼簿》云:"致远大都人,号东篱。老江浙省务提举。"盖终于江南者。他的杂剧,最得明人的赞颂。故《太和正音谱》首列之("宜列群英之上"),称之为"朝阳鸣凤",赞之曰:"有振鬣长鸣,万马皆喑之意。"明人不知欣赏关汉卿而独抬高马致远,可知马氏的作品,如何的投合于文人学士的心境。他是第一个元曲作家,把自己的情思,整个的写入杂剧和散曲里的。他发牢骚,由牢骚而厌世,由厌世而故作超脱语。这是深足以打动文人们的情怀的。但离开民众却很远了。民众是不爱听那一套的酸气扑鼻的叹穷诉苦的话的。从他以后,元曲便渐渐的成了文人之所有,作为发泄文人自己的苦闷的东西,而益益的远离了民间了。但他也还有些游戏之作,颇能打动一般人的欢笑的。到了明代中叶以后,除了受俚曲影响的作家之外,便只有一味的自吹自弹,完全和民间隔离开了。

马氏的散曲,写得清俊,写得尖新,颇像苏轼评陶渊明之所说的"外枯而中膏,似淡而实美"的作风;又像以淡墨秃笔作小幅山水,虽寥寥数笔,而意境无穷。这是他的不可及处。他的最有名的《天净沙》(《秋思》):

枯藤老树昏鸦,小桥流水人家,古道西风瘦马。夕阳西下,断肠人在天涯。

便正可代表他的作风吧。其实,在他的小令里,同样清俊的东西,也还不少:

寿 阳 曲

山市晴岚
花村外,草店西,晚霞明雨收天霁。四围山一竿残照里,锦屏风又添铺翠。

远浦帆归
夕阳下,酒旆闲,两三航未曾着岸。落花水香茅舍晚,断桥头卖鱼人散。

平沙落雁
南传信,北寄书,半栖迟岸花汀树。似鸳鸯失群迷伴侣,两三行海门斜去。

烟寺晚钟
寒烟细,古寺清,近黄昏礼佛人静。顺西风降钟三四声,怎生教老僧禅定!

渔村夕照
鸣榔罢,闪暮光,绿杨堤数声渔唱。挂柴门几家闲晒网,都撮在捕鱼图上。

但他所最打动文人学士们的心的,还不是这些写景的东西,而是那些充塞了悲壮的情怀的厌世的歌声。我们看:

秋 思

〔双调夜行船〕百岁光阴一梦蝶,重回首往事堪嗟。今日春来,明朝花谢,急罚盏夜阑灯灭。

〔乔木查〕想秦宫汉阙，都做了衰草牛羊野。不恁么渔樵没话说！纵荒坟横断碑，不辨龙蛇。

〔庆宣和〕投至狐踪与兔穴，多少豪杰。鼎足虽坚半腰里折，魏耶？晋耶？

〔落梅风〕天教你富，莫太奢，不多时好天良夜。富家儿更做道你心似铁，争辜负了锦堂风月！

〔风入松〕眼前红日又西斜，疾似下坡车。不争镜里添白雪，上床与鞋履相别。休笑鸠巢计拙，葫芦提一向妆呆。

〔拨不断〕利名竭，是非绝。红尘不向门前惹，绿树偏宜屋角遮，青山正补墙头缺，更那堪竹篱茅舍！

〔离亭宴煞〕蛩吟罢一觉才宁贴，鸡鸣时万事无休歇。何年是彻！看密匝匝蚁排兵，乱纷纷蜂酿蜜，闹穰穰蝇争血。裴公绿野堂，陶令白莲社。爱秋来时那些；和露摘黄花，带霜分紫蟹，煮酒烧红叶。想人生有限杯，浑几个重阳节。人问我，顽童记者；便北海探吾来，道东篱醉了也。

这是最有名的一篇传诵不朽的东西了；但东篱的悲壮激昂的作风，赤裸裸的自叙其愤激的情怀的，还不在此而在彼。像《般涉调哨遍》"半世逢场作戏"一套，才极甚痛快淋漓的披肝沥胆的呼号着呢：

〔般涉调·哨遍〕半世逢场作戏，险些儿误了终焉计。白发劝东篱，西村最好幽栖，老正宜。芳庐竹径，药井蔬畦，自减风云气，嚼蜡光阴无味。傍观世态，静掩柴扉。虽无诸葛卧龙冈，原有严陵钓鱼矶。成趣南园，对榻青山，绕门绿水。

〔耍孩儿〕穷则穷落觉囫囵睡，消甚奴耕婢织。荷花二亩养鱼池，百泉通一道清溪。安排老子闲风月，准备闲人洗是非。乐亦在其中矣。僧来笋蕨,客至琴棋。

〔二〕青门幸有栽瓜地,谁羡封侯百里?桔槔一水韭苗肥,快活煞学圃樊迟。梨花树底三杯酒。杨柳阴中一片席,倒大来无拘系。先生家淡粥,措大家黄齑。

〔三〕有一片冻不死衣,有一口饿不死食。贫无烦恼知闲贵,譬如风浪乘舟去,争似田园拂袖归。本不爱争名利,嫌贫污耳,与鸟忘机。

〔尾〕喜天阴唤锦鸠,爱花香哨画眉。伴露荷中烟柳外风蒲内,绿头鸭黄莺儿啅七七。

同样的情怀,也拂拭不去的渗透在他的小令里:

拨不断　六首

九重天,二十年,龙楼凤阁都曾见。绿水青山任自然,旧时王谢堂前燕,再不复海棠庭院。

叹寒儒,慢读书,读书须索题桥柱。题柱虽乘驷马车,乘车谁买长门赋?且看了长安回去。

路傍碑,不知谁,春苔绿满无人祭。毕卓生前酒一杯,曹公身后坟三尺,不如醉了还醉。

布衣中,问英雄,王图霸业成何用!禾黍高低六代宫,楸梧远近千官冢,一场恶梦。

竞江山,为长安,张良放火连云栈,韩信独登拜将坛,霸王自刎乌江岸,再谁分楚汉!

子房鞋,买臣柴,屠沽乞食为僚宰,版筑躬耕有将才,古人尚自把天时待,只不如且酩子里胡挨。

庆东原　叹世三首

拔山力，举鼎威，喑呜叱咤千人废。阴陵道北，乌江岸西，休了衣锦东归。不如醉还醒醒而醉！

明月闲旌旆，秋风助鼓鼙，帐前滴尽英雄泪。楚歌四起，乌骓漫嘶。虞美人兮，不如醉还醒醒而醉。

夸才智，曹孟德，分香贾履纯狐媚。奸雄那里？平生落的，只两字征西。不如醉还醒醒而醉。

清江引　野兴八首

樵夫觉来山月低，钓叟来寻觅。你把柴斧抛，我把鱼船弃，寻取个稳便处闲坐地。

绿蓑衣紫罗袍谁是主？两件儿都无济。便作钓鱼人，也在风波里。则不如寻个稳便处闲坐地。

山禽晚来窗外啼，唤起山翁睡。恰道不如归，又叫行不得。则不如寻个稳便处闲坐地。

天之美禄谁不喜，偏只说刘伶醉。毕卓缚瓮边，李白沉江底。则不如寻个稳便处闲坐地。

楚霸王火烧了秦宫室，盖世英雄气。阴陵迷路时，船渡乌江际。则不如寻个稳便处闲坐地。

林泉隐居谁到此？有客清风至。会作山中相，不管人间事。争甚么半张名利纸！

西村日长人事少，一个新蝉噪。恰待葵花开，又早蜂儿闹。高枕上梦随蝶去了。

东篱本是风月主,晚节园林趣。一枕葫芦架,几行垂杨树,是搭儿快活闲住处。

四块玉　恬退二首

绿水边,青山侧,二顷良田一区宅,闲身跳出红尘外。紫蟹肥,黄菊开,归去来!

酒旋沽,鱼新买,满眼云山画图开,清风明月还诗债。本是个懒散人,又无甚经济才,归去来!

蟾宫曲　叹世二首

东篱半世蹉跎,竹里游亭,小宇婆娑。有个池塘,醒时鱼笛,醉后渔歌。严子陵他应笑我,孟光台我待学他。笑我如何?到大江湖,也避风波。

咸阳百二山河,两字功名,几阵干戈。项废东吴,刘兴西蜀,梦说南柯。韩信功兀的般证果,蒯通言那里是风魔?成也萧何,败也萧何,醉了由他!

像这样透彻的厌世观,是那黑暗的时代自然的产物吧。"便作钓鱼人,也在风波里",这样的退避、躲藏者,在实际上乃是彻头彻尾的一个极端的个人主义者。

而其结果,当然非变成一个极端的享乐主义者不可了:

白玉堆,黄金朵,一日无常果如何?良辰媚景休空过!琉璃钟琥珀浓,细腰舞皓齿歌,到大来闲快活!

对于世事,便也失去了是非心,争竞心,乃至一切的热忱了:

> 酒杯深,故人心,相逢且莫推辞饮,君若歌时我慢斟。屈原清死由他恁!醉和醒争甚!

这样的人生观,实在是太可怕了!却正投合了一般的文人学士们的心境。叔孙通、钱谦益一流的人物,其对于人生的观点,恐怕不会和这有什么两样的。

但马致远之所作,却也有极富风趣的谐俗之作,像《借马》的《耍孩儿》套;那虽是游戏的小文章,却刻划得那一个悭吝人的心理如此的深入显出:

借 马

〔般涉调·耍孩儿〕近来时买得匹蒲梢骑,气命儿般看承爱惜。逐宵上草料数十番,喂饲得膘息胖肥。但有些秽污却早忙刷洗,微有些辛勤便下骑。有那等无知辈,出言要借,对面难推。

〔七煞〕懒习习牵下槽,意迟迟背后随,气忿忿懒把鞍来鞴。我沉吟了半晌语不语,不晓事颓人知不知?他又不是不精细,道不得他人弓莫挽,他人马休骑!

〔六煞〕不骑啊西棚下凉处拴,骑时节拣地皮平处骑。将青青嫩草频频的喂,歇时节肚带松松放,怕坐的困尻包儿款款移。勤觑著鞍和辔,牢踏著宝镫,前口儿休提。

〔五煞〕饥时节喂些草,渴时节饮些水。著皮肤休使尘毡屈,三山骨休使鞭来打,砖瓦上休教稳著蹄。有口话你明明的记,饱时休走,饮了休驰。

〔四煞〕抛粪时教干处抛,绾尿时教净处尿。拴时节拣个牢固椿橛上系,路途上休要踏砖块,过水处不教溅起泥。这马知人义,似云长赤兔,如翼德乌骓。

〔三煞〕有汗时休去檐下拴,渲时休教侵著颏。软煮料草煎底细,上坡时款把身来耸,下坡时休教走得疾。休道人忒寒碎,休教鞭彪著马眼,休教鞭擦损毛衣。

〔二煞〕不借时恶了弟兄,不借时反了面皮。马儿行嘱咐叮咛记,鞍心马户将伊打,刷子去刀莫作疑。只叹的一声长吁气,哀哀怨怨,切切悲悲。

〔一煞〕早辰间借与他,日平西盼望你,倚门专等来家内。柔肠寸寸因他断,侧耳频频听你嘶。道一声好去,早两泪双垂。

〔尾〕没道理,没道理!忒下的,忒下的!恰才说来的话君专记,一口气不违借与了你。

这是马致远的真正的崇高的成就。诙谐之极的局面,而出之以严肃不拘的笔墨,这乃是最高的喜剧;正和最伟大的哲人以诙谐的口吻在讲学似的;他的态度足够严肃的,但听的人怡然的笑了。流行的昆剧里,有一出《借靴》(时剧),显然是脱胎于马氏这一篇《借马》,却点金成铁,变成了恶俗不堪入耳目的东西了。

他也写些极漂亮的情词。凡是散曲的能手,写情词差不多都可脱口成章,且无不是俊逸异常,而又妇孺能解,谐俗之极,而又令雅士沉吟不舍的。这是新鲜的,永远不会老的东西。《诗》里的郑、卫、齐、陈诸风,六朝的《子夜》、《读曲歌》,明末的《挂枝儿》都是同一个阶段,同一类的东西吧。——是最好的诗人和民歌初次接触到而受到其影响来试试身手的一个时期的东西——是以绝代的天才来尝试那新发现的民间诗体的一个时期的东西。文士走入民间,打破了与雅俗的界限,便写成了雅俗共赏的东西了。关、马二人的情词便是如此过程里的作品。

马氏的《寿阳曲》,写情的十余首,绝妙好辞很不少,可作为他的情词的代表:

> 云笼月,风弄铁,两般儿助人凄切。剔银灯欲将心事写,长吁气一声吹灭。
>
> 磨龙墨,染兔毫,倩花笺欲传音耗。真写到半张却带草,叙寒温不知个颠倒。
>
> 从别后,音信绝,薄情种害杀人也!逢一个见一个因话说,不信你耳轮儿头热。
>
> 从别后,音信杳,梦儿里也曾来到。问人知行到一万遭,不信你眼皮儿不跳!
>
> 心间事,说与他,动不动早言两罢。罢字儿碜可可你道是耍,我心里怕那不怕!
>
> 人初静,月正明,纱窗外玉梅斜映。梅花笑人休弄影,月沉时一般孤另。
>
> 实心儿待,休做谎话儿猜。不信道为伊曾害。害时节有谁曾见来?瞒不过主腰胸带。
>
> 蝶慵戏,莺倦啼,方是困人天气。莫怪落花吹不起,珠帘外晚风无力。
>
> 他心罪,咱便舍,空担着这场风月。一锅滚水冷定也,再撋红几时得热?
>
> 相思病,怎地医?只除是有情人调理。相偎相抱诊脉息,不服药自然圆备。
>
> 琴愁操,香倦烧,盼春来不知春到。日长也小窗前一睡着,

卖花声把人惊觉。

因他害,染病疾,相识每劝咱是好意,相识若知咱究里,和相识也一般憔悴。

七

在钟嗣成所记的"前辈名公〔有〕乐章传于世者"的四十余人里,其作风相同的很多;他们不是登山临水,流连风景,便是于宴会歌舞之间,替伎女作曲子;偶有所感,便也学学流行的时套,写些"归隐"、"闲适"、"道情"一类的东西。差不多很少具有深刻的情思的,只不过歌来适耳而已。关于"归隐"、"闲适',之作尤特别的多:大约,作者或是别有所感,或是受了流行性的传染病,人云亦云;写着"闲适"、"归隐"一类的题目,便不得不如此的说。

马致远具有一肚子的牢骚,以高才而浮沉于下僚,他的愤激是有理由的。但不忽麻平章、张云庄参议、胡紫山宣慰们也都说着同样的话,便令人觉得有些可骇怪。我们可以张养浩为代表。

普 天 乐　辞参议还家

昨日尚书,今朝参议,荣华休恋。归去来兮,远是非,绝名利,盖座团茆松阴内,更稳似新筑沙堤。有青山劝酒,白云伴睡,明月催诗。

这是云庄辞了参议的时候所写的;还觉得有些道理——虽然已不免近于做作。但我们如果读着他的:

折桂令

想为官枉了贪图，正直清廉，自有亨衢，暗室亏心，纵然致富，天意何如？白图甚身心受苦，急回头暮景桑榆。婢妾妻孥，玉帛珍珠，都是过眼的风光，总是空虚。

功名事一笔都勾，千里归来两鬓惊秋。我自无能，谁言道勇退中流。柴门外春风五柳，竹篱边野水孤舟。绿蚁新刍，瓦钵瓷瓯。直共青山醉倒方休。

庆东原

海来阔风波内，山般高尘土中，整做了三个十年梦。被黄花数丛，白云几峰，惊觉周公梦。辞却凤皇池，跳出醯鸡瓮。

人羡麒麟画，知它谁是谁！想这虚名声，到底元无益。用了无穷的气力，使了无穷的见识，费了无限的心机，几个得全身！都不如醉了重还醉。

晁错元无罪，和衣东市中，利和名爱把人般弄。付能刊刻成些事功，却又早遭逢着祸凶，不见了形踪。因此上向鹊华庄把白云种。

雁儿落兼得胜令

往常时为功名惹是非，如今对山水忘名利。往常时趁鸡声赴早朝，如今近饷午犹然睡。往常时秉笏立丹墀，如今把菊向东篱，往常时俯仰承权贵，如今逍遥谒故知。往常时狂痴险犯著笞杖徒流罪，如今便宜课会风花雪月题。

也不学严子陵七里滩，也不学姜太公磻溪岸，也不学贺知章乞鉴湖，也不学柳子厚游南涧。俺住云水屋三间，风月竹千竿。一任傀儡棚中闹，且向昆仑顶上看身安。倒大来无忧患，游观壶中天地宽。

便觉得有些过度的夸张了。至于像《沽美酒》以下的三篇：

沽美酒

在官时只说闲，得闲也又思官，直到教人做样看。从前的试观：那一个不遇灾难！楚大夫行吟泽畔，伍将军血污衣冠，乌江岸消磨了好汉，咸阳市干休了丞相。这几个百般要安不安，怎如俺五柳庄逍遥散诞！

梅花酒兼七弟兄

它每日笑呵呵，它道渊明不如我！跳出天罗，占断烟波，竹坞松坡，到处婆娑，倒大来清闲快活。更看时节醉了呵，休怪它笑歌咏歌似风魔，它把功名富贵皆参破。有花有酒有行窝，无烦无恼无灾祸。年纪又半百过，壮志也消磨。暮景也蹉跎，鬓发也都皤。想人生有几何！恨日月似檐梭，得魔酡处且魔酡。向樽前休惜醉颜酡，古和今都是一南柯。紫罗襕未必胜渔蓑，休只管恋它！急回头好景已无多。

胡 十 八

　　正妙年不觉的老来到，思往常似昨朝。好光阴流水不相饶，都不如醉了睡著。任金乌搬废兴，我只推不知道。

所谓"古和今都是一南柯"，所谓"任金乌搬废兴，我只推不知道"，便完全是一个出世的无容心的极端的个人主义者了。这是要不得的态度，却出之于一个休职闲居的大官吏的笔下，不能不说是一种传染病了。有意的在以此鸣高。

　　云庄名养浩，字希孟，济南人，仕元至陕西行省御史中丞，赠滨国，谥文忠。退休后，优游嶕山，搆云庄，"凡所接于目而得于心者"（艾俊序《云庄休居乐府》语）皆作为小令，因集为《云庄休居自适小乐府》。这部乐府，几乎全部都是同一情调的，即所谓"闲适"者是。

　　不忽麻平章的《辞朝》和孛罗御史的《辞官》，其情调也完全和云庄相同：

点绛唇　辞朝
不忽麻平章

　　宁可身卧糟丘，赛强如命悬君手。寻几个知心友，乐以忘忧，愿作林泉叟。〔混江龙〕布袍宽袖乐然何处谒王侯？但尊中有酒，身外无愁。数着残棋江月晓。一声长啸海门秋。山间深住，林下隐居，清泉濯足。强如闲事萦心。淡生涯一味谁参透？草衣木食，胜如肥马轻裘。〔油葫芦〕虽住在洗耳溪边不饮牛。贫自守乐闲身翻作抱官囚。布袍宽褪拿云手，玉霄占断谈天；口吹箫访伍员,弃瓢学许由。野云不断深山岫,谁肯官路里半途休!〔天下乐〕明放着侭事君干不到头,休休!难措手!游鱼儿见食不见钩,都只为半纸名一笔勾。急回头两鬓秋。〔那吒令〕谁待似落花般,莺朋燕友,谁待似转灯般龙争虎斗?你看这迅指间乌飞兔走。假若名利成,至如田园就,都是些去马来牛。〔鹊路枝〕臣则待,醉江楼,卧山丘,一任教谈笑虚名,小子封侯。臣向这仕路上为官倦首,枉尘埋了锦袋吴钩。〔寄生草〕但得黄鸡嫩,白酒熟,一任教疏篱墙缺茅庵漏,则要窗明炕暖蒲团厚。问甚身寒腹饱麻衣旧,饮仙家水酒两三瓯,强如看,翰林风月三千首。〔村里迓鼓〕臣离了九垂宫阙,来到这八方宇宙,寻几个诗朋酒友,向尘世外消磨白昼。臣则待领着紫猿,携白鹿,跨苍虬,观着山色,听着水声,饮着玉瓯,倒大来省气力如诚惶顿首。〔元和令〕臣向山林得自游,比朝市内不生受。玉堂金马间琼楼,控珠帘十二钩,臣向草庵门外,见瀛洲,看白云天尽头。〔上马娇〕但得个月满州,酒满瓯,则待雄饮醉时休。紫箫吹断三更后,畅好是孤鹤唳一声秋。〔游四门〕世间闲事挂心头,唯酒可忘忧。非是微臣常恋酒,叹古今荣辱,看兴亡成败,则待一醉解千愁。〔后庭花〕拣溪山好处游,向仙家酒旋刍;会三岛十洲客,强如宴功臣万户侯,不索你问缘由,把玄关泄漏。这箫声世间无,天上有。非微臣说强口,酒葫芦挂树头,打鱼船缆渡口。〔柳叶儿〕则待看山明水秀,不恋您市曹中物穰人稠。想高官重职难消受。学耕耨种田畴,倒大来无虑无忧〔赚尾〕既把世情疏,感谢君恩厚,臣怕饮的是黄封御酒。竹杖芒鞋任意留。拣溪山好处追游。就着这晓云收,冷落了深秋。饮遍金山月满舟,那其间潮来的正悠。船开在当溜,卧吹箫管到扬州。

字罗御史

〔辞官〕〔一枝花〕懒簪獬豸冠,不入麒麟画。旋栽陶令菊,学种邵平瓜,觑不的闹攘攘蚁阵蜂衙。卖了青骢马,换耕牛度岁华。利名场再不行踏,风流海其实怕它。〔梁州〕尽燕雀喧檐聒耳,任豺狼当道磨牙。无官守,无言责,相牵挂。春风桃李,夏月叶麻,秋天禾黍,冬月梅茶,四时景物清佳,一门和气欢洽。叹子牙渭水垂钓,胜潘岳河阳种花,笑张骞河汉乘槎。这家那家黄鸡白酒安排下,撒会顽,放会耍,挤着老瓦盆边醉后扶,一任它风落了乌纱。〔牧羊关〕王大户相邀请,赵乡司扶下马,则听得朴冬冬社鼓频挝,有几个不求仕的官员,东庄措大地每都拍手歌丰稔,俺再不想巡案去奸猾,御史台开除我,尧民图添上咱。〔贺新郎〕奴耕婢织足生涯,随分村疃,人情,赛强如宪台风化。趁一溪流水浮鸥鸭,小桥掩映兼葭,芦花千顷雪,红树一川霞。长江落日,牛羊下。山中闲宰相,林外野人家。〔隔尾〕诵诗书稚子无闲暇,奉甘旨萱堂到白发,伴辘轳村翁说一会挺膊子话,闲时即笑咱,醉时即睡咱。今日里无是无非快活煞!

这都是故作超脱之态的。我们读王实甫《四丞相高会丽春堂》杂剧,那位被贬到济南府歇马的四丞相,还不是这样的自适的高歌着么?但到了后来,君王再招,东山再起时,还不是一样的热肠好事!

姚牧庵参军(名燧)的《感怀》和《满庭芳》,也都是具有同样的情怀:

醉高歌

〔感怀〕十年燕月歌声,几点吴霜鬓影。西风吹起鲈鱼兴,已在桑榆暮景。○荣枯枕上三更,傀儡场头四并。人生幻化如泡影,那个临危自省!○岸边烟柳苍苍,江上寒波漾漾。阳关旧曲低低唱,只恐行人断肠。○十年书剑长吁,一曲琵琶暗许。月明江上别溢浦,愁听阑舟夜雨。

满庭芳

天风海涛,昔人曾此。酒圣诗豪,我到此闲登眺。日远天高山接水,茫茫眇眇水连天,隐隐迢迢供吟笑。功名事了,不待老僧招。

浙江秋,吴山夜,愁随潮去,恨与山叠。塞雁来,芙蓉谢,冷雨清灯读书舍。待离别,怎忍离别。今宵醉也,明朝去也,宁奈些些!

帆收钓浦,烟笼浅沙,水满平湖,晚来尽滩头聚。笑语相呼鱼有剩,和烟旋煮酒无多,带月影沽。盘中物,山肴野蔌,且尽葫芦。

但他的作风,有时却还潇洒,不尽一味的牢骚,不尽一味的冷眼看世事。他的《寿阳曲》:"谁信道也曾年少",和《拨不断》:"破帽多情却恋头"诸句,还不失为俊逸之作。

寿阳曲

酒可红双颊,愁能白二毛,对尊前尽可开怀抱。天若有情天亦老,且休教少年知道。○红颜欢,绿鬓凋,酒席上渐疏了欢笑。风流近来都忘了,谁信道也曾年少!

拨 不 断

楚天和，好追游。龙山风物全依旧，破帽多情却恋头。白衣有意能携酒，好风流重九。

但像《阳春曲》："人海阔，无日不风波"诸语便又不免染上了老毛病了。

阳 春 曲

金鱼玉带罗袍就，皂盖朱幡赛五侯，山河判断笔尖头，得志秋，分破帝王忧。○笔头风月时时过，眼底儿曹渐渐多。有人问我事如何？人海阔，无日不风波。

刘太保秉忠（梦正）的有名的《干荷叶》小令之一：

南高峰，北高峰，惨淡烟霞洞。宋高宗，一场空！吴山依日酒旗风，两渡江南梦。

也是具着出世的情调的。但同时，在同一个曲调上，他又弹出了极漂亮的情歌出来：

夜来个，醉如酡，不记花前过。醒来呵，二更过。春衫惹定茨藦，科拌倒花抓破。○干荷叶，水上浮，渐渐浮将去。根将你去随将去。你问当家中有媳妇。问着不言语。○脚儿尖。手儿织。云鬓梳儿露半边，脸儿雏，话儿粘，更宜烦恼更宜忺。直恁风流倩！

其他真正咏《干荷叶》的"干荷叶,色苍苍,老柄风摇荡,减了清香越添芳"诸首,却是咏物小词之流,无甚深意的。

卢疏斋宪使（名处道）的《蟾宫曲》四首,便全然是出世观的歌颂了;像"傲煞人间伯子公侯",和"无是无非,问什么富贵荣华",和"古和今都是一南柯"并无二致。

蟾 宫 曲

　　碧波中,范蠡乘舟,蘸酒簪花,乐以忘忧。荡荡悠悠,点秋江白鹭沙鸥,怎掉不过黄芦岸,白苹渡口。且湾住绿杨堤,红蓼滩头。醉时方休,醒时扶头。傲煞人间伯子公侯！○想人生七十犹稀,百岁光阴,先过了卅。七十年间,十岁顽童,十载尪羸,五十岁除分昼黑,刚分得一半儿白日。风雨相催,兔走乌飞,子细沉吟,都不如快活了便宜。○奴耕婢织生涯,门前栽柳,院后桑麻。有客来,汲清泉自煮茶芽。稚子谦和礼法,山妻软弱贤达。守着些实善邻家,无是无非,问甚么富贵荣华。○沙三伴哥采茶,两眼青泥,只为捞虾。太公庄上,杨柳阴中,磕破西瓜。小小哥昔涎刺塔,碌轴上,涂着个琵琶。看荞麦开花,绿豆生芽,无是无非,快活煞庄家。

总之,由了厌世转入了玩世,便自然生出了"都不如快活了便宜"的刹那的享乐观了。他们是以个人的受用为主眼的。鲜于伯机的《八声甘州》套,充分的说明了"受用"的妙境:

八声甘州

鲜于伯机

江天暮雪,最可爱青帘摇曳长杠。生涯闲散,占断水国渔邦。烟浮草屋,梅洭砌欹,水绕柴扉山对窗。时复竹篱傍,吠吠旺旺。〔么〕向满目夕阳彰里,见远浦归舟,帆力风降。山城欲闭时,听戍鼓醉醉,群鸦晚千万噪点,寒雁书空三四行。盎向小屏间,夜夜停钲。〔大安乐〕从人笑我愚和戆,潇湘影里且妆呆。不谈刘项与孙庞,近小窗,谁羡碧油幢?〔元和令〕粳米炊长腰,鳊鱼煮缩项,闷携村酒饮空钰。是非一任讲,恣情拍手掉鱼歌,高低不论腔。〔尾〕浪滂滂,水床床,小舟斜缆坏槔桩。轮竿蓑笠,落梅风里钓寒江。

元遗山(好问)为金之遗民,他的思想,自然是更倾向于这一方面了;但像这一类的散曲却不多:

骤雨打新荷

人生有几!念良辰美景,一梦初过。穷通前定,何用苦张罗!命友邀宾玩赏。对方樽浅酌低歌。且酩酊,任它两轮日月,来往如梭。

八

但在散曲里,也不尽是这样浅薄的厌世的、出世的、玩世的情调。也有很热烈的讨论着人世间的问题的；可惜却不怎末多。

我们永远不能忘记了刘时中待制（名致）的两篇《上高监司》的为人民诉疾苦的大文章。这是元代散曲里的白氏《新乐府》，不能不把他们全引了来。

端正好　上高监司

众生灵遭磨障，正值着时岁饥荒。谢思光拯济皆无恙，编做本词儿唱。〔滚绣球〕去年时正插秧，天反常那里取若时雨降。旱魃生，四野灾伤。谷不登，麦不长。因此万民失望。一日日物价高涨，十分料钞加三倒，一斗粗粮折四量，煞是凄凉。〔倘秀才〕殷实户欺心不良，停塌户瞒天不当，吞象心肠歹伎俩，谷中添秕有，米内插粗糠，怎指望它儿孙久长。〇〔滚绣球〕甑生尘，老弱饥，米如珠，少壮荒。有金银那里每典当，尽枵腹高卧斜阳。剥榆树餐，挑野菜尝，吃黄不老胜如熊掌，蕨根粉以代糇粮，鹅肠苦菜连根煮，荻笋芦莴带叶咂，则留下杞柳株樟。〔倘秀才〕或是捶麻柘稠调豆浆，或是煮麦麸稀和细糖。他每早合掌擎拳谢上苍。一个个黄如妊娠，一个个瘦似豺狼，填街卧巷。〔滚绣球〕偷宰了些阔角牛，盗斫了些大叶桑。遭时疫无棺活葬，贱卖了些家业田庄。嫡亲儿共女等闲参与商，痛分离是何情况。乳哺儿没人要，撇入长江。那里取厨中剩饭杯中酒，看了些河里孩儿岸上娘，不由我不哽咽悲伤。〔倘秀才〕私牙子舡湾外港，打过河，中宵月朗，则发迹了些无徒米麸行，牙钱加倍解，卖面处两般装；昏钞早先除了四两。〔滚绣球〕江乡相有义仓，积年钱税户掌，借贷数补答得十分停当，都侵用过将官府行唐，那近日劝粜到江乡，按户口给月粮。富户都用钱买放，无实惠尽是虚椿。充饥画饼诚堪笑,印信凭由却是谎。快活了些社长知房。〔伴读书〕磨灭尽诸豪壮,断送了些闲浮浪。抱子携男扶筇杖,尪羸伛偻如虾样,一丝好气沿途创,闾阎泪汪汪。〔货郎〕见饿莩成行,街上乞出拦门斗抢,便财主每也怀金鹄立待其亡。感谢这监司主张,似汲黯开仓,披星带月热中肠,济与亲临发放。见孤孀疾病无皈向。差医煮粥分厢巷。更把赃输钱分例米多般儿区处,约最优长。众饥民共仰,似枯木逢春,萌芽再长。〔叨叨令〕有钱的贩米谷置田庄添生放,无钱的少过活分骨肉无承望。有钱的纳宠妾买人口偏兴旺,无钱的受饥馁填沟壑遭灾障。小民好苦也么哥!小民好苦也么哥!便秋收,鬻妻卖子家私丧。〔三煞〕这相公爱民忧国无偏党,发政施仁有激昂,恤老怜贫,视民如子,起死回生,扶弱摧强,万万人感恩知德,刻骨铭心,恨不得展革垂缰,覆盆之下,同受太阳光。〔二〕天生社稷真卿相,才称朝廷作栋梁,这相公主见宏深,秉心仁恕,治政公平,莅事慈祥,可与萧曹比并,伊傅齐肩,周召班行。紫泥宣诏,花衬马蹄忙。〔一〕愿得早居玉笋朝班上,伫看金瓯姓字香。入阙朝京,攀龙附凤,和鼎调羹,论道兴邦,受用取貂蝉济楚,衮绣峥嵘,珂佩丁当,普天下万民乐业,都知是前任绣衣郎。〔尾声〕相门出相前人奖,官上加官后代昌。活彼生灵恩不忘,粒我烝民得怎偿!父老儿童细较量,樵叟渔夫曹论讲。共说东湖柳岸傍,那里清幽更舒畅。靠着云卿苏圃场,与徐孺子流芳。把清况盖一座祠堂人供养,立一统碑碣字数行,将德政因由都载上,使万万代官民见时节想。

这虽不过是一篇歌颂官吏德政的歌曲,却写得极为沉痛。第二篇,尤为重要。

端正好

既官府甚清明，采舆论听分诉。据江西剧郡洪都，正该省宪亲临处，愿英俊开言路。〔滚绣球〕库藏中钞本多，贴库每弊怎除。纵关防住谁不顾，坏钞法恣意强图。都是无廉耻卖买人，有过犯驵侩徒，倚仗着几文钱，百般胡做，将官府觑得如无。则这素无行止乔男女，都整扮衣冠学士夫，一个个胆大心粗。〔倘秀才〕堪笑这没见识街市匹夫，好打那好顽劣江湖伴侣，旋将表得官名相体呼，声音多厮称，字样不寻俗。听我一个个细数。〔滚绣球〕粜米的唤子良，卖肉的呼仲甫。做皮的是仲才、邦辅，唤清之必定开活，卖油的唤仲明，卖盐的称士鲁，号从简是采帛行铺，字敬先是鱼鲊之徒，开张卖饭的呼君宝，磨面登罗底叫得夫，何足云乎！〔倘秀才〕都结结过如手足，但聚会分张耳目。探听司县何人可共处，那问它无根脚，只要肯出头颅，扛扶着便补。〔滚绣球〕三二百定费本钱，七八下里去干取，诈捏作曾缩卷。假如名目偷俸钱，表里相符。这一个图小倒，那一个苟俸禄。把官钱视同己物，更很如盗跖之徒。官攒库子均摊着，要弓手门军，那一个无，试说这厮每贪污。〔倘秀才〕提调官非无法度，争奈蠹国贼操心太毒。从出本处先将科钞除。高低还分例，上下没言语，贴库每他便做了钞主。〔滚绣球〕且说一年中事：例钱开作时，各自与库子每随高低预先除去。军百户十定无虚，攒司五五孥，官人六六除，四牌头每一名是两封足数，更有合千人把门军弓手殊途，那里取官民两便通行法，赤紧他贿赂单宜左道术。于汝安乎？〔倘秀才〕为甚但开库诸人不伏，倒筹单先须计咒。苗子钱高低随着钞数，放小民三二百报花户，一千余将官钱陪出。〔滚绣球〕一任你叫觑昏,等到午,佯呆着不瞅不觑。他却整块价卷在包袱,着纤如晃库门,兴贩的论百价数,都是真扬州、武昌客旅,窝藏着家里安居,排的文语呼为绣,假钞公然唤做殊。这等儿三七价明估。〔倘秀才〕有揭字驼字衬数,有赫心剜心异呼,有钞脚频成印上字模,半逐子尤自可搥。你钞甚胡笑,这等儿四六分价唤取。〔滚绣球〕赴解时弊更多。作下人就似夫。捡块数几曾详数,止不过得南新吏贴相符。哪问它料不齐,数不足,连柜子一时扛去,怎教人心悦诚服。自古道:人存政举,思它前辈;到今日法出奸生,笑煞老夫。公道也私乎?〔倘秀才〕比及烧昏钞先行摆布,散夫钱僻静处俵与,暗号儿在烧饼中间觑有无。一名夫半定社长总收贮,烧得过便吹笛擂鼓。〔塞鸿秋〕一家家倾银注玉多豪富,一个个烹羊挟妓夸风度,掇标手到处称人物,妆旦色取去为媳妇。朝朝寒食春,夜夜元宵暮。吃筵席唤做赛堂食,受用尽人间福。〔呆骨朵〕这贼每也有谁堪处!怎禁它强盗每追逐。要饭钱排日支持,索赍发无时横取。奈表里通同做,有上下交征去。真乃是源清流亦清,从今后人除弊不除。〔脱布衫〕有聪明正直嘉谟,安得不剪其系芜,成就了闾阎小夫,坏尽了国家法度。〔小梁州〕这厮每玩法欺公胆气粗,恰便似饿虎当途。二十五等则例尽皆无,难着日他道陪钞待如何。〔么〕一等无辜被害这羞辱厮攀指,一地里胡突,自有他通神物。见如今虚其府库,好教它鞭背出虫蛆。〔十二月〕不是论我黄数黑,怎禁它恶紫夺朱。争奈何人心不古,出落着马牛襟裾。口将言而嗫嚅,足欲进而趑趄。〔尧民哥〕想商鞅徙木意何如?汉国萧何断其初。法则有准使民服,期于无刑佐皇图。说与当途:无毒不丈夫,为如如把平生误〔耍孩儿十三煞〕天开地辟由盘古,人物才分下土。传之三代币方行,有刀圭泉布促初。

九府圜法俱周制,三品堆金乃汉图。止不过贸易通财物,这的是黎民命脉,朝世权付。〔十二〕蜀冠城交子行,宋真宗令子举,都不如当今钞法通商贾。配成五对为官本,工墨三分任倒除。设制久无更,故民如按堵,法比通衢。〔十一〕已自六十秋楮币则行,这两三年法度沮被无知贼了为挠蠹私,更彻谩心无愧。哪想官有严刑罪必诛,忒无忌惮无忧惧。你道是成家大宝,你想是取命官符。〔十〕穷汉刀将绰号称,把头每表得呼。巴不得登时事了干回付,向库中钻刺真强盗,却不财上分明大丈夫,坏尽今时务。怕不你人心奸巧,争念有造物乘除。〔九〕觑乘孛模样哏,扭蛮腰礼仪疏。不疼钱一地里胡分付,宰头羊日日羔儿会,没手盏朝朝仕女图。怯薛回家去,一个个欺凌亲戚,眇视乡间。〔八〕没高低妾与妻无分限,儿共女大时打扮,炫珠玉鸡头般珠子缘鞋口,火炭似真金裹脑梳,服色例休题取。打扮得怕不赛天人样子,脱不了市辈规模。〔七〕他哪想赴京师关本时,受官差在旅途耽惊受怕,过朝暮受了五十四站风波,亏苦杀数百千程递运夫。哏生受哏搭负广,费了些首思分例,倒换了些沿路文书。〔六〕到省库中将官本收,得无疏虞朱钞足,那时才得安心绪。常想着半江春水番风浪,愁得一夜秋霜染鬓须。历垂难博得个根基固,少甚命不快遭逢贼寇,霎时间送了身躯。〔五〕论宣差情如酌贪泉,吴隐之廉似还桑椹,赵判府则为忒慈仁,反被相欺侮。每持大体诸人服,若说私心半点无。本栋梁材,若早使居朝辅,肯苏民瘼,不事苞苴。〔四〕急宜将法变更,但因循弊若初,严刑峻法休轻恕。则遣二攒司,过似蛇吞象,再差十大户,尤如插翅虎。一半儿弓手先芝去,合干人同知数目,把门军切禁科需。〔三〕提调官免罪名,钞法房选吏胥,攒典俸多田路吏差着做。廉能州吏从新点,贪滥军官合灭除。准仓库,先升补。从今倒钞，各分行铺，明写坊隅。〔二〕逐户儿编筲成料例，来各分旬。将勘合书，逐张儿背印拘铃住，即时支料还元主。本日交昏入库府，（另有细说）直至起解时才方取。免得它撑肛小倒，提调官封锁无虞。〔一〕紧拘收在库官切关防起解夫，钞面上与官攒，俱各亲标署。库官但该一贯须点配，库子折算三钱便断除，满百定皆抄估。捶钞的揭剥的不怕它人心似铁，小倒的兴贩的明放着官法如炉。〔尾〕忽青天开眼觑，这红巾合命殂。且举其纲，若不怕伤时务，他日陈言终细数。

这里是一幅最真实的民生疾苦图。在元曲里充满了个人的愁叹，而这里却是为民众而呼吁着；这不能不说是空谷足音了。时中的文笔是那样的明白如话，那样的婉曲形容，不仅是白居易的《新乐府》的同流，也有类于陆贽的奏议了。以不易驱遣的文体来描状社会情形，来宣达民生的疾苦，来写出奸商滑吏的操纵市面，钞票流行时的种种积弊的实况，令我们有如目睹，其技巧是很不可及的。在文学里写这种问题的，古今来很罕见，而这一篇最成功；较之前一篇之"流民图"，尤为重要。

时中还描些滑稽的时曲，像马致远的《借马》似的东西，《代马诉冤》，但在其间，却似也具着不少的愤慨：

新 水 令　代马诉冤

世无伯乐怨它谁！干送了挽盐车骐骥。空怀伏枥心，徒负化龙威，索甚伤悲！用之行，舍之弃。〔驻马听〕玉鬣银蹄，再谁想三月襄阳绿草齐，雕鞍金辔，再谁敢一鞭行色夕阳低。花间不听紫骝嘶，帐前空叹乌骓逝。命乖我自知，眼见的千金骏骨无人贵。〔雁儿落〕谁知我汗血功？谁想我垂缰义。谁怜我千里才？

谁识我千钧力?〔得胜令〕谁念我当日跳檀溪救先主出重围?谁念我单刀会随着关羽。谁念我美良川扶持敬德?若论着今日,索输与这驴群队。果必有征敌,这驴每怎用的?〔胡水令〕为这等乍富儿曹,无知小辈,一染他把人欺,蓦地里快蹄轻跳,乱走胡奔,紧先行不识尊卑。〔折桂令〕致令得官府闻知,验数日存留,分官品高低,准备着竹杖芒鞋,免不得奔走驱驰。再不敢鞭骏骑向街头闹起,则索扭蛮腰将足下殃及。为此辈无知,将我连累,把我埋没在蓬蒿,失陷污泥。〔尾〕有一等逞雄心屠户贪微利,咽馋涎豪客思佳地,一味把姓命污图,百般地将刑法陵持。唱道:任意欺公,全无道理。从今去谁买谁骑。眼见得无客贩,无人喂。便休说站赤难为,则怕你东讨西征,那时节悔!

他也写些"村北村南,山花山鸟,尽意相娱"(《闲居自适》),"浮生大都空白忙。功也是谎,名也是谎"(《孤山游饮》),却知道这是不可能的。"早赋归兮,却恨红尘,不到吾庐!"(《自适》)他总是不能忘情于人世间的。"楚江空阔楚天长,一度怀人一断肠,此心不在肩舆上。"(《寓意武昌元贞》)有时不免也跟随别人高唱着"得失到头皆物理",但他的作风究竟是豪迈的,非一味装作没心情的颓唐者可比。

他也写些恋歌,但那却非他之所长了。

九

杜善夫散人,名仁杰。他能以最通俗的口语,传达给我们刻划得极深刻的景象。最有名的《庄家不识勾栏》:

〔庄家不识勾栏〕〔耍孩儿〕风调雨顺民安乐,都不似俺庄家快活。桑蚕五谷十分收,官司无甚差科,当村许下还心愿,来到城中买些纸火。正打街头过,见吊个花碌碌纸榜,不似那答儿闹穰穰人多。〔六煞〕见一个人手撑着椽做的门,高声的叫请请,道迟来的满了无处停坐,说道前截儿院本《调风月》,背后么末敷演《刘耍和》。高声叫:赶散易得,难得的妆哈。〔五〕要了二百钱放过咱,入得门上个木坡,见层层叠叠团围坐,抬头觑是个钟楼模样,往下觑却是人旋窝,见几个妇女面台儿上坐。又不是迎神赛社,不住的擂鼓筛锣。〔四〕一个女孩儿转了几遭,不多时引出一伙。中间里一个央人货,裹着枚皂头巾,顶门上插一管笔,满脸石灰,更着些黑道儿抹。知它□是如何过?浑身上下则穿领花布直裰。〔三〕念了会诗共词,说了会赋与歌无差错,唇天口地无高下,巧语花言记许多。临绝末道了低头撮,却曝罢将么拨。〔二〕一个妆做张太公,他改做小二哥,行行行说向城中过,见个年少的妇女向帘儿下立,那老子用意铺谋,待取做老婆。教小二哥相说合,但要的豆谷米麦,问甚布绢纱罗。〔一〕教太公往前那,不敢往后那,抬左脚不敢抬右脚,翻来复去由它。一个太公心下实焦燥,把一个皮棒捶则一下打做两半个。我则道与词告状,划地大笑呵呵。〔尾〕则被一胞尿爆的我没奈何,刚挨刚忍更侍看些儿个,枉被这驴头笑杀我。

他写得是"勾栏"(剧场)里的情形,从场门口的揽观客的人写起,一直写到演剧的情况。庄家果然是少见多怪——那时是剧场初兴,所以庄家见过演剧的场面者极少——而今日读之,却也甚觉可笑。他还有一套《耍孩儿》(喻情),几乎全用当时的村言俗话来写出:

〔喻情〕〔耍孩儿〕我当初不合见擘口和你言盟誓,惹得你鬼病厌厌挂体。鬼相扑不曾使甚养家钱,鬼厮赴刁蹬的心灰。若是携得歌妓家中去,便是袖得春风马上归。同狱司蹬弩劳神力,望梅止渴,画饼充饥。〔哨遍〕铁球儿漾在江心内,实指望团圆到底。失群孤雁往南飞,比目鱼永不分离。王屠倒脏牵肠肚,毛宝心毒不放龟,老母狗跳墙做得个快势,把我做扑灯蛾相戏,掉水燕双飞。〔五煞〕腊月里桑采甚的?肚脐里爆豆实心儿退。木猫儿守窟瞧他甚?泥狗儿看家守甚嘿!天长观里看水庵相识,济元庙里口头把我抛持。〔四〕唐三藏立墓铭,空费了碑,闲槽枋里躲酒无巴避。悲天院里下象无钱递,左右司蒸糕省做媒。蓼儿洼里太庙乾不济,郑元和在曲江边担土,闲话儿把咱埋持。〔三〕泥捏的山不信是石,相扑汉卖药千陪了擂,镜台前照面你是你,警巡院倒了墙贼见贼。大虫窝里蒿草无人刈,看山瞎汉不下高低。〔二〕小蛮婆看染红担是非,张果老切鲙先施鲤,布博士踏鬼随机而变,囊大姐传神反了面皮,沙三烧肉牛心儿炙,没梁的水桶挂口休提。〔一〕秦始皇鞋无道履,绵带子拴腿无绳系,开花仙藏抠过瞒得你,街道司衙门吓得过谁?尉迟恭捣米胡支对,蜂窝儿呵欠口口是虚脾。〔尾〕楮树下梯要摘梨,藏瓶中灰骨是个不自由的鬼,谷地里瓜儿单单的记着你。

而这些村言俗话街谚市语,却无不成了绝妙的文章。元曲里使用俗语的地方不少,却很少有这样的成功与完善。想不到当时的学士大夫们使用村言市语的能力已到了这样的炉火纯青的程度。

胡紫山宣尉名祗遹;他所作的却是比较典雅的,有类于"词"的东西,像《春景》和《四景》:

〔春景〕〔阳春曲〕几枝红雪墙头杏,数点青山屋上屏,一春能得几晴明？三月景，宜醉不宜醒。○残花酝酿蜂儿蜜，细雨调和燕子泥，绿窗春睡觉来迟。谁唤起窗外晓莺啼？○一帘红雨桃花谢，十里清阴柳影斜，洛阳花酒一时别，春去也，闲煞旧蜂蝶。

〔四景〕〔一半儿〕轻衫短帽七香车，九十春光如画图。明日落红谁是主！漫踟蹰，一半儿因风一半儿雨。○纱厨睡足酒微醒，玉骨冰肌凉自生。骤雨滴残才住声，闪出些月儿明。一半儿阴一半儿晴。○荷盘减翠菊花黄，枫叶飘红梧干苍。死被不禁昨夜凉，酿秋光。一半西风一半儿霜。○孤眠嫌煞月儿明，风力禁持酒力醒。窗儿上一枝梅弄影，被儿底梦难成。一半温和一半儿冷。

《一半儿》最容易写得入俗，但这里却是"雅"气扑鼻的，一望而知其非民间的作品。

白无咎学士（名贲）的有名的《百字折桂令》也是雅致而不通俗的东西。

百字折桂令

弊裘堕土压征鞍，鞭卷裹芦花弓剑，萧萧一迳入烟霞。动羁怀西风木叶，秋水兼葭，千点万点，老树昏鸦；三行两行，写长空哑哑雁落平沙。曲岸西边近水湾，鱼网纶竿钓槎，断桥东壁傍溪山，竹篱茅舍人家。满山满谷，红叶黄花。正是伤感凄凉时候，离人又在天涯。

他的《妖神急》套，却比较的肯使用些"铺陈下愁境界"、"揎掇得那人来"一类的句子，但究竟也不会是通俗的东西。恐怕即付之歌伎，她们是不会明白了解其意义的。

妖 神 急

　　绿阴笼小院，红雨点苍苔。谁想来君也是人间客。纵分连理枝，谩解合欢带，伤春早是心地窄。愁山和闷海，畅会桃栽。

　　〔六幺遍〕更别离怨，风流债，云归楚岫，月冷秦台，当时眷爱，如今阻隔。准备从今因它害。伤怀，冷清清日月怎生挨！

　　〔元和令〕鸾交何日重？鸳梦几时再？清明前后约归期，到如今牡丹开。空等待，翠屏香里掩东风，铺陈下愁境界。

　　〔后庭花煞〕无情子规声更哀，畅好明白。既道不如归去，看作几声儿，撺掇得那人来。

杨西庵参军（名果）的《小桃红》八段，其作风也和胡紫山、白无咎的相同，当时的俗人是不会懂得的。他们是为了自己的一群而写作的，不是为民众而写的；他们是南宋词坛的继承者，却不是当行出色的元曲作家。

小 桃 红

　　碧湖湖上采芙蓉，人影随波动。凉露沾衣翠绡重。月明中。画船不载凌波梦，都来一段红幢翠盖，香尽满城风。

　　满城烟水月微茫，人倚兰舟唱。常托相逢若耶上。隔三湘。碧云望断空惆怅。美人笑道：莲花相似，情短藕丝长。

　　采莲人和采莲歌，柳外兰舟过。不管鸳鸯梦惊破。夜如何。有人独上江楼卧，伤心莫唱南朝旧曲，司马泪痕多。

　　碧湖湖上柳阴阴，人影澄波浸。常记年时对花饮。到如今。

西风吹断回文锦。羡它一对鸳鸯飞去,残梦蓼花深。

玉箫声断凤凰楼,憔悴人别后。留得啼痕满罗袖。去来休。楼前风景浑依旧。当初只恨无情烟柳,不解系行舟。

茨花菱叶满秋塘,水调谁家唱。帘卷南楼日初上。采秋香。画船稳去无风浪。为郎偏爱莲花颜色,留作镜中妆。

锦城何处是西湖,杨柳楼前路。一曲莲歌碧云暮。可怜渠。画船不载离愁去。几番曾过鸳鸯汀下,笑煞月儿孤。

采莲湖上棹船回,风约湘裙翠。一曲琵琶数行泪。望君归。芙蓉开尽无消息。晚凉多少红鸳白鹭,何处不双飞。

冯海粟(名子振)学士以有名的《鹦鹉曲》得到许多人的赞叹,但其实也不是什么当行出色之作,不过时有些隽句而已。他有篇序道:

> 白无咎有《鹦鹉曲》云:"侬家鹦鹉洲边住,是个不识字渔父。浪花中一叶扁舟,睡煞江南烟雨。觉来时满眼青山,抖擞绿蓑归去。算从前错怨天公,甚也有安排我处。"余壬寅岁留上京,有北京伶妇御园秀之属相从风雪中,恨此曲无续之者。且谓前后多亲炙士大夫,拘于韵度。如第一个父字,便难下语。又甚也有安排我处,甚字必须去声字,我字必须上声字,音律始谐。不然不可歌。此一节又难下语。诸公举酒索余和之。以汴吴上都天京风景,试续之。

其中像"霎时间富贵虚花,落叶西风残雨"(《荣华短梦》),"笑长安利锁名缰,定没个身心稳处"(《愚翁放浪》),"十年枕上家山,负我湘烟潇雨"(《故园归计》),都没有什么好处,似都不如白无咎的原作。惟像《农夫渴雨》、《燕南百五》、《园父》的几首,却有些田园诗的风趣。

〔农夫渴雨〕年年牛背扶犁住,近日最懊恼杀农父。稻苗肥恰待抽花,渴煞青天雷雨。〔幺〕恨残霞不近人情,截断玉虹南去。望人间三尺甘霖,看一片闲云起处。〔燕南百五〕东风留得轻寒住,百五闹蝶母蜂父。好花枝半出墙头几点清明微雨。〔幺〕绣弯弯温透罗鞋,绮陌踏青回去。约明朝后日重来,靠浅紫深红暖处。〔园父〕柴门鸡犬山前住,笑语听伛背园父。辘轳边抱瓮浇畦,点点阳春膏雨。〔幺〕菜花间蝶也飞来,又趁暖风双去。杏稍红韭嫩泉香,是老瓦盆边饮处。

商政叔学士（名挺）所作多情词。有的时候写得异常的文雅,像胡紫山他们,但有的时候,却也写得相当的通俗。不过总不敢像杜善夫那样的放胆拾取俗语方言来用。驱遣方言俗语入词曲而写得漂亮,能够雅俗共赏,本来是件极不容易的事。

双调风入松

嫩橙初破酒微温,银烛照黄昏。玉人座上娇如许,低低唱白雪阳春。谁管狂风过处,那知瑞雪屯门。〔乔牌儿〕画堂更漏冷,金炉串烟尽。厮偎厮抱心儿顺,百年姻,两意肯。〔新水令〕晓鸡三唱,凤离群空,回首楚台云耿。枕上欢霎儿思,漏永更长,怎支持许多闷!〔搅筝琶〕萦方寸两叶翠眉颦,万想千思,行眠立独。半世买风流费尽精神,呆心儿掩然容易亲,吃不过温存。〔离亭燕煞〕客窗夜永愁成阵,冷清清有谁存问?汉宫中金闺梦断,秦台上玉箫声尽。昨夜欢,今宵恨,都只为风风韵韵。相见话偏多,孤眠睡不稳。

下面的一首,写得比较的通俗些;但和关汉卿、杜善夫之作对读起来,便觉得平直无深致了。

双调夜行船

风里杨花水上萍,踪迹自来无定。帷上温存,枕边侥幸,嫁字儿把人来领。○花底潜潜月下等,几度柳影花阴。锦机情词石镌,心事半句儿几时曾应。〔风入松〕都是些钞儿根底假恩情,那里有倘买的真诚。鬼胡由眼下掩光阴,终不是久远前程。自从少个苏卿,闲煞豫章城。〔阿纳忽〕合下手合平,先负心先赢,休只待学那人薄幸,往和它急竟。〔尾声〕俏家风兑那与小后生,识破这酒愁花病,两不留情。分开鸾镜既曾经,只被红粉香中赚得醒。

侯正卿,真定人,号艮斋先生,《录鬼簿》云:"有《良夜迢迢露花冷》黄钟行于世。"今"良夜迢迢露花冷"套,尚存于世;其作风和商正叔的不相远;不敢过分的古雅,却又不敢十分的入俗,他是徘徊于雅俗之间的——恰可以代表着大多数的元代散曲作家的作风:

黄钟醉花阴

凉夜厌厌(《录鬼簿》:"厌厌"作"迢迢")露华冷,天淡淡银河耿耿。秋月浸闲亭,雨过新凉,梧叶凋金井。〔喜迁莺〕困腾腾鬓軃鸾钗不欲整,正是更闲人静。强披衣出户闲行,伤情处故人别后,黯黯愁云锁凤城。心绪哽,新愁易积,旧约难凭。〔出队子〕阑干斜凭,强将玉漏听。十分烦恼恰三停,一夜凄惶才二更,暗屈春纤紧数定。〔刮地风〕短叹长吁千万声,几时到得天明!被宾鸿唤回离愁兴,雨泪盈盈。天如悬磬,月如明镜,桂影浮,素魄辉,玉盘光静,澄澄万里晴,一缕云生。〔四门子〕恰遮了北斗勺儿柄,这凄凉有四星。望鸳鸯尽老无孤另,乍分飞可惯经!日日疏,迤逦生,逐朝盼望逐日候等。行里焦,梦里惊,心不暂停。〔水仙子〕甚识曾半霎儿他行不至诚。气命儿般看成,心肝般钦敬,到将人草芥般轻慢。不过天地神明说来的咒誓,终朝应在心。神鬼还灵圣,肠欲断,泪如倾。〔赛雁儿〕牢成牢成一句句骂得心疼,据踪迹疏狂似浮萍。山般誓,海样盟,半句儿何曾应。〔神仗儿〕他待做临川县令,俺不做芦州小卿,学亚仙元和王魁桂英,心肠儿可怜,模样儿堪憎。往常时所事依凭,虽愚滥,可惯经。〔节节高〕近新来特改的心肠硬,全不问入绣帏帐,罗衾盛接,双栖鸳枕共谁并?你纵宝马,跳金鞍,玩玉京,迷恋着良辰媚景。〔挂金索〕业重心肠,挨不过气流病。短命冤家,断不了疏狂性。第一才郎俺行失信行,第二佳人自古多薄幸。〔柳叶儿〕冷落了绿苔芳迳,寂寞了雾帐云屏,消疏了象板鸾笙,生疏了锦瑟银筝。〔黄钟尾〕锦帏绣幕冷清清,银台画烛碧荧荧,金风乱吹黄叶声,沉烟潜消白玉鼎。槛竹筛,酒又醒。寒雁归,愁越添。檐马劣,梦难成,早是可惯孤眠,则这些最难打挣。痛恨西风太薄幸,透窗纱吹灭盏残灯。到少了个伴人清瘦影!

十

第二个时期的散曲作家们,不尽是文人学士们了。在第一个时期里,作剧本的多是不得志之士,而写散曲的却多半是大人先生们。但在第二个时期里,写散曲的却也多半是穷困牢愁之士了。因为他们的散曲集子也要和剧本似的须求得投合大众的嗜好与心理,所以倒还离得民众不怎样远,并不比第一时期的作家们更向古典或更向文雅绮丽的路上走去。

第一个时期并没有什么专业的散曲作家们;但在这时期却有以专门写作散曲为事的作家了。第一时期的作家们多半以写散曲为余兴,为消遣;但在这个时候却把散曲的制作,看作名山事业了。故态度更严肃,更慎重,遣辞铸语也更精工。

同时,散曲的选本,在坊间出现了不少;于杨朝英的《阳春白云》、《太平乐府》外,还有《江湖清思集》(钱霖编)、《中州元气》、《诗酒余音》、《乐府新声》、《乐府群玉》、《乐府群珠》、《百一选曲》、《仙音妙选》等等;作曲的方法书也出现了——周德清的《中原音韵》——这时代的情形可以相当于南宋时代的词坛的情形。文人学士们已公认散曲是能够攀登于文坛诗社的一个新诗体了。

这时期的散曲作家以乔梦符、张小山为领袖,人称之曰:乔、张,以比于唐之李白、杜甫。

乔梦符名吉。《录鬼簿》云:"太原人,号笙鹤翁,又号惺惺道人。美容仪,醉辞章。有《天风》、《环佩》、《抚掌》三集。"这三集疑都是散曲集子。他的杂剧,今传于世者《扬州梦》、《两世姻缘》及《金钱记》。李开元重刊梦符散曲,序之云:"蕴藉包含,风流调笑,种种出奇,而不失之怪,多多益善,而不失之略,句句用俗,而不失其为文。"这话是很对的。许光治谓:"张小山、乔梦符散曲犹有前人规矩在。俪辞追乐府之工,散句撷宋、唐之秀。惟套曲则似涪翁俳词,不足鼓吹风雅也。"(《江山风月谱》自序)这恰成其为清人的见解而已,其所赏乃在彼而不在此。其实,小山套曲也甚清雅,所谓"似涪翁(黄庭坚)俳词"者,乃指梦符的套曲而言。梦符的套曲,大似杜善夫,运用俗语方言,最

为精巧得当,正是元人出色当行之作。像《私情》的《一枝花》套:

〔一枝花〕云髻金雀翘,山隐青鸾鉴,藕丝轻织粉,湘水细揉蓝。性子儿岩嵌,小可的难摇撼。起初儿著莫咱,假撇清面北眉南,实怕攒红愁绿惨。

〔梁州第七〕不显豁意头儿甚好,不寻常眼脑儿偏馋。酒席间闲话儿将他来探,都笑科儿承答,冷诨儿包含。不能够空便因此上云雨魆魆。老婆婆坐守行监,狠橛丁暮四朝三。不能够偷工夫恰喜喜欢欢,怕蹶撒也却忐忐忑忑,知消息早哝哝喃喃。攒科,斗喊,风声儿惹起如何按!徒那游,再谁敢,有等干咽唾的勺俫死嘴嘛,委实难耽!

〔尾〕从今将凤凰巢鸳鸯殿遮笼教暗,将金缝锁玉连环对勘的严,锦片也似前程做的来不愚滥。非是咱不甘,不是你不堪,只被这受惊怕的恩情都吓破我胆。

又像《杂情》(《一枝花》):

〔一枝花〕粉云香脸试搽,翠烟腻眉学画。红酥润冰笋手,乌金渍玉粳牙。鬏拢宫雅,改样儿新鞋袜,挑粉垢修指甲。收拾得所事儿温柔,妆点得诸余里颗恰。

〔梁州〕堪笑这没分晓的妈妈,只抱得不啼哭娃娃。小心儿一见了相牵挂,腿厮捼着说话。手厮把着行踏,额厮挼着作耍,腮厮揾着温存,肩厮挨着曲和琵琶,寻题目顶针续麻。常只是笑没盈弄盏传杯,好吃阑同床共榻,热兀罗过饭供茶。那些喜呷,天来大,怪胆儿无些怕。这些时变了卦,小则小心肠儿到狡猾,显出些情杂。

〔骂玉郎〕但些儿头疼眼热，我早心惊讶。著疹热，只除咱。寻方裹药占龟卦，直到吃得粥食，离了卧榻，恰撒得心儿下。

〔感皇恩〕看承似美玉无瑕，谁敢做野草闲花！曹大姑卖杏虎，裴小蛮学撒龟，温太真索妆虾。丽春园北撒，鸣珂巷南衙，现而今如嚼蜡，似咬瓦，若搏沙。

〔采茶歌〕喜时节脸烘霞，笑时节眼生花，一霎时一天风雪冷鼻凹。本待做曲吕木头车儿随性打，原来是滑出律水晶球子怎生拿。

这漂亮的两套乃是元曲最高的成就。那样纯熟的便捷的警机的驱遣着俗谚市语，和恢恢无生气的俪辞艳语比起来，在当时一定是更博得彩声的。

明、清人所喜的，却别有在。梦符的小令，有极尖新可爱的，像：

暮春即事

〔水仙子〕风吹丝雨噗窗纱，苔和酥泥葬落花，卷云钩月帘初挂。玉钗香径滑，燕藏春衔向谁家？莺老羞寻伴，蜂寒懒报衙，啼杀饥鸦。

秋　　思

〔折桂令〕红梨叶染胭脂，吹起霞绡，绊住霜枝。正万里西风，一天暮雨，两地相思。恨薄命佳人在此，问雕鞍游子何之？雁未来时，流水无情，莫写新诗。

香 篆

〔凭阑人〕一点雕盘萤度秋,半缕宫奁云弄愁。情缘不到头,寸心灰未休。

金陵道中

〔凭阑人〕瘦马驮诗天一涯,倦鸟呼愁村数家。扑头飞柳花,与人添鬓华。

登江山第一楼

〔殿前欢〕拍阑干,雾花吹鬓海风寒,浩歌惊得浮云散。盘数青山,指蓬莱一望间。纱巾岸,鹤背骑来惯,举头长啸,直上天坛。

游越福王府

〔水仙子〕笙歌梦断蒺藜沙,罗绮香余野菜花,乱云老树夕阳下。燕休寻王谢家,恨兴亡怒煞鸣蛙。铺锦池埋荒甃,流杯亭堆破瓦,何处也繁华!

楚仪赠香囊赋以报之

〔水仙子〕玉丝寒皱雪纱囊,金剪裁成冰笋凉,梅魂不许春摇荡。和清愁一处装,芳心偷付檀郎。怀儿里放,枕袋里藏,梦绕龙香。

书 所 见

〔红绣鞋〕脸儿嫩难藏酒晕，扇儿薄不隔歌尘，伴整金钗暗窥人。凉风醒醉眼，明月破诗魂。料今宵怎睡得稳！

我们不能不说这些是好诗；可是这是六朝诗和宋词所已达到的境界，不是元曲的特色。最足以表现元曲的特色者，乃在梦符的套曲及一部分的更通俗、更活泼动人的小令。我们看：

为 友 人 作

〔水仙子〕搅柔肠离恨病相兼，重聚首佳期卦怎占？豫章城开了座相思店。闷勾肆儿逐日添，愁行货顿塌在眉尖。税钱比茶船上欠，斤两去等秤上掂，吃紧的历册般拘钤。

嘲 少 年

〔水仙子〕纸糊锹轻吉列柱折尖，肉膘胶干支剌有甚粘！醋葫芦嘴古邦伴装欠。接梢儿虽是诣，抱牛腰只怕伤廉。性儿神羊也似善，口儿蜜钵也似甜，火块儿也似情忺。

这些，才是六朝唐诗，五代、宋词里所不曾见到的作风和辞藻；这些，才是元曲所独擅的光荣。以山谷的俳词和他们来比较，他们是活跃、生动得多了。

不过在梦符的散曲里，这一类的曲子可惜还不多；最多的乃是没有忘记了文士的积习——向雅丽尖新走去——而同时却又不自觉的夹杂些俗语方言进去的东西，像：

伤　春

〔水仙子〕莺花笑我病三春，香玉知他瘦几分。屏床犹自怀孤闷，那些心吃喜人？界微红斜印腮痕，山枕浅啼晴露，洞箫寒吹梦云，风雨黄昏。

席上赋李楚仪歌一曲以酒送维扬贾侯

〔水仙子〕鸳鸯一世不知愁，何事年来白尽头，芙蓉水冷胭脂瘦，占西塘晓镜秋，菱花慢替人羞。擎架著十分病，包笼著百倍忧，老死也风流。

忆　情

〔水仙子〕红粘绿惹泥风流，雨念云思何日休？玉憔花悴今番瘦，担著天来大一担愁，说相思难拨回头。夜月鸡儿巷，春风燕子楼，一日三秋。

元曲里，大多数是这一类的作品，不仅梦符一人善写之而已。

《录鬼簿》云：梦符"以威严自饬，人敬畏之。居杭州太乙宫前。有题西湖《梧叶儿》百篇，名公为之序。胥疏江湖间四十年。欲刊所作，竟无成事者。至正五年（公元1345年）二月，病卒于家。"他的生平是那样的可怜！在他的小令里，有不少篇的《自述》、《自叙》，可略窥见其生平抱负：

自　述

〔绿幺遍〕不占龙头选，不入名贤传。时时酒圣，处处诗禅。烟霞状元，江湖醉仙，笑谈便是编修院。留连，批风抹月四十年。

自　述

〔折桂令〕华阳巾鹤氅蹁跹，铁笛吹云，竹杖撑天。伴柳怪花妖麟翔凤瑞，酒圣诗禅。不应举江湖状元，不思凡风月神仙，断简残编，翰墨云烟，香满山川。

自　叙

〔折桂令〕斗牛边缆住山槎，酒瓮诗瓢，小隐烟霞。厌行李程途，虚花世态，老草生涯。酒肠渴柳阴中拣，云头剖瓜，诗句香梅梢上扫，雪片烹茶。万事从他。虽是无田，胜似无家。

这是貌为旷达而实牢骚的说法。"虽是无田，胜似无家"。虽强自慰藉，却是含着两眼酸泪的。他又有《自警》、《自适》二作，也都是自己宽慰的东西。

自　警

〔山坡羊〕清风闲坐，白云高卧，面皮不受时人唾。乐跎跎，笑呵呵，看别人搭套项推沉磨。盖下一枚安乐窝，东，也在我，西，也在我。

自　适

〔雁儿落带过得胜令〕黄令开数朵，翠竹栽些个，农桑事上熟，名利场中捋。禾黍小庄科，篱落放鸡鹅。五亩清闲地，一枚安乐窝。行呵，官大忧愁大。藏呵，田多差役多。

同样的情绪，在他的许多小令里，随处都表现出来，像：

寓　兴

〔山坡羊〕鹏搏九万，腰缠十万，扬州鹤背骑来惯。事间关，景阑珊，黄金不富英雄汉。一片世情天地间，白，也是眼，青，也是眼。

冬日写怀三曲

〔山坡羊〕离家一月，闲居客舍，孟尝君不费黄齑社。世情别，故交绝，床头金尽谁行借？今日又逢冬至节，酒，何处赊？梅，何处折？

朝三暮四，昨非今是，痴儿不解荣枯事。攒家私，宠花枝，黄金壮起荒淫志。千百锭买张招状纸，身，已至此，心，犹未死。

冬寒前后，雪晴时候，谁人相伴梅花瘦？钓鳌舟，缆汀洲，绿蓑不耐风霜透。投至有鱼来上钩，风，吹破头，霜，皴破手。

乐　闲

〔醉太平〕炼秋霞汞鼎，煮晴雪茶铛，落花流水护茅亭。似春武风陵。唤樵青椰瓢倾云，浅松醪剩，倚围屏洞仙酣露，冷石床净，挂枯藤野猿啼月，淡纸窗明。老先生睡醒。

渔樵闲话

〔醉太平〕柳穿鱼旋煮。柴换酒新沽。斗牛儿乘兴老樵渔，论闲言伥语。燥头颅束云担雪耽辛苦，坐蒲团扳风钓月穷活路，按葫芦谈天说地醉模糊，入江山画图。

习　隐

〔水仙子〕拖条藜杖裹枚巾，盖座团标容个身，五行不带功名分。卧芙蓉顶上云，濯青泉两足游尘。生不愿黄金印，死不离老瓦盆，俯仰乾坤。

毗陵晚睡

〔折桂令〕江南倦客登临，多少豪雄，几许消沉。今日何堪！买田阳羡，挂剑长林，霞缕烂谁家书锦？月钩横故国丹心。窗影灯深，磷火青青，山鬼喑喑。

荆溪即事

〔折桂令〕问荆溪溪上人家，为甚人家，不种梅花？老树支门，荒蒲绕岸，苦竹圈笆。寺无僧狐狸弄瓦，官省事乌鼠当衙。白水黄沙，倚遍阑干，数尽啼鸦。

《冬日写怀三曲》写得最为沉痛。"黄金壮起荒淫志"，这话骂尽了世人。而他自己是"世情别，故交绝，床头金尽谁行借？"甚至于弄到了要"千百锭买张招状纸"。可是，"身已至此，心未死"，其志实可哀已！为了"五行不带功名分"，遂不能不"坐蒲团扳风钓月穷活路，按葫芦谈天说地醉模糊"了。这和大人先生们的谈高隐，说休居闲适是大为不同的。他具有真实的愤慨，而他们不过人云亦云的自鸣高洁而已。

十一

张小山名可久（《尧山堂外纪》作名"伯远，字可久"。《四库全书总目提要》作"字仲远"，均不知何据）。"庆元人。以路吏转首领官。有乐府盛行于世。（贾本，乐府上有'今'字）又有《吴盐》、《苏堤渔唱》等曲。"（《录鬼簿》）

今所传《张小山北曲联乐府》三卷，外集一卷，为最足本。虽将各集割裂，分入数卷，而仍可看出《今乐府》、《苏堤渔唱》、《吴盐》及《新乐府》的面目。此皆小令。又有散套，见《词标摘艳》及《北宫词纪》。

小山曲最为明、清人所称，也因其深投合于士大夫们的趣味。他的作风清丽而瘦削，"有不吃烟火食气"（《太和正音谱》）。李开先云："小山清劲，瘦至骨立，而血肉销化俱尽。乃孙悟空炼成万转金铁躯矣。"其实，小山曲亦间有凡庸的意境，陈腐的辞语，远不如梦符之尖新清俊，空所依傍。

小山曲以写景者为多，且似久居于西湖，故所咏不出"湖上"，固不仅《苏堤渔唱》之全为西湖曲子也。

《今乐府》似为他的最早的曲集；似系初到江南之作。故于西湖外，尚及吴门、会稽，以及吴淞江等地；且也不仅是写景，还有咏物——像《红指甲》——及抒情的作品。但写春秋景色实是他的特长。有的时候，他的想像确很清俏像。

山居春枕

〔清江引〕门前好山云占了，尽日无人到。松风响翠涛，槲叶烧丹灶。先生醉眠春自老。

秋　思　二首

〔水仙子〕天边白雁写寒云，镜里青鸾瘦玉人，秋风昨夜愁成阵，思君不见君，缓歌独自开樽。灯挑尽，酒半醺，如此黄昏。

海风吹梦破衡茅，山月勾吟挂柳梢，百年风月供谈笑。可怜人易老，乐陶陶，尘世飘飘。醉白酒眠牛背，对黄花持蟹螯，散诞逍遥。

石塘道中

〔折桂令〕雨依微天淡云阴，有客徜徉。缓辔登临，老树危亭，午津短棹，远店疏砧。傲尘世山无古今，避波风鸥自浮沉，霜后园林，万绿枝头，一点黄金。

湖　　上　二首

〔凭阑人〕远水晴天明落霞，古岸渔村横钓槎。翠帘沽酒家，画桥吹柳花。

二客同游过虎溪，一径无尘穿翠微。寸心流水知，小窗明月归。

春　　夜

灯下愁春愁未醒。枕上吟诗吟未成。杏花残月明，竹根流水声。

村庵即事

〔折桂令〕掩柴门啸傲烟霞，隐隐林峦，小小仙家，楼外白云，窗前翠竹，井底朱砂。五亩宅无人种瓜，一村庵有客分茶。春色无多，开到蔷薇，落尽梨花。

西湖秋夜

〔水仙子〕个宵争奈月明何，此地那堪秋意多！舟移万顷冰田破。白鸥还笑我，拼余生诗酒消磨。云母舟中饭，雪儿湖上歌，老子婆娑。

秋日湖上

〔人月圆〕笙歌苏小楼前路，杨柳尚青青。画船来往，总相宜处，浓淡阴晴。杖藜闲暇，孤坟梅影，半岭松声。老猿留坐，白云洞口，红叶山亭。

春晚次韵

〔人月圆〕萋萋芳草春云乱，愁在夕阳中。短亭别酒，平湖画舫，垂柳骄骢。一声啼鸟，一番夜雨，一阵东风。桃花吹尽，佳人何在？门掩残红。

雪中游虎丘

〔人月圆〕梅花浑似真真面，留我倚阑干。雪晴天气，松腰玉瘦，泉眼冰寒。兴亡遗恨，一丘黄土，千古青山。老僧同醉，残碑休打，宝剑羞看。

吴山秋夜

〔水仙子〕山头老树起秋声，沙嘴残潮荡月明，倚阑不尽登临兴。骨毛寒环佩轻，桂香飘两袖风生。携手乘鸾去，吹箫作凤鸣，回首江城。

山中书事

〔人月圆〕兴亡千古繁华梦，诗眼倦天涯。孔林乔木，吴宫蔓草，楚庙寒雅。数间茅舍，藏书万卷，投老村家。山中何事？松花酿酒，春水煎茶。

在《吴盐》和《苏堤渔唱》里,写景之作更多了。《苏堤渔唱》全是咏歌西湖景色的,故气象很局促。《吴盐》所写的也全是江南的景物。

三溪道院

〔水仙子〕断桥杨柳卧枯槎,秋水芙蕖著晚花。蹇驴行过三溪汊,访白阳居士家,拂藤床两袖烟霞。道童能唱,村醪当茶,仙枣如瓜。

这是见于《吴盐》的。像《苏堤渔唱》,所写虽多,清隽之什实在太少,像:

湖上晚归

〔满庭芳〕亭亭翠云,娟娟鹭羽,细细鱼鳞,一方瑞锦香成阵,明月随人。爱莲女纤纤玉笋,唱菱歌采采白苹。相亲近,盈盈水滨,罗袜暗生尘。

有什么深厚的情在着呢?惟亦间有漂亮之作夹杂在里面。那却正是他用俗语入曲的作品:

失　题

〔醉太平〕人皆嫌命窘,谁不见钱亲!水晶环入面糊盆,才沾粘便滚。文章糊了盛钱囤,门庭改做迷魂阵,清廉贬入睡馄饨,胡芦提到稳。

在《新乐府》里，也有很活脱跃动的东西，像：

酒　　友

〔山坡羊〕刘伶不戒，灵均休怪！沿村沽酒寻常债。看梅开，过桥来，青旗正在疏篱外。醉和古人安在哉！窄不够筛。哎，我再买。

"我再买"那三个字把全篇的精神全都振作起来，令我们读之，还似犹闻其语。

他的《湖上晚归》："景天落彩霞"套。论者以为足与马致远"百岁光阴"相比肩。其实，其情调是很不相同的。

湖上晚归

〔一枝花〕长天落彩霞，远水涵秋镜。花如人面红，山似佛头青。生色围屏，翠冷松云径，嫣然眉黛横，但携将旖旎浓香，何必赋横斜瘦影。

〔梁州〕挽玉手留连锦英，据胡床指点银瓶，素娥不嫁伤孤另。想当年小小，问何处卿卿？东坡才调，西子娉婷，总相宜千古留名。吾二人此地私行，六一泉亭上诗成，三五夜花前月明，十四弦指下风生。可憎，有情！捧红牙存华屋羊昙，兴足竹林阮成，醉居林甫曹参。放开酒胆，恨狂风尽把花摇撼，叹阳和又虚赚。拼了酕醄饮兴酣，于理何惭！

〔尾声〕紫霜毫入砚深深蘸，吟几首莺花诗满函，一望红稀绿阴暗，正游人不甘。奈仆童执辔，不由咱倦把骄骢辔头儿搅。

他的套曲本来不多，好的更少，不像乔梦符之篇篇珠玉。《词林摘艳》曾载其咏春夏秋冬四景的四套，现在引录《春景》一套于下，可见其作风并不怎样的出色。

春　景

〔一枝花〕滚香绵柳絮轻，飘白雪梨花淡。怨东风墙杏色，醉晓日海棠酣。景物偏堪，车马游人览，赏晴明三月三，绿苔撒点点青钱，碧草铺茸茸翠毯。

〔梁州第七〕流水泛江湖暖浪，轻云锁山市晴岚。恐无多光景疾相探。雕鞍奇辔，纱帽罗衫，珍馐满桌，玉液盈坛，歌儿舞妓那堪！诗朋酒侣交谈，吃的个生合和伊川令。万籁寂，四山静。幽咽泉流水下声，鹤怨猿惊。

〔尾〕岩阿禅窟鸣金磬，波底龙宫漾水精。夜气清，酒力醒，宝篆销，玉漏鸣。笑归来仿佛二更，煞强似踏雪寻梅灞桥冷。

他的所长，却在情词。他的咏物和写景，时有腐语，但其情词却极为清俊可喜。像《北宫词纪》所载的春怨：

〔一枝花〕莺穿残杨柳枝，虫蠹损蔷薇刺，蝶蜂干芍药粉，蜂鏖断海棠丝。怕近花时。白日伤心事，清宵有梦思。间阻了洛浦神仙，没乱杀苏州刺史。

〔梁州第七〕俏姻缘别来久矣！巧魂灵梦寐求之。一春多少伤心事！著情疼热，痛口嗟咨，往来迢递，终始参差。一简书写就了情词，三般儿寄与娇姿。麝脐薰五花瓣翠羽香钿，猫眼嵌双转轴乌金戒指，獭髓调百和香紫蜡胭脂。念兹，在兹，愁和泪频传示，更嘱付两三次。诉不尽心间无限思，倒羞了燕子莺儿。

〔尾声〕无心学写钟王字，遣兴闲观李杜诗，风月关情随人志。酒不到半卮，饭不到半匙，瘦损了青春少年子。

写正在相思的少年子，其情调很深挚。但这还不是他的最好的；像《今乐府》里的：

秋夜闺思

〔折桂令〕剔残灯数尽寒更，自别了莺莺，谁更卿卿！竹影疏棂，蛩声废井，桂子闲庭。淹泪眼羞看画屏，瘦人儿不似丹青。盼杀多情，远信休凭，好梦难成。

寄　情　二首

寄情虚把彩笺缄，排砌偷将底句挽。隔帘怪他娇眼馋。话儿嘶，一半儿伴羞一半儿敢。

臂销闲把玉纤掐，髻袒慵拈金凤插。粉淡偷临青镜搽。劣冤家，一半儿真情一半儿假。

也还只是平常；但像《吴盐》里的许多小令：

闺　情

〔朝天子〕与谁，画眉。猜破风流谜。铜驼巷里玉骢嘶，夜半归来醉。小意收拾,怪胆禁持,不识羞谁似你!自知,理亏,灯下和衣睡。

收 心 二首

〔普天乐〕姓名香,行为俏,花花草草,暮暮朝朝。关心三月春,开口千金笑。惜玉怜香何时了?彩云空声断莺箫。朱颜易老,青山自好,白发难饶。

旧行头,家常扮鸳鸯被冷,燕子楼拴。偷将心事传,掇了梯儿看。系柳监花乔公案,关防的不似今番。姨夫暗攒,行院斗侃,子弟先趄。

失 题

〔寨儿令〕亏负咱,怎禁他!觑著头玉容憔悴煞。爱处行踏,陡恁情杂,和俺意儿差。步苍苔凉透罗袜,掩朱门香冷金鸭。把你做心事人,望的我眼睛花。嗏!因甚不来家?

我志诚,你胡伶,一双儿可人庞道撑。斗草踏青,语燕啼莺,引动俏魂灵。绣窗前残酒为盟,花阴下明月知情。宝香寒静悄悄,罗袜冷战兢兢曾,直等到二三更。

〔寨儿令〕敛翠蛾,揾香罗,病恹恹为谁憔悴我?哑谜猜破,冷句调唆。便知道待如何?阻牛郎万古银河,湆蓝桥千丈风波。偷工夫来觑你,说破绽尽由它。哥,越间阻越情多。

这些都是警语连篇的。想来在当时歌宴里唱来一定会是雅俗共赏的。《太和正音谱》又载有《锦橙梅》小令一篇:

失　题

〔锦橙梅〕红馥馥的脸衬霞，黑髭髭的鬓堆雅。料应他，必是个中人打扮的堪描画。颤巍巍的插著翠花，宽绰绰的穿著轻纱，兀的不风韵煞人也，嗏！是谁家？我不住了偷睛儿抹。

这可以抵得上《西厢记》的张生初遇莺莺的一幕了。

小山在第二期里，年辈较早。他尝称马致远为先辈。但他和卢疏斋、贯酸斋相赠答，冯海粟、刘时中又尝题其集。其活动的时代当在公元1330年到1360年间。

十二

睢景臣（"景"，贾本作"舜"）字嘉贤。《录鬼簿》云："自维扬来杭，余与之识。心性聪明，嗜音律。维扬诸公俱作《高祖还乡》套数。公《哨遍》，制作新奇。诸公者皆出其下。又有南吕《题情》云：'人归燕子楼，帐冷鸳鸯锦，酒空鹦鹉枝，钗断凤皇金。'亦为工巧，人所不及也。"

他有杂剧三本：《牡丹记》、《千里投人》及《屈原投江》，惜均不传。今所传者惟《高祖还乡》等数套耳。

《高祖还乡》确是奇作。他能够把流氓皇帝刘邦的无赖相，用旁敲侧击的方法曲曲传出。他使刘邦的荣归故乡的故事，从一个村庄人眼里和心底说出。村庄人心直嘴快，直把这个故使威风的大皇帝，弄得啼笑皆非。这虽是游戏作，却嬉笑怒骂，皆成文章了。

〔高祖还乡〕社长排门告示，但有的差使无推故。这差使不寻俗，一壁厢纳草也根，一边又要差夫索应付。又言是车驾，都说是銮舆，今日还乡故。干乡老抟定瓦台盘，赵忙郎抱着洒葫芦，新刷来的头巾，恰糨来的绸衫，畅好是妆么大户。〔耍孩儿〕瞎王留引定火乔男女，胡踢蹬吹笛擂鼓。见一彪人马到庄门，匹头里几面旗舒。一面旗白胡阑套住个迎霜兔，一面旗红曲连打着个毕月乌，一面旗鸡学舞，一面旗狗生双翅，一面旗蛇缠胡芦。〔五煞〕红漆了叉，银铮了斧，甜瓜苦瓜黄金镀，明晃晃马镫枪尖上桃，白雪雪鹅毛扇上铺。这几个乔人物，拿着些不曾见的器仗，穿着些大作怪衣服。〔四〕辕条上都是马，套顶上不见驴，黄罗伞柄夭生曲，车前八个天曹判，车后若干递送夫。更几个多娇女，一般穿着，一样妆梳。〔三〕那大汉下的车，众人施礼数。那大汉觑得人如无物。众乡老屈脚舒腰拜，那大汉挪身着手扶，猛可里抬头觑，觑多时认得崄气破我胸脯。〔二〕你须身姓刘，您妻须姓吕，把你两家儿根脚，从头数。你本身做亭长，耽几盅酒。你丈人教村学，读几卷书。曾在俺庄东住，也曾与我喂牛切草，拽坝扶锄。〔一〕春采了桑，冬借了俺粟，零支了米麦无重数，换田契强秤了麻三秤，还酒债偷量了豆几斛，有甚胡突处，明标着册历，见放着文书。〔尾〕少我的钱差发内旋拨还，欠我的粟税粮中私准除。只道刘三，谁肯把你揪捽住，白甚么改了姓，更了名，唤做汉高祖！

这不是一篇绝妙好辞么？"只道刘三，谁肯把你揪捽住？白甚么改了姓，更了名，唤做汉高祖！"作者是有意的，还是无意的在讥嘲着一切的流氓皇帝，一切的权威者呢？

景臣也写些情词，但似乎没有《高祖还乡》那末泼辣活跃了；像《六国朝收心》套，"陈言"是太多了些：

〔收心〕〔六国朝〕长江浪险，平地风恬。恨世态柳颦眉，顺人情花笑靥。乌兔东西急，白发重添，寒暑往来侵，朱颜退染。穿花蝶愁扃绿锁，营巢燕限簌朱帘，蝶入梦魂潜，燕经秋社闪。〔催拍子〕拜辞了桃腮杏脸，追逐回雪鬓霜髯。死灰绝焰，腹难容曩日杯盘，身怎跳而今坑堑，去奢从俭。六桥云锦，十里风花，庆赏无厌，四时独古。花溪信马，莲浦乘舟。菊绽霜严，雪残梅堑，鸟呼人至鹤送猿迎。酒毂随分，费用从廉。就清流洗痕濯玷。〔幺〕烟花薄敛，风尘户掩，再谁曾掣关抽店。尽亚仙嫁了元和，由苏氏放番双渐，罢思绝念，旧游魔女魂香，野狐涎甜，觉来有验，抽箱罗帕，倒袋香囊，将俺拘钤做科撒贴。浮花浪蕊，剩馥残膏，你能搽抹，谁敢粘沾！到榻鬼赖人支罃。〔归塞北〕呆娇艳自要若厌厌。觅见银山无采取，寻着钱树不揪挦，典卖尽妆奁。〔尾〕零替了家私怕搜检，缺少了些人情我应点，情瞒儿出尖，谁负债，拏着我还欠。

但在《寓僧容》（《黄莺儿》套）里，我们却看出了他的写景抒情的能力来；在寂寞的僧舍里，暂寄一宵，"蚊帐矮，独拥单衾"，能不"一宵如半载"么？这凄清的情境是很独创的。

〔寓僧舍〕〔黄莺儿〕秋色秋色，几声悲怆，孤鸿出塞，满园林野火烘霞，荷枯柳败。〔踏莎行〕水馆烟中，暮山云外，泊孤舟古渡侧息风霾净尘埃，宝刹清凉境界，僧相待，借眠何碍。〔垂丝钓〕风清月白有感，心酸不耐。更触目凄凉景物，供将愁闷来。月被云埋，风鸣天籁。〔盖天旗〕僧舍窄，蚊帐矮，独拥单衾，一宵如半载。旧恨新愁深似海。情缘在，人无奈，几般儿可怪。〔随煞〕促织絮,恼情怀砧杵韵,无聊赖。檐马奢,殿铎鸣,疏雨滴西风,煞能断送楚白云,会禁忕异乡客。

但可怪的是,铸辞用语,仍未脱陈套。尖新的字句很罕见。为什么与《高祖还乡》套那样的不相称呢?是他的才尽罢?或者,元曲是特别适宜于写若庄若谐的叙事歌曲的罢?

我们觉得元曲是,"俗"则佳,趋"雅"则要变成恹恹无生气的了。景臣诸作,除《高祖还乡》外,都是嫌其不够"俗"的。

十三

徐再思字德可。"好食甘饴,号甜斋。嘉兴路吏。多有乐府行于世。为人聪敏。与小山同时"。(《录鬼簿》)再思所作,今所存者,全为小令,除《乐府群玉》录其《红锦袍》四首外,余近百首,皆见于《太平乐府》。

他喜于写情,有极漂亮的尖新的东西,但同时也有比较的平凡的。像《春情》、《相思》的凡首,几逼肖关汉卿:

〔沉醉东风〕〔春情〕一自多才阔,几时盼得成合。今日个猛见它门前过,待唤着怕人瞧科。我这里高唱当时水调歌,要识得声音是我!

〔清江引〕〔私欢〕梧桐画开明月斜,酒散笙歌歇。梅香走将来,耳畔低低说,后堂中正夫人沉醉也。〔相思〕相思有如少债的,每日相催逼。常挑着一担愁,准不了三分利,这太钱见它时才算得。

〔寿阳曲〕〔春情〕心疼事,肠断词,背秋千泪痕红渍,剔春纤碎榴花瓣儿，就窗纱砌成愁字。〇昨宵是你自说许着咱，这般时节到西厢，等的人静也。又不成再推明夜？

〔蟾宫曲〕〔春情〕平生不会相思。才会相思，便害相思。身似浮云，心如飞絮，气若游丝。空一缕余香在此，盼千金游子何之？证候来时，正是何时。灯半昏时，月半明时。

〔水仙子〕〔春情〕九分恩爱九分忧，两处相思两处愁，十年迤逗十年受，几遍成几遍休，半点事半点惭羞。三秋恨三秋感旧，三春怨三春病酒，一世害一世风流。

像《闲情》的二首，也显得极玲珑剔透：

〔金字经〕〔关情〕一点心间事，两山眉上秋，括起金针还又休。羞见人，推病酒，恹恹瘦，月明中空倚楼。〇歌扇泥金缕，舞裙裁缝绡，一捻瘦香杨柳腰。娇殢人，教斗草，贪欢笑，倒插了金步摇。

他也有很豪迈的作品，清丽异常而气概不凡，最好的，像《水仙子》，有些似马致远的最好的作品了：

〔水仙子〕〔夜雨〕一声梧叶一声秋，一点芭蕉一点愁，三更归梦三更后。落灯花棋未收，叹新丰孤馆人留。枕上十年事，江南二老忧，都到心头。

他的咏史、咏物、咏景色之作，有时也写得不坏。但总不如他情词的刻划深切，宛转入情：

〔金字经〕〔春〕紫燕寻田垒,翠鸳栖暖沙,一处处绿杨堪系马。他问前村沽酒家,秋千下,粉墙边,红杏花。〔水亭开宴〕犀筯银丝鲙,象盘冰蔗浆,池阁南风红藕香,将紫霞白玉觞,低低唱,唱着道:今夜凉。

〔寿阳曲〕〔梅影〕枝横水,花未雪,镜中春,玉痕明灭,梨云梦残人瘦也,弄黄昏半囱明月。〔手帕〕香多处,情万缕。织春愁,一方柔玉寄多才,怕不知心内苦,渍胭脂泪痕将去。

徐 甜 斋

〔蟾宫曲〕〔西湖〕十年不到湖山,齐楚秦燕,皓首苍颜。今日重来,莺嫌花老,燕怪春悭。所越女鸾箫象板,恼司空雾鬟云环。道院禅关,酒会诗坛,万古西湖天上人间。〔江淹寺〕紫霜毫是是非非,万古虚名一梦初回。失又何愁,得之何喜,闷也何为。落日外萧山翠微,小桥边古寺残碑。文藻珠玑,醉墨淋漓,何似班超,投却毛锥。〔登太和楼〕白云中涌出峰来,俯视西湖,图画天开。暮雨珠帘,朝云画栋,夜月瑶台。书籍会三千剑客,管弦声十二金钗。对酒兴怀,拊脾怜才,寄语玲珑,王粲曾来!

"失之何愁,得之何喜,闷也何为",这也是无可奈何的悲哀!

顾德润字君润,杭州人,松江路吏。"自刊《九仙乐府》(一作九山)二集,售于市肆。道号九仙"。(《录鬼簿》)他的曲子,也俱见《太平乐府》,今存者已无多。不见得有什么出色当行之作。惟《骂玉郎带过感皇恩》《采茶歌》的《述怀》二首:

蛛丝满甑尘生釜，浩然气尚吞吴，并州每恨无亲故。三匹乌，千里驹，中原鹿。走遍长途，反下乔木，若立朝班乘骢马，驾高车。常怀卞玉，敢引辛裾。羞归去休进取，任揶揄。暗投珠，叹无鱼。十年窗下万言书，欲赋生来惊人语，必须苦下死工夫。

　　人生傀儡棚中过，叹乌兔似飞梭，消磨岁月新功课。尚父蓑，元亮歌，灵均些。安乐行窝，风流花磨，闲呵诹，歪嗑发乔科，山花袅娜，老子婆娑，心犹倦，时未来，志将何？爱风魔，怕风波，识人多处是非多。适兴吟哦无不可，得磨跎处且磨跎。

却是一般沈屈下僚者的"同声一叹"之作。

他的套曲，像《四友争春》、《忆别》等，都没有什么重要的。

高敬臣名克礼，号秋泉。《录鬼簿》云："见任县尹。小曲乐府，极为工巧，人所不及。"《元诗选癸集》以他为河间人。张小山与他为友，尝有曲说到他。他的散曲，今存者不过《乐府群玉》里的四首，却没有一首不是尖新的。《黄蔷薇》、《过庆元贞》的《失题》二首尤好："燕燕别无甚孝顺，哥哥行在意殷勤"，大似关汉卿的《诈妮子》《调风月》的一幕。其第一首，似是咏杨贵妃的。"又不曾看生见长，便这般割肚牵肠。唤你你酪子里赐赏撮醋醋孩儿弄璋"，其运用俗语是异常的妥贴得当的。

郑光祖为元代四大家之一（关、马、郑、白）。其实他不仅不及关远甚，连马、白也不容易追得上。他的戏曲几乎都是仿拟前辈的，其散曲存者不多，而好的也很少。其最高的成就，不过是像：

梦 中 作

　　〔蟾宫曲〕半窗幽梦微茫，歌罢钱塘，赋罢高唐。风入罗帏，爽入疏棂，月照纱窗。缥缈见梨花淡妆，依稀闻兰麝余香。

唤起思量，待不思量，怎不思量？

而已。一般的辞意，都不过是盗窃古人的成语而略加以变化之耳。"呀，那些个投以木桃，报以琼瑶，我便似日影中捕金乌，月轮中擒玉兔，云端里觅黄鹤"。（《题情》）这和杜善夫、乔梦符诸人之作，差得多少！

但他在当时却负有盛名。《录鬼簿》云："所作声振闺阁。伶伦辈称郑老先生，皆知其为德辉也。"这是很可怪的。德辉是他的字。他为平阳襄阳人，以儒补杭州路吏。卒葬西湖。

吴仁卿字弘道，号克斋，历仕府判，致仕。所作有《金缕新声》；也写杂剧（五本），但俱失传。今存于《阳春白雪》、《太平乐府》的二十多篇的小令套曲，俱无甚惊人之语，不过是寻常的题情及闲适之作而已。

〔金字经〕今人不饮酒，古人安在哉！有酒无花眼倦开。鼓吹台，玉人伏下阶。妨何碍！青春不再来！

〔金字经〕道人为活计，七件儿为伴侣。茶、药、琴、棋、酒、画、书。世事虚似草梢擎露珠。还山去，更烧残药炉。

周仲彬名文质。其先建德人，后居杭州，因家焉。家世业儒，俯就路吏。"善丹青，能歌舞，明曲调，谐音律。"和钟嗣成是很好的朋友。

他有咏少卿事的套曲，不过寻常之作而已，像《悟迷》，却颇好：

〔悟迷〕〔蝶恋花〕杨柳楼台春兰索，庭院深沉，不把相思锁。睡去犹然有梦合，愁来无处容身躲。〔乔牌儿〕想秦楼金缕歌，风流怪共欢乐。和香折得花一朵，记当时它付托。〔神曲缠〕咱彼各休生间阔，便死也同其棺椁。虽然未可妻夫过活，且遥受心爱的哥哥。猛可折到。蓝桥路千里烟波，桃源洞百结藤萝。细寻思冰人颇可，好前程等闲差错。〔二〕鼓盆歌寂寞，天差我从新赓和。盼芳容同栖绣幄，奈儒风难立鸣珂。叹书生轻别素娥，看佳人输与拔禾。〔三〕分薄连枝树柯，斫来烧妖庙火。病魔心如刀剁，对青铜知鬓皤画阁，更深罗幕，伴灯花珠泪落。〔离亭宴尾〕着迷本是伊之祸，辜恩非是咱之过。如之奈何？朱门深闭，贾充香，兰房强揾郑生玉，青楼空掷潘安果。壶中筹掣做签，盘内棋排成课，待卜个它心怎么？界残妆枕上哭，扣皓齿神前咒，启檀口人行唾。纸如海样阔，字比针关大，也写不尽肠许多！和恨染至诚它，连愁书负心我。

钱子云名霖，松江人。弃俗为黄冠，更名抱素，号素庵。多游名公卿间。类辑时人之作，名曰《江湖清思集》。又自作曲集名《醉边余兴》。今皆不传，他和徐再思同时。再思尝有送他赴都的曲子。大约他曾有一时功名还热吧。但终于不遇而回。所作《清江引》（失题），很有清隽的情思：

梦回昼长帘半卷，门掩荼蘼院。蛛丝挂柳棉，燕嘴粘花片，啼莺一声春去远。

高歌一壶新酿酒，睡足烽衙后。云深鹤梦寒，不老松花瘦，不如五株门外柳。

赵文宝名善庆，饶州乐平人。善卜术，任阴阳学正。有杂剧七本，今并无存。他的散曲，佳者足追张小山、马致远。像"雨痕着物澜如酥，草色和烟近似无，岚光照日浓如雾"（《水仙子》），又像：

〔落梅风〕枫枯叶，柳瘦丝，夕阳闲画阑十二。理情空莹然如片纸，一行雁一行愁字。（江流晚眺）

都足以令人吟味。

曹明善名德,衢州人,路吏。《录鬼簿》云:"甘于自适。在都下赋长门柳之词者乃先生也。"又称其乐府华丽自然,不在小山之下。所谓"长门柳",乃指他的《清江引》二首(失题),相传是刺伯颜的。兹引其一;其情趣是很独创的。

长门柳丝千万结,风起花如雪。离别复离别,攀折更攀折,苦无多旧时枝叶也!

任则明名昱,四明人。少年狎游平康,以小乐章流布裙钗。曾有曲子送曹明善北回。所作无多大当行出色之作。像"吴山越山山下水,总是凄凉意"之类,毫无什么新意。

王晔(日华)和朱凯曾合作《题双渐小青问答》(见《乐府群玉》),人多称赏。其实也并没有多大的重要。

十四

曾瑞卿,大兴人。《录鬼簿》云:"喜江、浙人才之名,景物之盛,因家焉。公丰采卓异,衣冠整肃,悠游市井,俨然如神仙中人。志不屈物,故不敢仕。因号褐夫。公善丹青,工隐语,有《诗酒余音》行于世。"他的杂剧《才子佳人》《娱元宵》,盛行于世。散曲传者也独多。其《自序》是重要的自叙曲子之一:

〔自序〕〔端正好〕一枕梦魂惊,千载风云过,将古来英俊评跋。谁才能?谁霸道?谁王佐?只落得高冢麒麟卧。〔幺〕百年身,隙外白驹过,事无成潘鬓双皤。既生来命与时相挫,去狼虎丛服低将。〔滚绣球〕时与命道不合,我和它气不和,皆前定并无差错。虽圣贤胸次包罗,待据六合要并一锅。其中有千万人,我,各有天时地利人和。气难吞吴魏,亡了诸葛;道不行齐梁丧了孟轲,天数难那。〔倘秀才〕举伊尹有汤王倚托,微管仲无桓公不可,相公子纠偏如何不九合?失时也亡了家国,得意后霸了山河,也是君臣每会合。〔脱布衫〕时不遇版筑为活,时不遇荆南落魄,时不遇窬垣而躲,时不遇在陈忍饿。〔小梁州〕勇儿贫困果如何?击缶讴歌,甘贫守分,淡消磨颜回乐,知足后一瓢多。既功名不入凌烟阁。放疏狂落落陀陀。就着老瓦盆浮香糯,直吃的彻未,醒后又如何?〔滚绣球〕学刘伶般酒里酕,仿波仙般诗里魔。乐闲身有何不可。说几句不伤时信口开合,折莫时愤悱启发平科。见破绽呵闲榼,教人道我豪放风魔。由它似斗筲之器般看得微末,似粪土之墙般觑得小可,一任由他。〔醉太平〕看别人挥鞭登剑阁阃。举棹泛沧波,争如我得磨跎处且磨跎,无名缰利琐。携壶策杖穿林落,临风对月闲吟课,有花有酒且高歌,居村落快活。〔叨令〕听樵歌牧唱依腔和,整丝纶独钓垂钩坐。铺苔茵展绿张云幕,披渔蓑带雨和烟卧,快活也么哥,快活也么哥!且潜居抱道随绿过。〔二〕也不学采薇自洁埋幽壑,不学举国独醒葬汨罗,也不学墨子回车,巢由洗耳,河老腾云,许子衣褐,也不仰天长叹,也不待相宣言,也不扣角为歌,却回光照我,图甚苦张罗!〔三〕忘食智上齐君果,不吐嫌兄仲子鹅。饱养鸡豚,广栽桃李,多植桑麻,剩种粳禾。盖数橼茅屋,买四角黄牛,租百亩庄窠。时不遇也怎么,且耕种置个家活。〔四〕瓮头白酒新醅泼,碗内黄斋垒酱和。诗里乾坤,杯中日月,醉醒由己,清浊从他。我量宽似海,杯吸长鲸,酒泛洪波,醉乡宽阔,不饮待如何?〔五〕忘忧陋巷于咱可,乐道穷途奈我何?右拘琴书,左携妻子,无半纸功名,躲万丈风波。看别人日边牢落,天际驱驰,云外蹉跎。咱图个甚莫!未转首总南柯。〔尾〕既无那抱关击柝名煎聒、且守这养气收心安乐窝。用时行,舍时躲居山村,离城郭,对樽罍远鼎镬。黄菊东篱栽数科,野菜西山锄几陀。听一笛斜阳下远坡,看几缕残霞蘸浅波。醉袖乘风鹏翼拖,塞个临溪鳌背驮。杲杲秋阳曝已过,淘淘清江濯几合、骨角成形我切磋,玉石为珪自琢磨,华昰干将剑不磨,唾噁经纶手不搓。养拙潜身躲灾祸,由恁是非满乾坤,也近不得我!

这是如何深刻彻底的个人无政府主义呢?他什么都不闻不问,只是自己消遣着,懒散的静享田园之乐。这是一般不得志的放怀讴歌;这是屈子的《离骚》,是东方朔的《答客难》,是韩愈的《正学解》,而瑞卿却比他们都聪明得多了。但人世间果有"由恁是非满乾坤,也近不得我!"的境地么?也只是文人的乌托邦而已。他的《叹世》也是如此的情调:

〔叹世〕〔行香子〕名利相签,祸福相兼,使得人白发苍髯。残花雨过,落絮泥沾,似梦中身,石中火,水中盐。〔幺〕跳下竿尖,摆脱钩钳,乐天真休问人嫌,顾前盼后,识耻知廉。是汉张良,越范蠡,晋陶潜。〔乔木查〕尽秋霜鬓染,老去红尘厌,名利为心无半点。庄周蝶梦甜,疏散威严。〔搅筝琶〕君休欠何故苦厌厌!月满还亏杯盈自沰。荣贵路景稠粘,沾惹情忺,把穿绝业贯,休再添徒尔趋炎。〔拨木断〕弃雕檐隐间阎,灰心打灭烧身焰,袖手擘开锁顶钳,柔舌砍钝吹毛剑,旧由绝念。〔离亭宴带歇指煞〕无钱妆富刚为僭,有财合散休从俭。狂夫不厌为口腹，遥天外置网罗。贪贿赂满肚里生荆棘，争人我平地工橛坑堑。六印多你尚贪，一瓢足咱无欠。君子退谦，把两字利名勾。向百岁光阴里，将一味清闲占。供庖厨野斋香，忘宠辱村醪酽，无客至柴荆昼掩。卧松菊北窗凉，躲风波世途险。

他的话并不比张云庄、不忽麻平章两样多少，他的作风也不比他们高明了多少。但我们总觉得曾褐夫的话是真情实话，是有所为而发的；而张云庄他们却是无病的呻吟，做作的清高，虚伪的呼吁。这因为其境地是完全不同的。

他的《村居》，写的也便是那清高的生活了；也许真的是乐在其中：

〔村居〕〔哨遍〕人性善皆由天命，气清浊列等为贤圣，万物内最为灵，又幸为男子峥嵘要自省，妍媸贵贱，寿夭穷通，这几事皆前定。使不着吾强我性，叹时乖运拙，随坎止流行。既知钟鼎果无缘，好向林泉且埋名。除去浮花修养残躯，安排暮景。〔幺〕量力经营，数间茅屋临人境，车马少，得安宁。有书堂药室茶亭，甚齐整，鱼池内菱茨，溪岸上鸡鹅，壮观我乘高兴，缫车响蝉声相应。妻蚕女茧，婢织奴耕，陇头残月荷锄歌，牛背夕阳短笛横，听农家野调山声。〔耍孩儿〕虽然蔬圃衡畦径，挽造化，夺时发生也和治世一般平。桔槔便当权衡。堤防着雨涝开沟洫，准备着天晴，浍水坑裁排定。生涯要久远，养子望聪明。〔幺〕把闲花野草都锄净，尚又怕稊稗交生。桑榆高接暮云平，笋黄菜绿瓜青。葫芦花发香风细，杨柳阴浓暑气清。开心镜，静观消长，闲考亏盈。〔三煞〕菜老便枯。菜嫩便荣，荣枯消长，教人为证。菜因浇灌多荣旺，人为功名苦战争。徒然竟百年身世，数度阴晴。〔四〕兴来画片山，闲来看卷经。推敲访友针诗病，消磨世态杯中酒，聚散人情水上萍。心方定，但绿有酒，与世忘形。〔三〕无愁心自安，高眠梦不惊。不乏衣食为侥幸，身闲才见公途险，累少方知担子轻。成家庆，顽童前引，稚子随行。〔二〕樵夫又了柴，渔翁扳了罾，故来下访相钦敬。盘中熟笋和生菜，瓮里新醅泼酷清。行盃令，饮竭正盏斟满罚觥。〔尾〕渔说它强，樵说它能。我攒颏抱□可宁听，闲看会渔樵壮厮徒。

褐夫又写些《羊诉冤》一类的游戏文章：

〔羊诉冤〕〔哨遍〕十二宫分了巳未，禀乾坤二气成形质。颜色异种多般本性，善群兽难及。向塞北李陵台畔，苏武坡前，爵卧夕阳外，趁满目无穷草地，散一川平野，走四塞荒陂。驭车善致晋侯欢，拂石能逃左慈危。舍命于家，就死成仁，杀身报国。〔幺〕告朔何疑代衅钟，偏称宣王意。享天地，济民饥，据云山水陆无敌。尽之矣，驰蹄熊掌，鹿脯獐犯，比我都无滋味。折莫烹炮煮煎，熛蒸炙，便盐淹，将卮醋，拌糟焙肉麋肌鲊，可为珍，尊菜鲈鱼有何部，于四时中无不相宜。〔耍孩儿〕从黑河边赶我到东吴内，我也则望前程万里。想道是物离乡贵，有些峥嵘。撞有个王人翁少东没西，无料喂，把肠胃都抛做粪，无水饮，将脂膏尽化作做尿，便似养虎豹牢监系，从朝至暮，坐守行随。〔幺〕见一日八十番觑我膘脂，除我柯杖外别有甚的。许下浙江等处恶神祇，又请过在城新旧相知，待任与老火者残岁里呈高戏，要雇与小子弟新年中扮杜直，穷养的无巴避，待准折舞裙歌扇，要打摸暖帽春衣。○〔一煞〕把我蹄指甲要舒心晃窗，头上角要锯做解锥，聪着领下须紧要拴挝笔，待生挦我毛裔铺毡袜，待活剥我监儿踏碏皮。眼见的难回避，多应早晚不保朝夕。〔二〕火里赤磨了快刀，忙古歹烧下热水。若客都来，抵九千鸿门会。先许下神鬼，彪了前膊，再请下相知，揣了后腿，围我在垓心内，便休想一刀两段，必然是万剐凌持。〔尾〕我如今刺搭着两个焉耳朵，滴溜着一条粗硬腿，我便似蝙蝠臀内精精地，要祭赛的穷神下的呵吃。

他也写了不少的情词，但似非其所长，像：

元宵忆旧

〔元宵忆旧〕〔醉花阴〕冻雪才消，腊梅谢却，早击碎泥牛应节。柳眼吐些些，时序相催斗，把鳌山结。〔喜迁莺〕畅豪奢，听鼓吹喧天，那欢悦，好交我心如刀切。泪珠儿揾不迭，哭的似痴呆。自从别后，这满腹相思何处说？流痛血，瑶琴怎续，玉簪难接。〔出队子〕想当初时节，那浓欢怎弃舍？新愁装满太平车，旧恨常堆几万叠。若负德辜恩，天地折。〔神仗儿〕这些时情诗倦写，和音书断绝。斜月笼明，残灯半灭，恨檐马玎当，怨塞鸿凄切。猛然间想起多娇，那愁闷怎拦截。〔挂金索〕业缘心肠，那烦恼何时彻？对景伤情，怎挨如年夜？灯火阑珊，似万朵金莲谢，车马阗阗，赛一火鸳鸯社。〔随尾〕见它人两口儿家携着手看灯夜，交俺怎生不感叹伤嗟。尚想俺去年的那人何处也。

但像《风情》，却写的比较的好：

风　情

〔风情〕连夜银蟾，遂朝媚脸，体再情添，淹渐病深。殢雨初沾，尤云乍敛，他不嫌，俺正忺，不雇伤廉，何曾记点。〔紫花儿〕双歌月枕，携手虚檐付粉妆奁，欢娱忒酽，收管持严，如鳒如鲽，载何会有半句儿谄，无一星所欠，浪静风恬，落花泥粘。〔幺〕无嫌大俳场俺占，乔风月咱兼，闲是非人咭，强做科撒坫，硬热恋白沾，相签抢的柄铜锹分外里险，撅坑撅堑。潘岳花挦，韩寿香苦。〔小桃红〕小姨夫统镘紧沾粘，新人物冤家忺。早起无钱晚夕厌，怎拘钤苏卿不嫁穷奴斩，败旗儿莫飐。俏勤儿绝念，鱼雁各伏潜。〔幺〕假真诚好话儿亲曾验，鼻凹里沙糖怎恬贪？顾恋眼前甜，不堤防背后闪。

他的小令写"情"的，似比较他的套曲还要好些。但比了关汉卿诸前期的大家，或同时代的乔梦符诸家却还觉得不无逊色。

骂玉郎带过感皇恩采茶歌

〔风情〕酸丁词客人多才。歌白苎，泪青衫，风流歇，豁着坑陷，冷句儿话好话儿鸽，踏科兜钐。风月贪婪，云雨尴尬，你咱憨，咱骔涍，影羞惭，惜花心旋减，噤玉口，牢缄情绝。滥意莫贪眠休馋。出深潭，上高岩，方知色界海中弇。美女花娇休去览，老婆禅奥莫来参。〔闺情〕才郎远送秋江岸，斟别酒，唱阳关。临岐无语空长叹。酒已阑曲未残，人初散。月缺花残，枕剩衾寒，脸消香，眉蹙黛，髻松鬟。心长怀，去后信不寄平安。折鸾凤，分莺燕，查鱼雁。对遥山，倚阑干，当时无计锁雕鞍。去后思量悔应晚，别时容易见时难。〔闺中闻杜鹃〕无情杜宇闲淘气，头直上耳根底，声声聒得人心碎。你怎知我就里，愁无际。帘幕低垂，重门深闭，曲阑边，雕檐外，画楼西，把春醒唤起，将晓梦惊回。无明夜，闲聒噪，厮禁持。我几曾离这绣罗帏，没来由劝我道不如归。狂客江南正着迷，这声儿好去对俺那人啼。

他虽是很有大名，但在我们看来，他还不能够和乔、张相提并论。

十五

在第二期的作家里，除乔、张外，很可怪的，倒还是批评家的钟嗣成和周德清更显得重要。

钟嗣成编《录鬼簿》，为元曲保存了不少最可珍贵的材料，其功不在杨朝英之下。他自己的散曲，在他的友朋们里算是很高明的。他佩服曾瑞卿、郑光祖，但他的作风比他们更要漂亮。他字继先，号丑斋，古汴人。"以明经累试于有司，数与心违，因杜门养浩然之志。其德业辉光，文行温润，人莫能及。善音律，工隐语。所编小令套数极多，脍炙人口。"（《续录鬼簿》）他的杂剧，有《钱神论》、《章台柳》等七本，皆不传。他的《自序丑斋》乃是绝代的妙文：

〔自序丑斋〕〔一枝花〕生居天地间，禀受阴阳气。既为男子身，须入世俗机。所事堪宜，件件可咱家意。子为评跋上。惹是非。拆莫旧友新知，才见了着人笑起。〔梁州〕子为外儿不中抬举，因此内才儿不得便宜。半生未得文章力，空自胸藏锦绣，口唾珠玑。争奈灰容工儿，缺齿重颏，更兼着细眼单眉，人中短，髭鬓稀稀。那里取陈平般冠玉精神，何晏般风流面皮？那里取潘安般俊俏容仪。自知就里，清晨倦把青鸾对。恨杀爷娘不争气。有一日黄榜招收丑陋的，准拟夺魁。〔隔尾〕有时节软乌纱抓札起，钻天髻，乾皂靴出落着簌地衣。何晚乘闲后门立，猛可地笑起，似一个甚的？恰便似现世钟馗，号不杀鬼！〔牧羊关〕冠不正相知罪，儿不扬怨恨谁？那里也尊瞻视儿重招威。枕上寻思，心头怒起。空长三十岁，暗想九千回。恰便似木上节难镑刨，胎中疾没药医。〔贺新郎〕世间能走的不能飞，饶你千件千宜，百伶百俐，闲中解尽其中黑，暗地里自恁解释。倦闲游，出塞临池，临池鱼恐坠，出塞雁惊飞，入园林俗鸟应回避。生前难入画，死后不留题。〔隔尾〕写神的要得丹青意，子怕你巧笔难传造化机。不打草两般儿可同类。法刀鞘依着格式，妆鬼的添上觜鼻，眼巧何须样子比。〔哭皇天〕饶你有拿雾艺，冲天计，诛龙局段打凤机。近来论世态，世态有高低。有钱的高贵，无钱的低微。哪里问风流子弟，折未颜如灌口，貌赛神仙，洞宾出世，宋玉重生，设答了镘的，梦撒了寮丁，他采你也不见得。枉自论黄数黑，谈说是非。〔乌夜啼〕一个斩蛟龙秀士为高第，升堂室今古谁及。一个射金钱武士为夫婿，韬略无敌，武艺深知。丑和好自有是和非，文和武便是傍州例。有鉴识，无嗔讳，自花白寸心不昧，若说谎上帝应知。〔收尾〕常记得半窗夜两灯初昧，一枕秋风未梦回。见一人请相会道：咱家必高贵。既通儒，又通吏；既通疏，更精细，一时间失商议，既成形，悔不及。子交你，请俸给，子孙多，夫妇宜，货财充，仓廪实，禄福增，寿算齐。我特来告你知。暂相别，怨情罪。叹息了几声，懊悔了一会。觉来时记得，记得他是谁？元来是不做美当年的捏胎鬼。

他的小令写得很不少，只有《叙别》、《恨别》的几篇是写得好的：

〔四福宫〕祖宗积德合兴旺，居富室，住高堂。钱财广盛根基壮，快干旋，会攒积，能生放。解库槽房，碾磨油坊，锦千厢，珠论斗，米盈仓。逢时遇节，弄斝惟觞。待佳宾，开绮宴，出红妆。奏笙簧，按宫商，金钗十一列成行。瑞霭迎门车马闹，春风满座绮罗香。○〔费〕紫袍象简黄金带，算都是命安排。风云庆会逢亨泰，历练深，委用多，升除快。日转千阶，位至三台，判南衙，开北省，任西台。绣衣时节，宝剑金牌。拯民危，除吏弊，救天灾。有奇才，会区尽，一官未尽一官来。治国安民勋业显，封妻荫子品资该。○〔福〕前生造物安排定，今世里享安荣，算来有福皆由命。门地高，品道增，簪缨盛。四海清宁，五谷丰登，好门庭。能受用，会施呈。晃荣父祖，感谢神明。遇良辰，逢美景，叙欢情。有才能，有名声，正宜白发看升平。身地不占风水好，心田留与子孙耕。○〔寿〕晓来云外长庚现，浮瑞霭溢祥烟，今朝来赴蟠桃宴。挂寿星，点画烛，焚香串。广列华筵，共捧金船，庆生辰，加禄算，受皇宣。蓬莱未远，松柏齐坚。弟兄和，夫妇乐，子孙贤。降群仙，驾云轩，鹤随鸾凤下遥天。但愿长生人不老，更祈遐算寿千年。〔口别叙别〕从来别恨曾经惯，都不似这今番，汪洋闷海无边岸。痛感伤，谩哽咽，空磋叹。倦听阳关，懒上征鞍，口慵哄，心似醉，泪难干。千般懊恼，万种愁烦。这番别，明日去甚时还？晚风闲，暮闲残，鸾笺欲寄雁惊寒。坐处忧愁行处懒，别时容易见时难。○〔恨别〕风流得遇鸾凤配，恰比翼，便分飞。彩云易散琉璃脆，设揣地钗股折，屐琅地宝镜亏，扑通地银瓶坠。香冷金猊，烛暗罗帏，子刺地搅断离肠，扑速地淹残泪眼，吃答地锁定愁眉。天高雁香，月皎鸟飞。暂别离，且宁耐，好将息。你心知，我诚实，有情难怕隔年期。去后须凭灯报喜，来时长听马频嘶。

周德清的作风,和钟氏有些不同,乃是以清隽著称的;你不是关汉卿,而是马致远和张小山。

周德清,江右人,号挺斋,宋周美成之后。工乐府,善音律。尝作《中原音韵》,盛传于世。"又自制为乐府甚多。长篇短章,悉可为人作词之定格。故人皆谓:德清之韵,不但中原,乃天下之正音也;德清之词,不惟江南,实天下之独步也。"(《续录鬼簿》)

像下面所选的几首小令,具着家常风味而又清丽绝伦:

〔郊行〕〔红绣鞋〕茆店小,斜挑草稕,竹篱疏,半掩柴门,一犬汪汪吠。人题诗桃叶渡,问酒杏花村,醉归来驴背稳。○穿云响,一乘山笋,见风消,数盏村醪。十里松声画难描。枫林霜叶舞,荞麦雪庵飘,又一年秋事了。○雪意商量酒价,风光投奔诗家,准备骑驴探梅花,几声沙觜雁,数点树头鸦,说江山憔悴煞。

〔赏雪偶成〕共妾围炉说话,呼童扫雪烹茶,休说羊羔味偏佳。调情须酒兴,压逆索茶芽,酒和茶都俊煞。

〔有所感〕流水桃花鳜美,秋风莼菜鲈肥,不共时皆佳味。几个人知记得。荆公旧日题何处?无鱼羹饭吃。

在元曲里,这样的风趣原来不少,而他最为擅长。

冬夜怀友

〔寨儿令〕暮云收,冷风飕,到中宵月来清更幽。倚边江楼,望断汀洲,雪月照人愁。舍梅是谁是交游?饮松醪自想期俦。王子猷子罢手,戴安道且蒙头,休推驾剡溪舟。〔别友〕二叶身，二毛人，功名壮怀犹未神。夜雨论文，明月伤神，秋色淡离樽。离东君桃李侯门，遇西风杨柳渔村。酒船同棹月，诗担自挑云。君孤雁，不堪听。

他的"情"词也写得不坏。像：

〔有所思〕燕子来，海棠开，西厢尚愁音信乖。问柳章台，采药天台，归去却伤怀。恰嗔人踏破苍苔，不知它行出瑶阶。见刚刚三寸迹，想窄窄一双鞋，猜多早晚到书斋？

〔秋思〕千山落叶岩岩瘦，百结柔肠寸寸愁，有人独倚晚妆楼。楼外柳眉叶，不禁秋。

以编辑《阳春白雪》和《太平乐府》二集著名的杨朝英，他自己也写了不少的散曲，就被选在这二集里。杨朝英号澹斋，自署为"青城后学"。他的小令，有时很清隽，大似马致远的作品，像清江引，乃是他最高的成就：

〔清江引〕秋深最好是枫树，叶染透猩猩血。风酿楚天秋，霜浸吴江月。明日落红多去也。

他所歌咏的对象，异常的繁杂，有恋情，有闲适，也有是写景物的。大致都还不怎么坏；但比起几个大家来，他是比较的平平的。

〔水仙子〕依山傍水盖茅斋，旋买奇花赁地栽。深耕浅种无灾害，学刘伶死便埋。促光阴晓角时牌。新酒在槽头醉，活鱼向湖边卖。算天公自有安排。○雪晴天地一冰壶，竟往西湖探老逋。骑驴踏雪溪桥路，笑王维作画图。拣梅花多处提壶，对酒看花笑，无钱当剑沽，醉倒在西湖。〇闲时高卧醉时哥，守己安爹好快活。杏花村里随缘遇，胜尧夫安乐窝。任贤愚后代如何。失名利痴呆溪，得清闲谁似我！一任它门外风波。〇六神和会自安然，一日清闲自在仙。浮云富贵无心恋，盖茅庵近水边。有梅兰竹石萧然，趁村叟鸡豚社，随牛儿沽酒钱，直吃得月坠西边。〇灯花占信又无功，鹊报佳音耳过风。绣衾温暖和谁共？隔云山千万重因此上惨缘愁红，不付他博得个团圆梦。觉来时又扑个空，杜鹃声又过墙东。

十六

第三期作家，与贾仲名同时代的——贾氏《续录鬼簿》也有叙述到先辈先生，像钟继先、周德清等，似是补《录鬼簿》所未备。——虽也不少，而有作品流传于世却不过寥寥数人而已。元代曲家的作品被杨朝英二选及无名氏《新声》、《群玉》保存了不少；而元末明初的作家们却没有这样的幸福。《太和正音谱》并不是曲选。到了正德间《盛世新声》，嘉靖间《词林摘艳》和《雍熙乐府》出来，而他们所作，已经零落得不堪。今所见的，我们相信，不过存十一于千百而已。但汤舜民的《笔花集》，既今忽发见；颇念着其他的作家们也会有同样的好运。

今所得其作品的作家，不过汤舜民、汪元亨、谷子敬、唐以初、唐廷信、兰楚芳、刘东生、杨景言和贾仲名等十余人而已。

汤舜民，象山人，号菊庄（名式）。贾仲名云："补本县吏，非其志也。后落魄江湖间。好滑稽。与余交，久而不衰。文宗皇帝在燕邸时，宠遇甚厚。永乐间，恩赉常及。所作乐套府数小令极多。语皆工巧。江湖盛传之。"他是一个始穷终遇的词人,所以,早年所作多牢骚语,而晚年所作多颂圣语。"莫迟留,壮志须酬,不负平生经济手"(《送友人应聘》),这是志得意满之语了。他的情词:"蓦地相逢,眼眩魂飞动,方信道仙凡有路通。"(《赠妓》)几全是陈言腐语,已开明人的堆砌雅辞的一条大道了。

汪元亨,饶州人。贾仲名云:"浙江省掾。后徙居常熟至正门。与余交于吴门。有《归田录》一百篇,行于世。见重于人。"今《归田录》百篇,全见于《雍熙乐府》,盖是张云庄"休居自适乐府"的同流。今引十余则于下:

醉太平　警世

辞龙楼凤阙,纳象简乌靴。栋梁材取次尽摧折,况竹头木屑。结知心朋友着疼热,遇忘怀诗酒追欢悦。见伤情光景放痴呆,老先生醉也。

憎苍蝇竞血,恶黑蚁争穴。急流中勇退是豪杰,不因循苟且。叹乌衣一旦非王谢,怕青山两岸分吴越,厌红尘万丈混龙蛇,老先生去也。

家私上欠缺,命运里周折。桑间饭谁肯济灵辄,安乐窝养拙。但新词雅曲闲编捏,且粗衣淡饭欢搠拽,这虚名薄利不干涉,老先生过也。

度流光电掣,转浮世风车。不归来到大是痴呆,添镜中白雪。天时凉捻指天时热,花枝开回首花枝谢,日头高眨眼日头斜,老先生悟也。

范丹贫琐屑,石崇富骄奢。论贫穷何以富何耶,十年运巧拙了浮生。脱似辞柯叶,纵繁华迥似残更月,叹流光疾似下坡车,老先生见也。

门前山尧帖，窗外竹横斜。看山光掩映树林遮，小茆庐自结。喜陈抟一榻眠时借，爱卢仝七碗醒时啜，好焦公五斗醉时赊，老先生乐也。

源流来俊杰，骨髓里骄奢。折垂杨几度赠离别，少年心未歇。吞绣鞋撑的咽喉裂，掷金钱琶的身躯趄，骗粉墙掂的腿脡折，老先生害也。

嗟云收雨歇，叹义断恩绝。觉远年情况近来别，全不似那些。赴西厢踏破苍苔月，等御沟流出丹枫叶，走都城辗碎画轮车，老先生勾也。

恰花残月缺，又瓶坠簪折。并头莲藕上下锹镢，姻缘簿碎扯。祆神庙雷火皆轰烈，楚阳台砖瓦平崩卸，天台洞狼虎紧拦截，老先生退也。

弃桃腮杏颊，离燕体莺舌。远市廛居止近岩穴，论行藏用舍。雁翎刀挥动头颅卸，鸡心锤抹着皮肤裂，狼牙棒轮起肋肢折，老先生怕也。

云庄的乐府，全是恬静的，田园的趣味异常的浓厚。而元亨却连《风月情怀》也都在厌弃之列了。人世间的生活，他殆无一足以当意的。比之一般的退休闲适之作，自然是更为彻底些。

谷子敬，金陵人。枢密院掾史。"明《周易》，通医道口才捷利，乐府隐语，盛行于世。"其杂剧有《城南柳》等五本。散曲则无甚精意。

刘庭信先名廷玉。贾仲名云："行五，身长而黑，人尽称黑刘五舍。与先人至厚。风流蕴藉，超出伦辈，风晨月夕，惟以填词为事。有'枕头痕一线印香腮'双调，和者甚众，莫能出其右。又有'丝丝杨柳风'、'金风送晚凉'南昌等作，语极俊丽，举世歌之。兄廷干，任湖藩大参，因之，卒于武昌。"

今"丝丝杨柳风"诸作均存（《词林摘艳》）。只是开曲中的绮丽之风而已；初期的泼辣活跳的生气已是恹恹一息，近于夕阳西下的时候了。

〔南吕一枝花〕丝丝杨柳风，点点梨花雨。雨随花瓣落，风趁柳条疏。春事成虚，无奈春归去。春归何太速？试问东君：谁肯与莺花作主？（《春日怨别》第一曲）

兰楚芳，西域人，"江西元帅，功绩多著，牛神秀英，才思敏捷。刘廷信在武昌，赓和乐章。人多以元、白拟之。"（《续录鬼簿》）

楚芳所作，今亦多见于《词林摘艳》。他的"春初透，花正结"（《春思》）一篇，最流传人口，写得也还聪明，像《春思》里的一曲。

〔出队子〕挨不过如年长夜，好姻缘恶间谍，七条弦断数十截，九曲肠拴千万结，六幅裙换三四折。

但究竟其气韵和关汉卿、乔梦符、杜善夫们的有些不同了。

唐以初名复，京口人，号冰壶道人。后住金陵。刘东生名兑。贾仲明云："作《月下老定世间配偶》四套，极为骈丽，传诵人口。"他的《娇红记》二本，今也传于世。杨景贤（即景言）名讹，后改名讷，号汝斋。"故元蒙古氏。因从姐夫杨镇抚，人以杨姓称之。善琵琶，好戏谑，乐府出人头地。与余交五十年。永乐初，与舜民一般遇宠。后卒于金陵。"（《续录鬼簿》）

贾仲明，山东人，永乐在燕邸时，甚宠爱之。每有宴会应制之作，无不称赏。自号云水散人。后徙居兰陵，因而家焉，所著有《云水遗音》等集。他的作风，并不怎么好，且因为久为文学侍从之臣，应景应制之作不少,直是埋没了他的性情。

十七

无名氏的小令和套曲,有时写得异常的好。但在《盛世新声》、《词林摘艳》、《雍熙乐府》诸明人选集里的,为元为明,很不容易分别得出。兹姑举杨氏二选里的几首小令于下,以见无名氏之作,其重要实不下于关、马诸大家。

〔寿阳曲〕胡来得赛热莽得极,明明的抱着虎睡。恼番小姐,挞了面皮。见丈人来,怎生回避?○酒醒后离书舍,沉醉也上钓舟。捧金钟把月娥等候。广寒宫玉蟾捞不在手,水晶宫却和龙斗。○逢着的燕撞着的撑,不似您秃才每水性。问娉婷谒浆到十数升,干相思变做了渴证。○祆庙内盱艳冶,不觉的怪风火烈,把才郎沈腰烧了半截。谁似你做得来特热?○一个诸般韵,一个百事通,小书生玉人情重。鼓三更,烛灭黑洞洞。你道是不曾时说梦。○别离恨,心受苦,它知是几时完聚?泪点儿多如秋雨,夜烦恼似孝今起序。○装呵欠把长吁来应,推儿疼把珠泪掩,伴咳嗽口见里作念,将它讳名见再三不住的咭,思量煞小卿也双渐。

这几篇东西,几乎没有一篇不是漂亮得可喜可爱的。《游四门》的六首,其中,"落红满地"和"海棠花下"二首,是如何的美丽宛曲!

游 四 门

野塘花落杜鹃啼,啼血送春归。花开不拚花前醉,醉里双伤悲。伊，快活了是便宜。　柳绵飞尽绿丝垂，则管送别离。年年折尽依然翠，行客几时回？伊，快活了是便宜。　落红满地湿胭脂，游赏正宜时。呆才料不雇蔷薇刺，贪折海棠枝。蛋，抓破绣裙儿。　海棠花下月明时，有约暗通私。不付能等得红娘至，欲审旧题诗。支，关上角门儿。　前程万里古相传，今且果如然。烟波名利虽荣显，何日是归年？天，杜宇枉熬煎。　琴书笔砚作生涯，谁肯恋荣华。有时相伴渔樵话，兴尽饮流霞。茶，不醉不归家。

参考书目

一、钟嗣成编：《录鬼簿》，有刊本。

二、贾仲名编：《续录鬼簿》，有传钞本。

三、《阳春白雪》，有《散曲丛》刊本，有徐氏影元刊本。

四、《太平乐府》，有《四部丛刊》本。

五、张禄编：《词林摘艳》，有明刊本。

六、无名氏：《盛世新声》，有明刊本。

七、郭勋编：《雍熙乐府》，有明刊本，有《四部丛刊》本。

八、陈所闻编：《北宫词纪》，有万历刊本。

九、李玉编：《北词广正谱》，有清初刊本。

十、《乐府群玉》，有《散曲丛刊》本。

十一、《乐府群珠》，有传钞本。

十二、《乐府新声》，有《四部丛刊》本，有《散曲丛刊》本。

十三、陈乃乾编：《元人小令集》，开明书店出版。

十四、郑振铎：《插图本中国文学史》，北平朴社出版，新版由商务印书馆出版。

第十章 明代的民歌

一

元代散曲到了第二期已是文人们的玩意儿了；和诗、词是同流的东西，离开民间是一天天的远了。到了元末明初，刘东生、贾仲名、汤舜民等人出来，虽使曲坛一时现出不少的活气，却也使散曲走入了魔道，永远的不能翻身。他们所谓"工巧"，所谓"骈丽"，都只是死路一条。其作风既鲜独创，想像力又拙笨异常，只知盗窃诗、词里习见的陈言腐语。我们几乎看不出每个作家有什么不同的风格。他们是那样的陈陈相因呵！周宪王的《诚斋乐府》也未见有什么特色，虽然他的杂剧好的很不少。陈（大声）、冯（惟讷）、梁（辰鱼）、常（伦）、康（海）、王（九思），以及杨氏父子（杨廷和、杨慎）夫妇（慎妻黄氏）也曾名重一时，且时有俊语，不少倩辞，究竟是文人们的创作，不复有民间的气息了；出色当行的民间作风的曲子，在明代是几乎绝迹了。

但究竟曲子还是在民间流行着的东西，旧的调子死去了，新声便不断的产生出来，填补了空缺。当文人学士们把握住了《小桃红》、《山坡羊》、《沉醉东风》、《水仙子》诸调的时候，民间却早又有新的东西产生出来代替着他们了。

且即在旧的曲子里，流行于民间的，和在文人学士们的宴席之间所流行的，也截然不是同一之物。

文人学士们的作风在向死路上走去，而民间的作品却仍是活人口上的东西，仍是活跳跳的生气勃勃的东西。

而不久，又有许多文人学士们厌弃其旧所有的，而复向民间来汲取新的材料，新的灵感，乃至新的曲调。而立刻，他们便得到了很大的成功。

本章所述及的，只是流行于民间的时曲或俗曲，以及若干拟仿俗曲的作家的东西。对于康、王、杨、陈、冯、常诸人，一概不复论到。他们自会有一般的中国文学史来论叙之的。

二

最早的明代俗曲，为我们今日所见到的，有成化间金台鲁氏所刊的：（一）《四季五更驻云飞》，（二）《题西厢记咏十二月赛驻云飞》，（三）《太平时赛赛驻云飞》，（四）《新编寡妇烈女诗曲》四种；这四种都是薄薄的册子，颇可藉以考见当时流行的俗曲册子的面目。

这四种东西，重要的作品并不怎样多，但我们可以看出流行于民间的俗曲，究竟是怎样的东西。

现在从第一种里选出了十几首于下，以见一斑。没有什么重要的价值，但在民间是很传诵着的，是痴男怨女的心声，是《子夜》、《读曲》的嗣音：

〔驻云飞〕初鼓才敲正是黄昏人静悄。闷把栏杆靠，祷告灵神庙。嗏，心急好难熬！每夜烧香，只把青天告。早早团圆交我有下稍。

〔驻云飞〕月下星前，拜罢烧香只靠天。但得重相见，称了平生愿。嗏,动岁又经年,泪涟涟!若得成双,方称于飞愿。早早团圆替剐人。

〔驻云飞〕闷对银缸,坐想行思只为郎。寂寞销金帐,懒把帏屏傍。嗏,交奴细思量,自参详。便把情人望,一回寻思愁断肠。

〔驻云飞〕手捻花枝,闷闷无言自散思。又没闲传示,诉不尽心间事。嗏,辜负少年姿,一时思。倘若来时,说却从前志,一任交他心上思。

〔驻云飞〕侧耳听声,却是郎均手打门。我这里将言问,他那里低低应。嗏,不由我笑欣欣,去相迎。佳备着万语千言,见了都无论。今日相逢可意人。

〔驻云飞〕忽上心来,咬碎银牙跌绣鞋。你那里贪欢爱,我这愁无奈。嗏,骂你个谎娇牙不归来!撇我空房你却安何在?交我一夜愁眉不放开。

〔驻云飞〕你跪在床前,巧语花言莫要缠。我更愁无限,你休闲作念。嗏,莫想共衾眠,过一边。莫入兰堂,还去花街串。我放下绞绡各自眠。

〔驻云飞〕仔细思量下不的,将他恶语饯。我这里强烂当,他故意将咱晃。嗏,不由我泪汪汪,又参想。扯起情人共入绡金帐,再将这海誓山盟莫要忘。

三

在正德刊本的《盛世新声》里,在嘉靖刊本的《词林摘艳》和《雍熙乐府》里,我们也可得到一部分的民间歌曲。不过,其内容却是经过文人学士们的改造过的，且那些编者们也嫌胆子少，不敢把许多重要的真实的漂亮的情歌选录进去；像《雍熙乐府》所选的《小桃红》百首，乃是恹恹无生气的东西。

在陈所闻的《南宫词纪》里我们却得到了些好文章。

有咏"风情"的"汴省时曲"二篇，写得很不坏。又有孙百川和无名氏的嘲妓，多至四十首，都是以《黄莺儿》的曲调，来嘲咏妓女的。嘲妓的曲子，在明代甚为流行。相传徐文长也曾用《黄莺儿》来咏妓，但其词不传。在浮白山人编的"七种"里，也有咏妓的《黄莺儿》。在《摘锦奇音》（卷三）里，也有"时兴各处，讥妓耍孩儿歌"数十首，但那些都是有伤风化的东西，且文辞也极非上乘，以可怜人为嘲讥的对象，根本上是有伤忠厚的。这里都不举，只举孙百川及无名氏之作三篇为例。

风　　情

〔锁南枝〕傻俊角，我的哥，和块黄泥儿捏咱两个。捏一个儿你，捏一个儿我，捏的来一似活托，捏的来同床上歇卧。将泥人儿摔碎，着水儿重和过。再捏一个你，再捏一个我。哥哥身上也有妹妹，妹妹身上也有哥哥。

提起你的势，笑窝我的牙。你就是刘瑾、江彬要柳叶儿刮、柳叶儿刮。你又不曾金子开花，银子发芽，我的哥呀，你休当顽当耍。如今的时季，是个人也有二句话。你便会行船，我便会走马。就是孔夫子，也用不着你文章，弥勒佛也当下领袈裟。

嘲　　妓

孙百川

〔黄莺儿〕桃晕两腮烘，软腰肢，如病中。乜斜双眼银波

涌,歌儿意慵,舞儿意慵,俚人慢把香肩耸。鬓云松石榴裙上,翻污唾花红。(右醉妓)

春梦海棠娇,锦重重混暮朝。阳台一到何时觉。庄周半宵,陈抟半宵,邻鸡唱罢那知晓。曙光摇,才临妆镜,尚朦着眼儿梢。(右睡妓)

强作倚门羞,感新妆。忆旧游,绿阴成子莺啼后。季笔水流,鬓笔易秋,当年舞袖知存否?问江州琵琶写怨,谁是泛茶舟。(右老妓)

又

〔黄莺儿〕假订百年期,放甜头,他自迷,金刀下处香云坠。你系我的,我系你的,青丝一缕交缠臂。又谁欺!频施巧计,只落得顶毛稀。(右剪发妓)

四

在万历刊本的《玉谷调簧》里,有"时尚古人劈破玉歌"许多首,其间以咏歌"传奇"的为多;兹举其二:

琵琶记

蔡伯喈闷在书房内,叫一声牛小姐我的娇妻,你令尊强赘为门婿。家中亲又老,三载遇饥荒,欲待与你同归,你同归,妻,令尊舍不得了你。

又

蔡伯喈一去求名利,抛撇下赵五娘受尽孤恤,三年荒旱难存济。公婆双弃世,独自筑坟台。自背琵琶,背琵琶,夫,京都来寻你。

又

赵五娘借问京城路,骂一声蔡伯喈薄幸夫。堂上双亲全不顾,麻裙兜了土,剪发葬公姑。身背琵琶,身背琵琶,夫,诉不尽离情苦。

又

张太公祝付贤哉妇,到京都寻丈夫,见郎谩说双亲故,谩说裙包土,谩说剪香云,只把你这琵琶你这琵琶,诉出心中苦。

又

蔡伯喈一向留都下,恋新婚招赘丞相家,家中撇下爹和妈,恋着荣华富全然不转家。赵五娘糟糠,娘糟糠,孤坟独造也。

又

蔡伯喈入赘牛相府,苦只苦赵五娘侍奉公姑,荒年自把糠来度。剪头发葬二亲,背琵琶往帝都,书馆相逢,书馆相逢。夫,诉出十般苦。

金 印 记

苏季子未遇时来至,一家人将他轻视。敬往秦邦求科试,商鞅不重儒。再往魏邦去,六国封侯,国封侯,方逐男儿志。

又

苏季子要把科场赴,少盘缠逼妻子卖了钗梳。一心心莫奔秦邦路,叵耐商鞅贼,不中万言书。素手空回,素手空回,羞,妻不下机杼。

又

五言诗却把天梯上,辞大叔气昂昂再往魏邦。谁知佐了都丞相,百户送家书,衣锦归故乡,不是真亲,是真亲,也把亲来强。

又

苏季子一去求名利,恨商鞅不中万言书,羞惭素手归闾里,爹娘来打骂,妻儿不下机杼,哥嫂无情,哥嫂无情,都来羞辱你。

但其中有咏私情的问答体的一篇,却是极罕见的漂亮文字:

娘骂女

小贱人生得自轻自贱。娘叫你怎的不在跟前?原何唬得筛糠战？因甚的红了脸？因甚的吊了簪？为甚的缘由？甚的缘由？儿，揉乱青丝纂。

女回娘

苦娘亲非是我自轻自贱。娘叫我一时不在跟前，因此上走将来得心惊战。搽胭脂红了脸，耍秋千吊了簪，墙角上攀花，角上攀花，娘，挂乱了青丝纂。

娘复骂

小贱人休得胡争辨。为娘的幼年间比你更会转湾。你被情人扯住心惊战，为害羞红了脸，做表记去了簪，云雨偷情，云雨偷情，儿，弄乱青丝纂。

女自招

小女儿非敢胡争辨，告娘亲恕孩儿实不相瞒。俏哥哥扯住唬得心惊战，吃交杯红了脸，俏冤家抢去簪，一阵昏迷，一阵昏迷，娘，我也顾不得青丝纂。

女问卦

这几夜做一个不祥梦，请先生卜一卦问个吉凶。你看此卦那爻动？要看财气旺不旺？禄马动不动？仔细推详，仔细推详，切莫将人哄。

先 生 答

那先生便把卦来占,焚明香祷告天。撒下金钱:这卦儿乃是风山渐。财气虽然旺,有些小留连。被一个阴人,一个阴人,把他相牵恋。

女 复 问

那姐姐听得长吁气,请先生再与我卜个因依。看他们几时撒。那天杀的,问他音和信?问他归不归?用心搜求,用心搜求,重重相谢你。

复 占 卦

那先生再把卦来推,再撒钱,再占占,占得个地火明夷。劝姐姐休得痴心意。行人身未动,子孙又克妻。别恋那多娇,恋那多娇,因此撒了你。

其中,又有以曲牌名、药名等等来歌咏"恋情"的;大约这一类的文字游戏,在民间原是根深柢固的东西——从唐以来便是如此。兹举其一:

曲 牌 名

倘秀才打扮得十分俏,红娘子上小楼步步娇,锁南枝上黄莺儿叫。懒去沽美酒,等待月儿高。吹灭银灯,吹灭银灯,乖,不是路儿了。

又

集贤宾亲亲来陪奉,沽美酒莫把金杯空,双声子唱一曲花心动。点绛唇儿窄,脸带小桃红,沉醉东风,沉醉东风,情况大不同。

又

贺亲郎娶得个虞美人,驻马厅多集贤宾,双声子儿同欢庆,送入销金帐,真个称人心。我忆多娇,我忆多娇,普天乐得紧。

五

在万历本的《词林一枝》里,可喜爱的时曲尤多,有《罗江怨》的,几乎没有一首不好:

罗江怨

纱窗外,月儿圆,洗手焚香祷告天。对天发下红誓红誓愿。一不为自己单身,二不为少吃无穿,三来不为家不办。为只为纱人心肝,阻隔在万水千山,千山万水,难得难得见。望苍天早赐顺风,把冤家吹到跟前。那时方显神明神明现。

纱窗外,月影斜,奴害相思为着他。叫我如何丢得丢得下!终日里默默咨嗟,不由人珠泪如麻。双手指定名儿名儿骂。骂几句短幸冤家,骂几句短命天杀!因何把我抛撇抛撇下?忽听得宿鸟归巢,一对对唧唧喳喳,教奴孤灯独守,心惊心惊怕。

纱窗外月儿横,我为冤家半掩门。绣房鸳枕安排安排定。等得奴意懒心慵,向灯前□会瑶琴。弹来满指都是相思相思韵。在谁家贪恋酒花,抛得奴独守孤灯。凄凄冷冷谁瞅问。也不是负义忘恩,也不是弃旧迎新,算来都是奴薄奴薄命。

临行时扯着衣衫问:冤家几时回?还要回只待等桃花桃花绽。一杯酒递与心肝,双膝儿跪在眼前。临行祝付千祝付千遍。逢桥时须下鞍,过渡时切莫争先。在外休把闲花闲花恋,得意时急早回还。免得奴受尽熬煎,那时方称奴心奴心愿。

纱窗外月儿黄,只为长江水渺茫。忽然又听人歌人歌唱,好姻缘不得成双。好姊妹不得久长,昏昏日日悬日日悬望。想只想我的亲亲,痛只痛碎裂肝肠。何时得共销金销金帐。终有日待他还乡,会见时再结鸾凤,那时才把相思相思放。

纱窗外月儿光,奴去后花园晓夜香。轻轻便把桌儿桌儿放,又恐怕墙外儿张,又恐怕惊了爹娘。抬头只把嫦娥嫦娥望。一炷香祷告穹苍:保佑他早早还乡,愿郎早共销金帐。焚罢香车入兰房,听檐前铁马叮当,凄凄冷冷添惆添惆怅。

纱窗外月正高,忽听得谁家吹玉箫。箫中吹的相思相思调,诉出他离愁多少,反添我许多烦恼。待将心事从头告,告苍天不肯从人,阻隔着水远山遥。忽听天外孤鸣孤鸣叫,叫得奴好心焦。进绣房泪点双抛,凄凉诉与谁知谁知道。

烟花寨埋伏□□,绣房中刑部的天牢,汗巾儿都是拘魂拘魂票。安枕皮的肉尽他去烧,青丝发前下几遭,烧剪只为催钱催钱钞。你说我笑笑里藏刀,你说我哭嫁了几遭,香茶哑谜都是虚圈虚圈套,用钱的是奴孤老,无钱的就要开,交冤家那管你村和村和悄。

纱窗外月转楼，送别情郎上玉舟。双双携手叮咛叮咛祝，祝付你早早回头。得意人难舍难丢。难丢难舍，心肝心肝上肉。水路去休坐舡头，旱路去寻店早投。夜风吹了谁医救？那时节郎在京都，小妹子独守秦楼，相思两处无人无人顾。

纱窗外月影残，忙叫丫环取过课钱，对天慢把《周易》算。先卜的单上见折，后卜的折上见单。卦中许我目前见。忙听得窗外人言，却原来是妙人心肝。卦中爻象无差无差断！喜孜孜满面春风，笑吟吟搂着香肩。今宵才遂奴心头心头愿。

纱窗外月影西，净手焚香祷告神祇。双膝跪在尘埃尘埃地，保佑我情人早早回归，保佑我成就了夫妻。绛红袍一领还有猪羊祭，签筒儿拿在手里，赐灵签早定归期。求签发答全不全，不济我这里常常念你。你那里知也不知？这还是谁是谁不是不是？

思罢了想，想罢了焦，情言写下无人寄。方才写下，宾鸿到此，一封书寄与我多娇。一路上少与人憔，书到就把相思告。对他说我黄瘦多少，对他说我纱药难调。相思害得我无倚无倚靠。来得早还与你相交，来的迟我命难逃。相思要好，除非是冤家冤家到。

黄昏后着一惊，手扳床桄叹几声。清清泠泠有谁瞅谁瞅问！切莫要二意三心。你要去不到如今，心猿意马难拴难拴定。喜只喜你伶俐聪明，爱只爱你软款温存。谁人是我心相称？他不必海誓山盟，又何须剪下香云，中心一点为媒为媒证。

在那里，也有《劈破玉歌》许多首，却较《玉谷调簧》里所见的，要高明得多了：

劈破玉歌

怨

为冤家鬼病恹恹瘦,为冤家脸儿常带忧愁。相逢扯住乖亲手,牡丹花下死,做鬼也风流。就死在黄泉,在黄泉。乖,不放你的手。

病

为冤家懒去巧打扮,这几日茶饭少手脚酸,恹恹害病无聊赖。金簪赖玄插,罗裙懒去穿,斜插着牙梳,着牙梳,乖,天光想到晚。

哭

为冤家泪珠儿落了千千万,穿一串寄与我的心肝。穿他恰是纷纷乱,哭也由他哭,穿时穿不成,泪眼儿枯干,儿枯干,乖,你心下还不忖?

嫁

一心心愿嫁与冤家去,不知你大娘子心性何如?一妻二妾三奴婢。想后更思前,心下好狐疑。欲待要悬梁,要悬梁,乖,只为难舍你。

走

俏心汗,咱和你难丢手,终日里往秦楼,却不是良谋。今宵难备双双走,打破牢笼去,脱离虎狼口。清白人家,白人家,乖,天长与地久。

死

俏冤家,我待你自知道,为甚的信搬唆去跳槽?你若要跳槽,我就把绳来吊。你死我也死,同过奈何桥。五百年回阳,年回阳,乖,还要和你好。

又有《时尚急催玉》的,也都是首首珠玉,篇篇可爱,有若荷叶上的露水,滴滴滚圆:

时尚急催玉

相思病,相思病,相思病害得我非重非轻,相思病害得我多愁多闷。喜雀都是假,灯花结不灵。《周易》文王先生,文王先生,你就怪我差些也罢,你的卦儿都不准。

相亲亲,相亲亲,相得我肝肠断;念亲亲,念得我口儿干。有缘千里会,无缘对面难。我想我的乖亲的乖亲,不知乖亲想我也不想?

王昭君出汉宫。乔妆打扮,不梳妆,不搽粉,亲去和番猛。抬头只见一个孤单雁,孤雁吱查叫,琵琶不住弹,唲咿呀、嘣嚐嚐打辣酥骑着一匹骆驼,一匹骆驼嘻嚐嘻嚐把都儿在后面赶。

青山在,绿水在,怨家不在。风常来,雨常来,情书不来。灾不害,病不害,相思常害。春去愁不去,花开闷未开。倚定着门儿,手托着腮儿,我想我的人儿泪珠儿汪汪滴,满了东洋海,满了东洋海。

钦天监造历的人儿好不知趣,偏闰年,偏闰月,不闰个更儿。鸳鸯枕上情难尽,刚才合着眼,不觉鸡又鸣。恨的是更儿,恼的是鸡儿。可怜我的人儿热烘烘丢开,心下何曾忍,心下何曾忍!

俏冤家来一遍,看一遍,只落冤家一看。你有情,我有意,不得团圆。到如今你愿我愿,天不从人愿。早知道相思苦,空惹下这熬煎。可怜见可怜心肝上心肝,不得和你成双,我死也不蔽眼,也不蔽眼!

忆当初那人儿,我爱他百般标致。可人处杨柳腰樱桃口,柳叶眉儿秋波一转,娇滴滴一笑千金价,美貌赛西施,曾记他半启着窗儿刚照个面儿卖。一个俏儿冷丢下眼儿,相起那娇娇,魂也不着体,也不着体。

一重山,两重山,阻隔着关山迢递,恨不得来见你,空想着佳期。默地里思一会,想一会,要写封情书稍寄。才放一只桌儿,铺着一张纸儿,磨着一池墨儿,拿起一枝笔儿。未写着衷肠,泪珠儿先湿透了纸,先湿透了纸。

自那日手挽手,诉衷情,难舍难分去。细叮咛,重祝付,曾许下归期。到如今屈指儿算将来,数将去,眼巴巴,意悬悬,不见情书稍寄。闷将来卸,倒在床儿,手摩摩胸儿,我想我的情儿,待他的意儿仔细思量,哪些儿亏负了你,些亏负了你?

俏冤家,昨对双亲把佳期许下。许今夜黄昏后来会奴家。到如今更儿阑,人儿静,为甚的不见来?看看月上荼䕷架,哄得奴半开着门儿,空待着月儿,望穿我的眼儿,不见他的影儿。恨杀这冤家,悦空将人耍,悦空将人耍!

黄昏后,夜沉沉,冷清清,静悄悄,孤灯独照,闪杀人。情惨惨,意悬悬,愁听那窗儿外淅淋淋雨打芭蕉。形单影只心惊跳闷,恹恹卸倒在床儿。刚合着眼儿做一个梦儿,见我的人儿,正诉着衷肠,又被风铃儿惊散了,惊散了。

忆当初与那人,两情浓鱼水同戏,恨那人折鸳鸯两处分飞,到如今隔着山隔着水,雁儿查鱼儿沉,不见情书稍寄,几回间静掩着门儿,倦抛着书儿,斜倚着屏儿,慢剔着牙儿,冷地里思量我的心肝儿在哪里,在哪里。

又有"时尚闹五更哭皇天",其中,每夹以"唔唔唔",令我们读之,如闻其幽怨之声:

时尚闹五更哭皇天

一

一更里,靠新月,正照纱窗,虞美人在谁家双劝酒?唔唔唔,不想还乡。骂玉郎情性反,铁打心肠,空撇下一枝花年纪小,唔唔唔,独守了空房。实指望凤鸾交地久天长,到如今害相思,害得我,唔唔唔,眼泪了汪汪。愁也自己当,闷也自己当,兀的不是叨叨令割不断,唔唔唔,心想才郎。

二

二更里,秦楼月,正照花稍。空撇下象牙床鸳鸯枕,唔唔唔,被冷鲛绡。太平年普天乐,惟有我难熬。滚绣球,心不定,唔唔唔,别有多娇。夜行舡来接你水远山遥,一封书写不尽,唔唔唔,絮絮叨叨。行也为你焦,坐也为你焦,兀的不是称人心成就了,唔唔唔,凤交鸾交。

三

三更里,两江月,正照窗棂。空撇下销金帐睡朦胧,唔唔唔,独自温存。倘秀才,如梦令,正和他云雨交情,又被刮地风吹铁马,唔唔唔,惊散情人。醒来时,剔银灯,冷冷清清,空屈指数归期,唔唔唔,何日里回程?枕冷有谁温?兀的不是愿我成双,耽搁了,唔唔唔,鱼水和谐。

四

四更里,新夜月,正挂银钩。听樵楼四捧鼓,唔唔唔,画角悠悠。想当初惜花心软款温柔,又被那一江风生折散,唔唔唔,比目鱼游。上小楼来望你,不见你回头。好姐姐傍妆台,唔唔唔，无语娇羞。朝也为你忧，暮也为你忧，兀的不是愿情投花下死，唔唔唔。做鬼也风流。

五

五更里，梅稍月，正照平川。菱花镜照得奴，唔唔唔，瘦损容颜。想当初，贺新郎，曾发下誓海盟山。香闺内共罗帏，唔唔唔，凤倒鸾颠。乌鸦啼，心痛想，真个熬煎，顺水鱼向东流，唔唔唔，不饵丝纶。愁也对谁言？闷也对谁言？兀的不是三学士忆秦娥，唔唔唔。衣锦还乡。

又

香袋儿寄将来，四四方方，南京城，路州袖，故春桥，唔唔唔，点尽了合香。窗儿前，灯儿下，绣成一对鸳鸯。送情人，寄情齐。唔唔唔，地久天长。子弟们戴了它，薰透了衣裳。姐妹们戴了它，唔唔唔，引动了才郎。行也一阵香，坐也一阵香。只恐怕戴旧了不用我，唔唔唔，丢落在衣箱。

六

在天启崇祯间，吴县冯梦龙特留意于民曲，尝辑《挂枝儿》及《山歌》，为"童痴一弄""二弄"，其中，绝妙好辞，几俯拾皆是。兹先举《挂枝儿》若干篇于下：

错　认

恨风儿，将柳阴在窗前戏，惊哄奴推枕起。忙问是谁？问一声，敢怕是冤家来至。寂寞无人应，忙家问语低。自笑我这等样的痴人也连风声儿也骗杀了你。

五更天

　　俏冤家，约定初更到。近黄昏，先备下酒共肴。唤丫鬟，等候他，休被人知觉。铺设了衾和枕，多将兰射烧，薰得个香馥馥。与他今宵睡个饱。〇二更儿，盼不见人薄幸。夜儿深，漏儿沉，且掩上房门，待他来弹指响，我这里忙接应。怕的是寒衾枕，和衣在床上蹭。还愁失听了门儿，也常把梅香来唤醒。〇鼓三更，还不见情人至。骂一声，短命贼。你耽搁在哪里？想冤家此际，多应在别人家睡。倾泼了春方酒，银灯带恨吹。他万一来敲门也，梅香且不要将他理。〇四更时，才合眼，朦胧睡去。只听得咳嗽响把门推，不知可是冤家至？忍不住开门看，果然是那失信贼。一肚子的生嗔也，不觉回嗔又变作喜。〇匆匆的上床时，已是五更鸡唱。肩膀上咬一口，从实说留滞在何方？说不明话头儿，便天亮也休缠帐。梅香劝姐姐：莫负了有情的好风光。似这般闲是闲非也，待闲了和他讲。

同　　心

　　眉儿来，眼儿去，我和你一齐看上。不知几百世修下来，和你恩爱这一场。便道更有个妙人儿，你我也插他不上。人看着你是男，是女，怎你我二人合一付心肠。若把我二人上一上天平也，你半斤，我八两。

说　梦

　　我做的梦儿倒也做得好笑。梦儿中梦见你与别人调,醒来时依旧在我怀中抱。也是我心儿里丢不下。待与你抱紧了睡一睡着。只莫要醒时在我身边也,梦儿里又去了?

分　离

　　要分离除非是天做了地,要分离除非是东做了西,要分离除非是官做了吏。你要分时分不得我,我要离时离不得你,就死在黄泉也做不得分了鬼。

问　咬

　　肩膀上,现咬着牙齿印。你是说那个,咬我也不嗔。省得我逐日间将你来盘问。咬的是你肉,疼的是我心。是那什么样的冤家也。咬得你这般儿狠!

寄　信

　　梢书人出得门几骤,赶丫鬟唤转来。我少分付了话头:你见他时切莫说我因他获。现今他不好,说与他又添忧。若问起我身躯也,只说灾悔从没有。

醉　归

俏冤家夜深归，吃得烂醉。似这般倒着头和衣睡，何以不归。枉了奴对孤灯守了三更多天气。仔细想一想，他醉的时节稀。就是抱了烂醉的冤家也，强似独睡在孤衾里。

打

几番的要打你，莫当是戏。咬咬牙，我真个打，不敢欺！才待打，不由我，又沉吟了一会。打轻了你，你又不怕我；打重了。我又舍不得你。罢，冤家也，不如不打你。

三心口相问

前日瘦，今日瘦，看看越瘦。朝也睡，暮也睡，懒去梳头。说黄昏，怕黄昏，又是黄昏时候。待想又不该想，待丢时又怎好丢？把口问问心来也，又把心儿来问问口。

喷　嚏

对妆台忽然间打个喷嚏，想是有情哥思量我。寄个信儿。难道他思量我刚刚一次？自从别了你，日日珠泪垂。似我这等把你思量也，想你的喷嚏儿常似雨。

俸　绣

意昏昏，懒待要拈针刺绣。恨不得将快剪子剪断了丝头，又亏他消磨了此黄昏白昼。欲要丢开心上事，强将针指度更筹。绣到交颈的鸳鸯也，我伤心又住了我手。

查　帐

为冤家造一本相思帐，旧相思，新相思，早晚登记得忙，一行行，一字字，都是明白帐。旧相思销得了，新相思又上了一大桩。把相思帐出来和你算一算，还了你多少也，不知不欠你多少想。

梦

正二更，做一梦团圆得有兴。千般恩，万般爱，搂抱着亲亲，猛然间惊醒了，教我神魂不定。梦中的人儿不见了，我还向梦中去寻。嘱付我梦中的人儿也，千万在梦儿中等一等。

送　别

送情人直送到花园后，禁不住泪汪汪滴个眼稍头。长途全靠神灵佑。逢桥须下马，有路莫登舟。夜晓间的孤单也，少要饮些酒。

又

送情人直送到无锡路,叫一声烧窑人,我的口,一般窑怎烧出两般样货?砖儿这等厚,瓦儿这等薄。厚的就是他人也,薄的就是我。圆劝君□休把那烧窑的气。砖儿厚,瓦儿薄,就是一样泥。瓦儿反比砖儿贵。砖儿在地下踹,瓦儿头顶着你。你踹的是他人也,头顶的还是你。

又

送情人直送到丹阳路,你也哭,我也哭,赶脚的也来哭。赶脚的,你哭的因何故?道是:去的不肯去,哭的只管哭。你两下里调情也,我的驴儿受了苦。

又

送情人直送到黄河岸,说不尽,话不尽,只得放他上舡。舡开好似离弦箭,黄河风又大,孤舟在浪里颠。远望着舠竿也,渐渐去得远。

负　心

俏冤家,我待你似金和玉,你待我好一似土和泥。到如今中了旁人意。痴心人是我,负心人是你。也有人说我也,也有人说着你。

又

耽惊受怕我吃你的累，近前来听我说向伊。来由你，去由你，怎么这等容易！你把交情事儿当做耍。既是当做耍，又相交做甚的？得了手便开交也，又怕那头上的不容你。

醋

我两人要相交，不得不醋。千般好，万般好，为着甚么？行相随，坐相随，不离你一步。不是我看得你紧，只怕你脚野往别处去波。你若怪我吃醋捻酸也，索性到撑开了我。

是　非

俏冤家，进门来缘何不坐？晓得你心儿里有些怪奴。这场冤屈有天来大！帮衬我的少，撺掇你的多。你须自立主意三分也，体得一帆风怪着我。

又

你耳朵儿放硬了，休听那搬唆话。我止与他那日里，吃得一杯茶。行的正，坐的正，心儿里不怕。是非终日有，搬斗总由他。真的只是真来也，假的只是假。

见　书

这封书，看见了，不由人不气。说来时，又不来，这话儿眼见得虚。那些个有缘千里能相会，亲口的话儿还不作准。这几个草字儿要他做甚的！寄语我薄幸的情郎也，把这巧笔舌儿收拾起。

咒

话冤家，受尽你千般气，瞒得我，瞒得人，瞒不得天知。那一个负心的教他先归阴去。我只指望一竹竿直到底，谁知哄得我上楼时，你便折去了梯。没奈何你这冤家也，只顾烧香咒骂你。

我们相信，其中一定有冯氏自作或改作的东西在内。"冯生挂枝儿"在当时是传遍天下的。

《山歌》十卷，最近在上海发现了；以吴地的方言，写儿女的私情，其成就极为伟大。这是吴语文学的最大的发见，也是我们文学史里很难得的好文章。

最可喜的是，在《山歌》里，有许多长篇的东西，这是《挂枝儿》里所没有的（《挂枝儿》惜未得见其全部）。

山　歌
笑

东南风起打斜来，好朵鲜花叶上开。后生娘子家没要嘻嘻笑，多少私情笑里来。

睃

思量同你好得场骇,弗用媒人弗用则。丝网捉鱼尽在眼上起,千丈绫罗梭里来。

又

西风起了姐心悲,寒夜无郎吃介个亏。罗里东村头西村头南北两横头,二十后生闲来搭,借我伴过子寒冬还子渠。

熬

二十姐儿困弗着在踏床上登,一身白肉冷如冰,便是牢里罪人也只是个样苦,生炭上薰金熬坏子银。

寻 郎

搭郎好子吃郎亏,正是要紧时光弗见子渠。啰里西舍东邻行,方便个老官悄悄里寻个情哥郎还子我,小阿奴奴情愿熟酒三钟亲递渠。

作 难

今日四,明朝三,要你来时再有介多呵难。姐道郎呀好像新笋出头再吃你逐节脱,花竹仿子绘竿多少班。

等

姐儿立在北纱窗,分付梅香去请郎,泥水匠无灰砖来里等,隔窗趁火要偷光。

又

栀子花开六瓣头,情哥郎约我黄昏头。日长遥遥难得过,双手扳窗看日头。

模 拟

弗见子情人心里酸,用心摸拟一般般。闭子眼睛望空亲个嘴,接连叫句"俏心肝"。

次　身

姐儿心上自有第一个人，等得来时是次身。无子馄饨面也好，捉渠权时点景且风云。

月　上

约郎约到月上时，邨了月上子山头弗见渠。咦弗知奴处山低月上得早，咦弗知郎处山高月上得迟？

又

约郎约到月上天，再吃个借住夜个闲人僭子大门前。你要住奴个香房奴情愿，宁可小阿奴奴困在大门前。

引

郎见子姐儿再来搭引了引，好像铜勺无柄热难盛。姐道我郎呀，磨子无心空自转，弗如做子灯煤头落水测声能。

又

爹娘教我乘凉坐子一黄昏，只见情郎走来面前引一引。姐儿慌忙假充萤火虫说道"爷来里娘来里"，咦怕情哥郎去子喝道"风婆婆且在草里登"。

走

郎在门前走子七八遭，姐在门前只捉手来摇。好似新出小鸡娘看得介紧，仓场前后两边傲。

别

别子情郎送上桥，两边眼泪落珠抛。当初指望杭州陌纸合一块，邨间拆散了黄钱各自飘！

又

滔滔风急浪潮天，情哥郎扳桩要开舡。挟绢做裾郎无幅，屋檐头种菜姐无园。

久 别

情哥郎春天去子不觉噎立冬，风花雪月一年空。姐道郎呀，你好像浮麦牵来难见面，厚纸糊窗弗透风。

哭

姐见子郎来哭起来，郎了你多时弗走子来？来弗来时回绝子我，省得我南窗夜夜开。

又

姐儿哭得悠悠咽咽一夜忧，郎子你恩爱夫妻弗到头？当初只指望山上造楼楼上造塔塔上参梯升天同到老，如今个山进楼摊塔倒梯横便罢休！

旧 人

情郎一去两三春，昨日书来约道今日上我个门。将刀劈破陈桃核，霎时间要见旧时仁。

思 量

弗来弗往弗思量，来来往往挂肝肠。好似黄柏皮做子酒儿，呷来腹中阴落落里介苦，生吞蟛蜞蟹爬肠。

嫁

嫁出囡儿哭出子个浜，掉子村中恍后生。三朝满月我搭你重相会，假充娘舅望外甥。

怕老公

丢落子私情噎弗通，弗丢落个私情噎介怕老公。宁可拨来老公打子顿，郎舍得从小私情一旦空！

新 嫁

姐儿昨夜嫁得来，情哥郎性急就忒在门前来。姐道郎呀，两对手打拳你且看头势，没要大熟牵耆做出来！

老公小

老公小，逅疸疸，马大身高郲亨骑？小船上橹人摇子大船上橹，正要推扳忒子脐。

底下是长篇的吴歌：

笼　灯

姐儿生来像笼灯，有量情哥捉我寻。因为偷光犯子个事，后来忒底坏奴名。（白）坏奴名，坏奴名！阿奴细说我郎君："你正日介来张头望颈，眼看奴身。你道是我短又弗局蹴，长又弗伶仃。因是更了我听你有子个情意，一日子月黑夜暗摔子我就奔。也弗管三更半夜，也弗管雨落天阴。也弗管地下个沟荡，挨过子多少个巷门。也弗管个更铺里个夜夫，也弗怕路上撞着子个巡兵。金锣一响，吓得我冷汗淋身。一到到子屋里，我方才得个放心。啰道是伴得你年把也弗上，你就要弃旧恋新！屈来啰里说起？撞你介个贼精！"郎道："你弗要辞劳叹苦，懊悔连声。你当初白白净净，索气腾腾。你郲间浑身好像个油篓，满面拌子个灰尘。人门前全勿骜好，头上箍子介条草绳。夜里只好拿你来应急趟趟，日里干耍个正经？还有介多呵弗好，我一发说来你听听：〔打枣歌〕怕只怕你火性儿时常不定，照了前又照子后不顾自身。一身破损通风信，长与别人好，又与小人跟。转一个湾儿我这里见你的影！"（白）姐儿喝面介一啐，就骂："个负义薄情！你当初淬得火着介要我，一夜弗放我离身。我也弗知光辉子你多少，也知弗替你瞒子几呵个风声！你只厌我眼前个腌润，弗念我起初个鲜明。（歌）你捉我提得起来放得下，我只搂得你灶前火独无一星!"

老　　鼠

　　郎儿生得好像老鼠一般般,夜里出去偷情日里闲。未到黄昏出来张了看,但等无人只一钻。(白)只一钻,只一钻,阿奴欢喜小尖酸:来去身松快便,两只眼睛谷碌碌会看会观;听得人声一躲,火光背后就缩做子一团;能会巴檐上屋,又会揉柱爬梁;也弗怕铜墙铁壁,也弗怕户闭门关;也勿怕竹签笆隔,也弗怕直楞窗盘。一夜子钻进子我个屋里,走到子我个房前;扯着子个房帘上金铃索声能介一响,吓得我冷汗直钻!我里个阿爹慌忙咳嗽,我里个阿娘口里开谈,便话道:"阿囡耍响?"我明明里晓得你臭贼,做势困着弗敢开言。个个臭贼当时使一个计较,立地就用一个机关:口里谷谷声做介两声婆鸡叫活像,连连声数介两声铜钱。我里阿爹说道:"老阿妈,你小心些火烛!"阿娘说道:"老老呀,没介啥个报应,明朝早些起来求介一条灵签。"我里臭贼听得子一发胆大,连忙对子我被里一钻,就要搭小阿奴奴不三不四不四不三,一张嘴好似石块,一双脚好像冰团!〔黄莺儿〕两脚像冰团,被窝中快快钻。偷油手段把偷香按。虽然未安,得欢且欢。只愁五个更儿短,嘱付俏心肝:他老人家醒困,须是悄悄好遮瞒。(歌)姐道:"我郎呀,你没要爬爬懒懒介趁意利,惊动我里门角落里困猫团!"

困 弗 着

　　姐儿困勿着好心焦,思量子我里个情哥只捉脚来跳。好像漏湿子个文书失约子我，冷锅里筛油测测里熬。（白）测测里熬，测测里熬，姐儿口骂："杀千刀！我蓦传教寄信来叫你，你蓦好像个讨冷债个能介有多呵今日了明朝？〔皂罗袍〕堪叹薄情难料，把佳期做了流水萍飘。柳丝暗结玉肌消，落红惹得朱颜恼；情牵意挂，山长水遥；月明古驿，东风画桥；郎人何事还不到？"（白）姐儿气子介一气，喧漫漫眼泪介双抛。只见灯光连报，喜鹊连连又叫子介多遭。姐儿正在疑惑，只听得窗外门敲。小阿奴连忙赶搭出去，来窗眼里张着子个臭贼了便胆丧了魂消。我便开勿及个门闩，拔勿及个门销。渠再一走走进子个大门，对子房里一跪，就来动手动脚搛住子我个横腰。我便做势介一个苦毒假意介个心焦。〔桂南枝〕黄昏静悄，我把被儿来薰了；看看等到月上花梢，杳冥冥全无消耗；听残更漏鼓，郎时你方才来到！我把他儿变了。他跪在床前告，我假意焦。恨不得咬定牙，只是忍不住笑。（白）郎说道："姐儿，我勿是恋新弃旧，只是路远山遥。今夜我来迟失信，望你宽洪姐姐饶饶！"姐儿双手扶郎起来："你勿要支花野味了唠叨？"（歌）姐道："我郎呀，好像一脚踢开子个绣球丢落子个气，做介个脱衣势子听你跌三交！"

《门神》的一篇，写得尤为漂亮：

门　　神

结识私情像门神，恋新弃旧忒忘情。（白）记得去年大年三十夜，捉我千刷万刷刷得我心悦诚服，千嘱万嘱嘱得我一板个正经。我虽然图你糊口之计，你也敬得我介如神。我只望替你同家日活，撑立个门庭。有介一起轻薄后生捉我摸手摸脚，我只是声色弗动，并弗容介个闲神野鬼，上你搭个大门。我为你受子许多个冒风露水，带月披星；看破子几呵个檐头贼智，听得于几呵个壁缝里个风声。你当你见我颜色新鲜郎亨介喝彩？装扮得花噪加倍介奉承。郎间帖得筋皮力尽，磨得我头鬃蓬尘。弗上一年个光景，只思量别恋个新人。你省我弗像个士女，我也道是你弗是个善人。就要捻我出去，弗匡你起介一片个毒心。逼着介个残冬腊月，一刻也弗容我留停。你拿个冷水来泼我个身上，我还道是你取笑；拿个笼帚来支我，我也只弗做声；扯破子我个衣裳只是忍耐，撅破子我个面孔方才道是你认真。我吃你刮又刮得介测赖，铲又铲得介尽情。屈来，我吃你介杨擦刮了去介，你做人忒弗长情。我有介支曲子在里到唱来你听听：〔玉胞肚〕君心忒忍，恋新人浑忘旧人！想旧人昔日曾新，料新人未必常新；新人有日变初心，追悔当初弃旧人。（歌）姐道："我个郎呀，郎间我看你搭大门前个前船就是后船眼，算来只好一年新！"

破骏帽歌

有介一支山歌唱你侬听，新翻腾打扮弄聪明：（白）也弗唱蒲鞋，毡袜，也弗唱直掇，海青；也弗唱绢裙，绫袴；也弗唱香袋，汗巾；单题唱个头上帽子，历代几样翻新。旧时作尖顶长号，后来改子平顶鼓墩，咦有缨子朗销密结瓦棱。惟有小张官人头上帽子戴又戴得个停当，盔又盔得介娉婷；光袖油露出子杭州丫髻，亮晃晃插起重庆金簪；后头抻出子双螭虎圈子，前头推起子九针子网巾。帽巾带得介长远，年深月久成精。忽朝一日头上说话，叫声："小张官人，我一跟跟你两三巡黄册，你一戴戴我二三十个清明，春秋四季并弗曾盔顶纻丝罗帽；寒冬腊月并弗曾盔顶绒帽毡巾。总成你相交子多少姹童窠子？陪伴子若干监生举人？看子多少提偶，扮戏，游湖，踏青。唱船主人中显贵，酒楼上闹里夺尊。捉个猪胆去油，教我受子多少腌臢苦脑。捉个百药箭上色，教我吃子多少乌皂泥筋？板刷常常相会，引线弗曾离身。一日子修理得介停当，戴出子闾门，月城里遇着子朋友说话，聚集子东西来往无数个闲人：看呆子山东贩骏侉子，立痴子江西贩帽子个客人。江西老乡谈弗绝，苏州歇后语连声。十字街蟒龙玉乌纱冠石皮得介测癫，老弗识波罗生荔枝圆重夕得介忒村。日头照子好像走差次身头上草帽；雨落湿子好像压匾介一个老人头巾。捻来手里好像拳紧介一只偷瓜蝎，落来地上好像蠹起来介一只刺毛莺。修骏帽见子一吓，洗网巾吃子一惊。破靴羊毛换铜钱缉三问四，卖花换荅豆弗曾离门。"小张听得几句言语，吓得冷汗直淋；立来无人烟所在，探下来看介一看："真当弗像，只得去贴旧换新。"欲要黄帽铺里去讲讲，咦弗好戴子进渠大门。思量无些摆布，只得郎借子一顶麻布头巾；绉漫漫好像看坟个董永，软塌塌好像丁忧个洞宾。遇着子承天寺里个和尚，定道请渠领丧，入木；撞见子玄妙观里道士，定道请渠退煞，念经。乡邻赶趁子分子，朋友怕阙子人情。小张道："个是我里骏兄便服，弗消得列位介费心。"无些意思介一日。只得走转家门。家婆道："你出去子介一日，阿曾干子帽子个正经？""咳，家婆，弗要话起！走肿子个脚底，擢痛子个背心。饿过子个肚里，看花子个眼睛！帽铺家家走到，价钱个个弗等；只得反渠转来假充一个朗锁戴戴，到下桥行市再寻。弹忒子齾齾，吹忒子个灰尘上子盔头盔介一盔，屈刚盔子三五六星。"小张捶胸跌脚，说道："弗匡你介一个收成！"家婆道："你也弗哩大惊小怪，还干若干正经：大块头儿改双凉鞋着着；斜块头儿改子外公头上束发包巾,帽沿拿来做个扎额,我里夏天恍恍;碎块头儿做子一顶细密网巾;骖头骖脑做个刷牙来刷刷;零零悴悴做个香袋薰薰。"帽子道:"我前世作尽子扯孽,你公婆两个摆布得我介尽情!"小张道:"骖兄大哥,帽子大人!你侬弗要出言吐气,我侬唱介一支曲子你听听:〔驻云飞〕帽样新鲜不复完,今剩缺连,一向承装观,今日堪埋怨:嗏,戴你不多年!"帽子道:"尽勾你哉!…'如何稀烂?想是当初,修旧将咱骗,为你冤家费我钱!"(白)帽子道:"鼓弗打弗响。钟弗撞弗鸣;别人戴子风里坐,你戴子我雪里奔!凭你改长改短,我也无怒无嗔。捉我改子外公头上束发包巾,我也感承你顶戴;捉我改子你家婆头上扎额,我也当得奉承。(歌)捉我改子刷牙正要擢你臭贼个张嘴;捉我改子凉鞋正要打碎你个老脚跟!"

这一篇尝见于《游览萃编》,冯氏当是转载的。

山　人

说山人,话山人,说着山人笑杀人:(白)身穿着僧弗僧俗弗俗个沿落厂袖;头带子方弗方圆弗圆个进士唐巾。弗肯闭门家里坐,肆多多在土地堂里去安身。土地菩萨看见子,连忙起身便来迎。土地道:"咥,出来!我只道是同僚下降,元来到是你个些光斯欣!咦弗知是文职武职?咦弗知是监生举人?咦弗知是粮长升级?咦弗知是说书老人?咦弗来里作揖画卯,咦弗来里放告投文。要了闹哄哄介挨肩了擦背,急逗逗介作揖了平身?轿夫个个侪做子朋友,皂隶个个侪扳子至亲。带累我土地也弗得安静,无早无晚介打户敲门。我弗知何为扯个干？仔细替我说个元因。"山人上前齐齐作揖，"告诉我里的的亲亲个土地尊神：我哩个些人，道假咦弗假，道真咦弗真；做诗咦弗会嘲风弄月，写字咦弗会带草连真。只因为生意淡薄，无奈何进子法门。做买卖咦吃个本钱缺少；要教书咦吃个学堂难寻；要算命咦弗晓得个五行生克；要行医咦弗明白个六脉浮沉。天生子软冻冻介一个担轻弗得步重弗得个肩膊；又生个有劳劳介一张说人话人自害自身个嘴唇。算尽子个三十六策，只得投靠子个有名目个山人。陪子多少个蹲身小坐，吃子我哩几呵煮酒馄饨，方才通得一个名姓，领我见得个大大人。虽然弗指望扬名四海，且乐得荣耀一身，吓落子几呵亲眷，耸动子多少乡邻。因此上也要参参见佛，弗是我哩无事入公门。"土地听得个班说话，就连声骂道："个些骗说个猢狲；你也忒杀胆大，你也忒杀恶心？廉耻咦介扫地，钻刺咦介通神。我见你一蜘进一蜘出，袖子里常有手本；一个上一个落，口里常说个人情。也有时节诈别人酒食，也有时节骗子白金！硬子嘴了了说道恤孤了仗义，曲子肚肠了说道表兄了舍亲做子几呵腰头惩擦，难道只要闹热个门庭？你个样瞒心昧己，郫瞒得灶界六神？若还弗信，待我唱支《驻云飞》来你听听：〔驻云飞〕笑杀山人，终日忙忙着处跟。头戴无些正，全靠虚帮衬。嗏，口里滴溜清，心肠墨锭！八句歪诗！尝搭公文进。今日胥门接某大人，明日阊门送某大人。"（白）山人听子，冷汗淋身，便道："土地，忒杀显灵。大家向前讨介一卦，看道阿能句到底太平？"先前得子一个圣筶，以后再打子两个翻身。土地说道："在前还有青龙上卦，去后只怕白虎缠身！你也弗消求神请佛，你也弗消得去告斗详星；也弗消得念三官宝诰，也弗消得念救苦真经。（歌）我只劝你得放手时须放手，得饶人处且饶人。"

山人在万历以后,热力甚大,但其丑态也殊令人作恶。这一篇"山人歌"刻画得是如何的有趣。

沈德符看不起这些民歌,以为"不过写淫媟情态,略具抑扬而已"。但凌濛初却比他高明,能够欣赏这些东西。凌氏道:"今之时行曲,求一语如唱本《山坡羊》、《刮地风》、《打枣竿》、《吴歌》等中一妙句,所必无也。"这便都足以说明在明代,俗曲是比文人曲更为重要了。

七

但在文人学士们里,也有不少人是不甘为古旧的规则所拘束,宁愿冒同辈的讥嘲而去拟仿俗曲的。冯梦龙比较的还是后起之秀。在很早的时候,已有金銮、刘效祖及赵南星他们起来,勇敢的把俗曲作为自用的了。

金銮用《锁南枝》来写"风情戏嘲",几无一语不佳:

风情戏嘲

〔锁南枝〕浮皮儿好,外面儿光,头发稍儿里使贯香,多大个侏儿,也来学冲象。那些个捏着疼,爬着痒,头上敲,脚下响。坚如石,冷似冰,识不透你心肠儿横竖生。只管里满口胡柴,倒把人拴缚定。谁撇虚?谁志诚?人的名,树的影。

当不的取,算不的包,过的桥来还折桥。动不动热脸子枪白,冷锅里豆儿炮,不是煎,便是炒,瓜儿多,子儿少。

面不是面,油不是油,鸭蛋里还来寻骨头。瘦杀的羔儿他是块真羊肉。见面的情,背地里口,不听升,只听斗。

闲言来嗑,野话儿剿,偷嘴的猫儿分外馋。只管里吓鬼瞒神，吃的明，吃不的暗，搭上了他，瞒定了俺，七个头，八个胆。长二丈，阔八尺，说来的话儿葫芦提。每日家带醉伴醒，没气的还寻气。假若你瞒了心，昧了己，一尺天，一尺地。

心肠儿窄，性气儿粗，听的风来就是雨。尚兀自拔火挑灯，一密里添盐加醋。前怕狐，后怕虎，筛破的锣，擂破的鼓。

撒甚么唗，卖甚么乖，三尺门儿难自开。把我那一担恩情，都漾做黄齑菜说着不听，骂着不呆，山不移，性不改。

在刘效祖的作品里，也已用到了《挂枝儿》、《双叠翠》诸俗调：

挂 枝 儿

日初长柳绿绽黄金模样，雨才过桃杏花扑面清香。卖花人一声声唤起怀春情况蝴蝶儿争新绿，燕子儿语雕梁。打点出那小扇轻罗也，还要去流水桥边赏。

又

新竹儿倚朱栏清风可爱，香几儿靠北窗雅称幽斋千叶榴，并蒂莲，如相比赛。槐阴下清风静，垂杨外月影筛。忽听的几个娇滴滴的声音也，笑着把茉莉花采。

又

秋海棠喜庭阴偏生娇艳，桂花儿趁西风越弄香妍。金沙叶，银扭丝，凌霜堪羡。开一尊新酿酒，打叠起绣花奁。听一会窗儿外的芭蕉也，又把雨声儿显。

又

水仙花娇怯怯流香几案,绿萼梅清影瘦斜倚危栏。剪冰纹霎时间把青松不见,烹茶也自好,对酒且开帘。围上那肉作的屏风也,偏觉的气候儿暖。

又

我教你叫我声,只是不应。不等说就叫我才是真情。背地里只你我,推甚么佯羞佯性!你口儿里不肯叫,想是心儿里不疼。你若有我的心儿也,如何开口难得紧?

又

我心里但见你就要你叫,你心里怕听见的向外人学。才待叫又不叫,只是低着头儿笑。一面低低叫,一面又把人瞧。叫的虽然艰难也,意思儿其实好。

又

俏冤家,但见我就要我叫,一会家不叫你,你就心焦。我疼你那在乎叫与不叫。叫是提在口,疼是心想着。我若有你的真心也,就不叫也是好。

又

俏冤家，非是我好教你叫，你叫声儿无福的也自难消。你心不顺，怎肯便把我来叫。叫的这声音儿俏，听的往心髓里浇。就是假意儿的勤劳也，比不叫到底好。

双叠翠

怕逢春，怕逢春，到的春来病转深。挨不过困人天，懒看这红成阵。行也难禁，坐也难禁，越说不想越在心。似这等枉添愁，可不辜负了春花信。

又

夏不宜，夏不宜，绿阴恼煞乱莺啼。一般是解愠风，吹不散愁人意。暗数归期，频卜归期，荷香空自袭人衣。最可怜是明月时，怕自往纱厨去。

又

怕逢秋，怕逢秋，一入秋来动是愁。细雨儿阵阵飘，黄叶儿看看骤。打着心头，锁了眉头，鹊桥虽是不长留。他一年一度亲，强如我不成就。

又

冬不宜,冬不宜,愁心只我与灯知。拨尽了一夜灰,盼不出三竿日。展转寻思,颠倒寻思,衾寒枕冷夜深时。只得向梦儿中寻,梦儿中又恐留不住。

又

春相思,春相思,游蜂牵惹断肠丝。忽看见柳絮飞,按不下心间事。闷绕花枝,反恨花枝,秋千想着隔墙时。倒不如不遇春,还不到伤心处。

又

夏相思,夏相思,闲庭不耐午阴迟。热心儿我自知,冷意儿他偏腻。强自支持,懒自支持。兰汤谁惜瘦腰肢。就是挨过这日长天,又愁着秋来至。

又

秋相思,秋相思,西风凉月忒无知。紧自我怕凄凉,偏照着凄凉处。别是秋时,又到秋时,砧声蛩语意如丝。为甚的鸿雁来,不见个平安字?

又

冬相思，冬相思，梅花纸帐似冰池。直待要坐着挨，忽的又尽一日。醒是自知，梦是自知，我便如此你何如？我的愁我自担，又耽着你那里也愁如是！

这可以说是破天荒的一种工作；我们想不到，在很早的时候，《挂枝儿》已和文人学士们发生了姻缘了。

效祖又有《锁南枝》一百首，可惜我们所能见到的，只有十六首，但这十六首，那一首不是绝妙好辞呢！

我们可以知道：凡是能够引用新崭崭的俗曲的，没有不得到成功的。建安时代的五言，六朝的《新乐府》，唐五代的词，许多大作家们无不是从那里得到了最大的成功的。

锁 南 枝

团圆梦，梦见他。笑脸儿归来，连声问我：我在外几载经过，你在家盼望如何？说一会功名，叙一会间阔。唤梅香把酒果忙排，与俺二人权作贺。万种相思一笔勾抹，猛追魂三唱邻鸡，急睁眼一枕南柯。

又

团圆梦，梦不差。眼见他归来，悄声儿诉咱。非是我失业抛家，非是我恋酒贪花，非是我负义忘恩，两头骑马。为只为书剑飘零，因此上负却临行话。吐胆倾心，全无虚假。欲开言再问个端的,猛抬身那得个冤家!

又

团圆梦,梦的奇。一见冤家情同往昔。喜孜孜素手相携,美甘甘热脸相偎,共结绸缪,芙蓉帐里。常言道:破镜重圆,果不然也有相逢日。玳瑁猫撒欢他也来道喜。刚能勾半霎合谐,猛惊回依旧别离。

又

团圆梦,梦的真。一会家心惊。忽听的打门,唤梅香问是何人。我说道是我郎君。昨夜灯花,诚然有准。笑吟吟引入兰房,把离情话儿闲评论。妾命虽薄,君心忒狠。整鸳衾恰待欢娱,醒来时还是孤身。

又

伤心事,诉与谁?一半儿思情一半儿追悔。想着你要和我分离,平白地起上个孤堆。用了场心竹篮儿打水。虽然是你的情绝,也是我缘法上不对。胡昧了灵心,分明是鬼。几时和你嚷上一场,再不信你巧话儿相陪。

又

伤心事,有万端,也是我前生业罐子不满。寔指望买笑追欢，倒惹的恨结愁攒。卧枕着床，犯了条款。你既然要和我分离，也须与个一刀两断。人说你情绝，真个行短。瑞香花头绪儿忒多，杖鼓腔两下里厮瞒。

又

伤心事，对谁说？仔细度量，都是我自惹。我为你使破喉舌，我为你费尽周折。谁想恩变为仇，刀刀见血。虽然与你不久相交，一夜夫妻如同百夜。有甚么亏心，下挤的抛舍。瞒着心只是你精细，吃杀亏认着我痴呆。

又

伤心事，对谁学？要见个明白惟天可表。你和我谁厚谁薄，谁情绝，谁性儿难调？谁把谁心全然负了？也是俺妇人家痴愚，好心偏不得个好报。瞎虫蚁逃生，寔撞着你线索。虽不和你见识一般，杀人可恕，情理难饶。

又

长吁气，恨满腔，往事都勾，话也不须细讲。巧机关你暗里包藏，痴心肠谁做个提防。舍死忘生，闯在你网。欲待和姊妹们声说，只恐怕告个折腰状。思之复思，想了又想，除非是命丧荒丘枉死城，再做个商量。

又

　　长吁气，恨转增，鬓乱钗横无心去整。想只想你知热知疼，想只想你识重识轻。谁知道意变心更，有形无影。起初时那样言词，到如今心口不相应。问着说不知，说着推不省。人说你有些儿糊涂，我看你全是个牢成。

又

　　冤家债，还他不彻，一节不了又添上一节。欲待要乱掩胡遮，怎禁他见鬼随斜。恨只恨冤家心肠似铁。经年家强自支吾，无人知我疼和热。闷海愁山谁行去诉说？风月中请问个知音，闪赚人算甚么豪杰！

又

　　冤察债，还他不及。旧恨才消，新愁又起。想当初只说你心实，谁承望下的是活棋？面情相交，不知其里。欲待要发狠蹬开，又怕食之无肉，弃之有味。这是卖了鲇鱼夸不的大嘴。甫能勾央及回头，过些时依旧王皮。

又

　　冤家债，还他不清。除了相思，无甚么可顶。想当初彻底澄清，到今日无眼难明。相交了一场，银瓶坠井。也是俺妇人家心慈，倒弄的人硬货不硬。再和你相逢，除非是梦境。或长或短说个真实,谁是谁非路见难平。

又

冤家债,还他不完。不是七长,就是八短。信别人巧话儿唆搬,倒把我假意儿撏瞒。糊涂虫冤家,全不知冷暖。虽然你不把我留情,只怕藕断时丝还不断,叫一声苍天,天如何不管!好共歹也是你着迷,长和短自有人傍观。

又

情书至,笑脸儿开,可见我冤家情肠儿不改。件件事与我安排,句句话说的明白。满纸春心,犹带着墨色。他说我不久回还,你须权把心肠儿耐。少只在旬朝,多不上半载。唤梅香儿净了间隅,把冤家笔迹儿高抬。

又

情书至,用意儿读。亲手封缄再拜上奴。路迢迢音信全疏,意悬悬想念如初。为只为功名,归期未卜。只要你柳色常青,切莫把我名儿污。天样花笺,写不尽肺腑。唤梅香你与我参详,敢怕是谎话儿支吾?

赵南星的《芳茹园乐府》,其中俗曲也不少,这也使他得到了很大的成功:

银纽丝 五首

到春来难挨受用也慌，百花开遍满林芳。具壶觞，知心一伙赛疏狂。莺舌巧似簧，何须黄四娘。呀，大家齐把襟怀放。欢天喜地度韶光，也是俺前生烧了好香。我的天噢唱齐声，齐声唱。

到夏来难挨受用也幽，藤床睡起冷飕飕。慢凝眸，荷花池馆看轻鸥。奔忙白汗流，提起我害愁。呀，长安市上红尘臭，清闲自在要人修。念一声佛儿点一点头，我的天噢，够咱心，咱心够。

到秋来难挨受用也撑，风吹红叶小秦筝。月儿明，教人如何睡的成？快去请刘伶，合那阮步兵。呀，咱们吃酒胡行令。嗯儿喇叫到天明。又赏荷花向小也亭，我的天噢，兴无边，无边兴。

到冬来难挨受用也乔，梅花帐暖足良宵。好清朝天边瑞雪正飘飘，烹茶滋味高，衔杯情性豪。呀，满斟高唱咱欢乐，争名夺利马蹄劳。这样寒天您怎也么熬，我的天噢，笑呵呵，呵呵笑。

一年家难挨受用也全，家私现有十亩园。菜蔬儿鲜，芹蒲斋鲊饱三餐静，来坐会禅客来顽一顽。呀，有时也把书来念，说咱闲来也不闲，说咱是仙来又不是也么仙，我的天噢，占便宜，把便宜占。

醉太平 偶感

短和长阁起，白和黑休提，省些闲气是便宜，别有个所为。香醪儿入口支支至，好花儿照眼嘻嘻戏。新曲儿逢场罗罗哩，这生涯忒美。

羊羔酒党家，雀舌茗陶家，一般消受莫争差，只亏了有他。有了他苦茗堪清话，有了他美酒偏增价。有了他凉冰味绝佳，不贪他是假。

孝南枝　二首

　　眼球儿里觑，肝叶儿上兜，撞到这其间怎做的了手？也是俺前世里曾修，霎时间韵脚儿相投。月老婚牒，预先里注有。为头儿误入桃源，谁知道姻缘巧凑。况是人物之尖，风情之首，实丕丕地久天长，美甘甘凤友鸾俦。

　　章台事，气坏了人，越夺尖的姐儿越站不稳。一般有可意郎君，也只是玉石难分。比似名花，香红嫩粉，蝴蝶儿采取应该，碜毒虫齐来打混。既在风尘，须索死忍，会俏的定恋定豪杰，才是您立命安身。

锁南枝带过罗江怨　丁未苦雨

　　将天问，要怎么？旱时节盼雨闸定法，没情雨破着工夫下溜街。忽流忽刺澜房屋，扑提扑塌湿□□。逃命何方遄？阎王殿挤坏了功曹，古佛堂推倒了那吒。神灵说：我也淋的怕。哭啼啼哀告天爷，肯将人尽做鱼虾。勾唎勾唎饶了吧。

一口气　有感于梁别驾之事

　　朝入衙门，夜寻红粉，行动之间威凛凛，唬的妓者们似猴存。呼唤一声跑得紧。先儿们，纵然有王孙公子，公子王孙，沥丁拉丁，都不如恁先儿们。

　　只怕房先儿。全轻府判儿，勉强相留没个笑脸儿。陪着咱坐似针毡儿，只合先儿们，那们昝儿张三儿。饶你有伶俐聪明，弹唱聪明，沥丁拉丁，也还差点儿张三儿。

锁南枝半插罗江怨

非容易，休当耍，合性命相连怎肘拉！这冤家委实该牵挂。除非是全不贪花，要不贪花，谁更如他！既相逢怎肯干休罢。不瞧他眼怕睁开，不抓他手就顽麻。见了他欢欢喜喜无边话，一回家埋怨苍天。怎么来生在烟花？料么他无损英雄价。

又

从初会，喜又惊，恨不早相逢苦痛情。得相逢口是三生幸。不遇你亏了我的心情，不遇我亏了你的仪容。月下老不许成孤另，翠红乡单爱奢华，女流家忒煞聪明，新诗小扇为媒证。黄四娘万朵花枝，陶学生一夜邮亭，说甚么麒麟阁□标姓名。

山 坡 羊

冤业相逢，说不的从来心硬。针芥相投，都只是前生一定。冤家为头儿会你不敢兴心妄想，也是俺运至时来遇缘法便能饶幸。是到而今我还只是昏迷不醒，半虚空掉下来的美满前程。齐着今日今时，把风月牌消缴。再遇着任是何人，我的真心不动。知感你好，便似顶戴龙天。□，咪嚟，使尽了殷勤，不当做奉承。章台路要图一个驰名，显出你文雅风流，咱是个君子交情。

又

恓惶洒泪着说话,妈儿气受他不下。他骂我不出门,单单只是为你。骂的我是咧,着张口儿说嘎。数落的事儿件件不差。等到而今怕他待怎么?但挨的一好到底,哪怕他终朝打骂。我挨的结果收圆,呖,唻嚟,姊妹行中不把俺笑话。由他,风月中着迷不止是咱俩。由他,好合歹熬成□人家。

又

可意人儿,你使性儿教我害怕。你不喜欢要□做嘎,低着头儿不言不语,手搂着裙梢儿满□泪下。乖觉了一场,可吃了人假。小二人流言听他待怎么!欲说誓又只怕你疼我。恰想要跪下不敢跪下。我这回儿到喜你这样性儿,唻嚟,看着我着疼,才怕我情杂。冤家,再打回儿不□我命有差。冤家,瞒你也不打紧,就不怕神灵□察。

玉抱肚

合欢几时,对金樽愁攒翠眉。饮不醉雨下情牵,唤不醒一点心迷。书斋满地是相思,准备朝朝红泪垂。

他曾许我,约定的今宵会合。把铜壶二十五声,□天台半霎撺掇。鸡鸣钟响乱喧聒,赶散鸳鸯可奈何?

无端见了,顿忘却平生气豪。纵难道莫莫休休,也还是密密悄悄。从他玉女下云霄,休想教咱眼再瞧。

锁南枝带过罗江怨

　　猛然见，引动了魂，曾见人来不似这人！好教我眼花缭乱浑身晕。他生的清雅无虚，似一幅水墨昭君，非同世上寻常俊。未知他意下何如？俺将他看做个亲亲。从今交上相思运，凭着俺心坎儿上温存，着凭着俺胁下殷勤，咱俩个终须着一阵。

　　才成就，又别离，耍鸳鸯刚刚儿一霎时，分明是一点鼻涯儿蜜。想的人似醉如痴，想的人梦断魂迷，枕边滴尽相思泪。眼睁睁擞断同心，眼睁睁拆散连枝。痴心还想重相会，倘然得再入罗帏。倘然得再效于飞，舌尖儿上咬你个牙厮对。

参考书目

一、陈所闻编：《南宫词纪》，有明刊本。

二、凌濛初编：《南音三籁》，有明刊本。

三、《词林一枝》，有明刊本。

四、《玉谷调簧》，有明刊本。

五、刘效祖：《词脔》，有新刊本。

六、赵南星：《芳茹园乐府》，有新印本。

七、金銮：《萧爽斋乐府》，有董氏印本。

八、《山歌》，有新印本。

九、《挂枝儿》，有新印本，见于《万锦清音》者较多。

第十一章　宝卷

一

当"变文"在宋初被禁令所消灭时，供佛的庙宇再不能够讲唱故事了。但民间是喜爱这种讲唱的故事的。于是在瓦子里便有人模拟着和尚们的讲唱文学，而有所谓"诸宫调"、"小说"、"讲史"等等的讲唱的东西出现。但和尚们也不甘示弱。大约在过了一些时候，和尚们讲唱故事的禁令较宽了吧（但在庙宇里还是不能开讲），于是和尚们也便出现于瓦子的讲唱场中了。这时有所谓"说经"的，有所谓"说诨经"的，有所谓"说参请"的，均是佛门子弟们为之。

吴自牧《梦粱录》（卷二十）云：

> 谈经者，谓演说佛书；说参请者，谓宾主参禅悟道等事。……又有说诨经者。

周密《武林旧事》诸色伎艺人条里，也记录着：

> 说经诨经，长啸和尚以下十七人。

> 弹唱因缘，童道以下十一人。

这里所谓"谈经"等等，当然便是讲唱"变文"的变相。可惜宋代的这些作品，今均未见只字，无从引证，然后来的"宝卷"，实即"变文"的嫡派子孙，也当即"谈经"等的别名。"宝卷"的结构，和"变文"无殊；且所讲唱的，也以因果报应及佛道的故事为主。直至今日，此风犹存。南方诸地，尚有"宣卷"的一家，占着相当的势力。所谓"宣卷"，即宣讲宝卷之谓。当"宣"卷时，必须焚香请佛，带着浓厚的宗教色彩，与一般之讲唱弹词不同。他们所唱的《香山宝卷》、《刘香女宝卷》等等，为宣扬佛教的最有力的作品。不知有多少妇人女子曾被他们所感动，曾为"卷"中的女主人翁落泪、叹息、着急，乃至放怀而祈祷着。

注意到"宝卷"的文人极少。他们都把宝卷归到劝善书的一堆去了，没有人将他们看作文学作品的。且印售宝卷的，也都是善书铺。但"宝卷"固然非尽为上乘的文学名著，而其中也不无好的作品在着。

十年前，我在《小说月报》的《中国文学研究》上，写《佛曲叙录》方才第一次把"宝卷"介绍给一般读者。

相传最早的宝卷的《香山宝卷》，为宋、普明禅师所作。普明于宋、崇宁二年（公元1103年）八月十五日，在武林上天竺受神之感示而写作此卷，这当然是神话。但宝卷之已于那时出现于世，实非不可能。北平图书馆藏有宋或元人的抄本的《销释真空宝卷》。我于前五年，也在北平得到了残本的《目连救母出离地狱升天宝卷》一册。这是元末明初的金碧抄本。如果《香山宝卷》为宋人作的话不可靠，则"宝卷"二字的被发现于世，当以"销释真空宝卷"和《目连宝卷》为最早的了。

我在上海所得的宝卷，均为清末的刊本及现代的石印本。《佛曲叙录》所载者不及其半；总数约在百本以上。

其后，很有幸的，乃在北平得到了不少的明代（万历左右）的及清初

的梵箧本宝卷。其中重要的,有:

一、《目连救母出离地狱升天宝卷》(残)

二、《药师如来本愿宝卷》(嘉靖刻本)

三、《混元教弘阳中华宝经》(二卷)

四、《混元门元沌教弘阳法》(二卷)

五、《先天元始土地宝卷》(二卷)

六、《佛说弥勒下生三度王通宝卷》(二卷)

七、《福国镇宅灵应灶王宝卷》(二卷)

八、《护国佑民伏魔宝卷》(二卷)

九、《佛说圆觉宝卷》(一卷)

十、《销释万灵护国了意至圣伽蓝宝卷》(二卷)

十一、《天仙圣母泰山源留宝卷》(五卷)

十二、《销释开心结果宝卷》(一卷)

十三、《巍巍不动泰山深根结果宝卷》(一卷)

十四、《叹世无为宝卷》(一卷)

十五、《正信除疑无修证自在宝卷》(一卷)

十六、《销释金刚科仪》(一卷)

十七、《普明如来无为了义宝卷》(二卷)

十八、《太阴生光普照了义宝卷》(二卷)

十九、《佛说道德运世忠孝报恩宝卷》(二卷)

二十、《药天救苦忠孝宝卷》(二卷)

二十一、《灵应泰山娘娘宝卷》(二卷)

二

宝卷也和"变文"一样,可分为佛教的和非佛教的二大类。在佛教的宝卷里，又可分为：一、劝世经文，二、佛教的故事；在非佛教的宝卷里，则可分为：一、神道的故事，二、民间的故事，三、杂卷。杂卷所唱的多为游戏文章或仅资博识、仅资一笑的东西，像《百鸟名》、《百花名》、《药名宝卷》等等，兹姑不论。

佛教的宝卷在初期似以劝世经文为最多；故宝卷往往被称为经。（例：《叹世无为宝卷》一作《叹世无为经》；《香山宝卷》一作《观音济度本愿真经》。）最早的一本宋或元抄本的《销释印空实际宝卷》开卷便云：

夫《印空宝卷》者，能开解脱之门，妙偈功德，往入菩提之路——印空偈空二十四品，品品而奥意难穷。

正是用通俗的浅近的讲唱文来谈经说教的，和宋人之所谓"谈经"正同。

像《药师本愿功德宝卷》（明嘉靖二十二年德妃张氏同五公主舍资刊刻）便是全演《药师本愿7经》而不述故事的：

举 香 赞

举起药师法界，来临诸佛菩萨，显金身五眼六通，接引众生诸佛满乾坤。

药师佛菩萨摩诃萨（大众同和三声）

佛面犹如摩尼宝，琉璃照彻水晶宫，

清净无为玄妙法，三世诸佛尽同行。

法

南无尽虚空遍法界过现未来佛三宝

僧

开经偈

无上甚深微妙法,百千万劫难遭遇。
我今有缘得授持,愿解如来真实意。

药师如来

盖闻一时佛在东震举起,大地众生无不瞻仰,充满法界,放大光明,山河大地,无不照彻。上升清净无为,下降火风,四生水山,尽在默然,言:大地群迷,妄认假相为自根本,失其本来真面目,而归源流,浪娑婆,坠落苦海,出窍入窍,转转不觉。药师如来末法之代,至于今日,单乑白十方贤圣,现坐道场本师药师如来诸大菩萨,满空圣众,一切神祇,虚空无缝,金锁药师往来,常开慈愍,故慈愍。故大慈愍,故信礼常住三宝。

　　　　　　　○|法
归命十方一切○|佛　　法轮常转度众生
　　　　　　　○|僧

白 文

切以药师如来,能开无相之门,显清净妙体,悟者时时睹面,迷人如隔千山万水。譬如浅水之鱼,能知万归湖,不知当时之死。药师如来广开方便,接引有情,离苦生天,亲观诸境界。白云罩定琉璃殿,摩尼塞太虚空,八宝砌成九莲池,砗磲运转,玛瑙往来,行行虚排列,时时透海穿山,展则开万民瞻仰,收来则寸步难行。诸佛子，会得这个消息么？

唐辛尽卜无缝锁，

东震发起药师来。

药师宝卷才展开，诸佛菩萨降临来。天龙拥护尊如塔，保佑众生永无灾。

举起如来一卷经，普天匝地放光辉。大地众生皆有分，恒沙世界悉包笼。

虚空一朵宝莲花，妙相庄严发灵芽。分明本是娘生面，借花献佛莫认他。

普劝众生早回心。莫待白发老来侵。为人若不明心性，转世当来堕迷津。

药师菩萨，透彻恒沙，法体遍天涯。当阳一朵无相天花，枝分九叶，八宝云霞。若人会得，孤客亲到家。

古佛在虚空，接引众群盲。

得度离苦海，超生佛土中。

白　文

药师菩萨，自末世以来，苦尽难忍，时时五欲交煎，刻刻恶业来侵。思衣思食，不得现前。苦中更苦，迷之又迷。佛大慈悲菩萨，救苦拔众类，离苦生天，度群透，齐超苦海，五百劫漂舟到岸，万万年孤客还乡，自从灵山散离佛祖，至如今婴儿见娘，证无生再不轮转，续长生永证金刚。咦！

为法庄严佛国中，

戊巳玄关正当阳。

无相妙法在玄中，三心元满正一心。刹那透出云门外，三世诸佛尽同行。

古性弥陁正当阳，子午相冲放毫光。接引众生归净土，直证诸佛古道场。

大地众生好愚迷，不得脱壳串轮回。忽然得遇无生母，脱苦婴儿入莲池。

虚空一盏无油灯，十万八千答妙明。三身四智元一点，盘古混元至如今。

玄妙消息，不动巍巍，真土立根基，齐生九品，七宝莲池，入母真铅，不堕轮回无生地，上真性透玄机。

法身现娑婆，妙相总一颗。

包藏三千界。照彻满恒河。

第一大愿，愿我来世：

〔挂金锁〕

第一大愿，愿把众生度。六道轮回，来往无其数。末法堪堪，各人寻头路。休等临性命全不顾。

白　文

定生龙华三会，接续长生，诸佛相逢，永不退屈。八十亿劫不生不死之乡，标名在极乐世界。思衣有绫锦千厢，思食有珍馐百味，修成舍利本体，炼就万古金丹。照彻十方，百宝砌满法界，会么？咦！

目前现放西方境，

九转当来古佛心。

琉璃宝光照人间，救拔众生离南阎。见在若不求出世，临行失手最为难。

菩萨法舡往东行，单度当来贴骨亲。百千万劫难相遇，灵山失散至如今。

娑婆迷子誓难量，时时发愿自承当。分明目前一点现，忽然拨转旧家乡。

袖子叮咛指示多，三世诸佛安乐窝。三花聚顶元不动，五气朝元总一颗。

第一大愿，对佛亲说，古佛免遭劫。四流浪息六国宁帖。漂舟到岸，得本还乡。分明指破，秤锤原是铁。

清净现法身，灵通答妙明。

打破三千界，一点在孤峰。

第二大愿，愿我来世：

〔挂金锁〕

第二大愿，愿愿洪誓重，苦海周流，往来常搬运，接引众生，早早超凡圣。直证归家，一点元不动。返本还源，妙体常清净。

白　　文

当证佛果，过去境界，以成庄严，现在贤圣，诸佛掌教。未来菩萨，慈愍摄授。万类齐超苦海，证菩提，龙华三会愿相逢，八十亿劫，同转长生。咄！

诸佛亲传无为法，

普度有缘上根人。

菩萨慈悲誓难量，苦海波中驾慈航。单度贤良亲生子，恩实婴儿见亲娘。

子母相逢痛伤情，犹如枯木再逢春。灵山失散迷真性，至今睹面不相逢。

如来四十八愿深，普度恒沙世间人。归家永证无生地，灵芽接续未来因。

　　法身清净遍十方，一点灵明正当阳。本是如来玄妙体，至今不识未还乡。

　　古佛如来誓愿洪深，苦海救四生，往来搬运，普渡群盲，还丹一粒，点铁成金，玄妙法体，当来古佛心。

　　佛体似白云，法身满乾坤。

　　本来真面目，塞满太虚空。

　　（下文历叙药师如来十二愿）

这完全是演说经文了，也有仅为劝世的唱文而并不专演某某经的，像《立愿宝卷》（叙的是十四大愿，如孝顺父母、勿溺女婴，以至勿吃牛犬等）、《叹世宝卷》（劝人要趁早修行）等等都是。这也占着一部分的势力。

最奇怪的是，《混元教弘阳中华宝经》和《混元门元沌教弘阳法》二种（恐怕还不止这二种），他们是宣传一种特殊的宗教，即所谓混元教的，这教门，后来成了徐鸿儒们的白莲教，曾掀起了好几次很大的教狱和风波。这二种是明万历间刊本，由太监们出资刊刻的。

三

　　叙述佛教故事的宝卷，所见极多，且也最为民间所欢迎。《目连救母出离地狱升天宝卷》是其中最早且最好的一个例子。

　　这个宝卷为元末明初写本，写绘极精，插图类欧洲中世纪的金碧写本，多以金碧二色绘成（斯类写本，元明之间最多，明中叶以后，便罕见）。惜缺下半。以此与《目连变文》对读之，颇可以知道其演变的消息。今坊间所传《目连宝卷》，与此本全异，盖已深受明人戏文及清代《劝善金科》诸作的影响了。

（上缺）尊者见了，心中烦恼。寻娘不见，就于狱前寂然禅定。狱中鬼使，各各不乐，心意惝惶。遂命夜叉，出看是何祥瑞，或是阳间送罪人到。夜叉来至狱门，惟见一僧人，身披三衣，端然而坐。夜叉回报狱主。

不见阳间送罪到，

狱前惟见一僧人。

寻娘不见好心酸，受苦亲娘在那边？声声痛哭生身母，悒惶烦恼泪如泉。

几时得见亲娘面？甚年子母得团圆？痛泪千行肝肠断，就在牢前顿悟禅。

寻娘不见，痛泪心酸。想亲娘在那边？哮啕痛苦，雨泪连连。何年月日，子母团圆。无人答应，牢前入定观。

尊者不见母，牢边身坐禅。

狱主前来问，到此有何缘？

夜叉报知狱主，牢前无有罪人。有一圣僧，在牢门前坐禅。狱主听说，出牢来看见。有一真僧，方袍圆顶，入定观空，顿悟坐禅，狱主向前，连叫数声，惊醒尊者。狱主问曰："吾师到此为何？"尊者答曰："特来寻我母亲。"狱主言曰："谁说师母在？"尊者曰："释迦文佛说，我母在此。"狱主又问曰："释迦牟尼佛，是师何人？"尊者曰："是我本师。"狱主听说，低着礼拜。"今日弟子有缘，得遇世尊上足弟子。"

便问我师何名字？

我去牢中检簿寻。

尊者与说鬼王听，吾是如来弟子身。道号目犍连尊者，惟我神通第一人。

特到此间来寻母。狱主听说尽皆惊，连拜告师得知道，吾师老母是何名。

尊者告诉，"狱主须听，母青提刘四身。"狱主听罢，便入牢寻。从头查勘，无有其名。狱主出狱，回告目连尊。

狱主出牢门，告与我师听。

牢内无师母，前有铁围城。

狱主问："师母何名姓？"尊者曰："青提刘四夫人。"狱主问罢，入牢检簿，无有此名。即时出狱报尊者得知，牢中查勘无有师母。尊者曰："此狱无有，却在何处？"狱主言曰："前面还有阿鼻地狱，铁围山中，众生若到，永劫不得翻身。"

只怕吾师娘在此，

还去狱中看虚真。

鬼王启告目连尊，吾师今且听分明。为师检簿无名字，前有阿鼻地狱门。

尊者听罢心烦恼，何年子母得相逢！辞别狱主寻娘去，无人作伴自行程。

狱主启告，师且须听，牢中无母亲。尊者听说，烦恼伤情。思想老母，何日相逢。人间养子，皆是一场空。

为救亲娘母，独去簿中寻。

目连辞狱主，前至铁围城。

尊者辞别狱主，直至阿鼻城边。见铁墙高万丈，黑壁数千层，半空中焰焰火起，四下里黑雾腾腾，城上铜蛇口喷猛火，山头铁狗常吐黑烟。尊者看了多时，又无门而入。高声大叫数百声，无人答应。目连回达问前狱主。

痛哭悲伤归旧路，

回转牢前问鬼王。

尊者想母好悾惶，眼中流泪落千行！阿鼻地狱无门路，高叫千声又转还。

此座铁城高万丈，千重黑壁雾漫漫。众生到此无回路，若要翻身难上难。

游遍地狱，苦痛难言，两眼泪如泉；铁围城下，黑雾漫漫，无门而入。不免回还。火盆狱内，再问别因缘。

尊者寻觅母，回转火盆城。

悲哀告狱主，此牢不见门。

尊者到铁围城，无门而入。高叫数声，无人答应。回至火盆城，哀告狱主，"此乃为何不开。"狱主答曰："此阿鼻地狱。众生在世，不信三宝，造下无边大罪，死后堕此狱。内业风吹起倒悬而入。若要翻身，难哉，难哉！奈师法力微小。若开此狱，无过问佛。"

尊者听说，思想母亲，心中烦恼。辞别狱主，回至灵山，哀告如来。

〔金字经〕

《般若波罗金字经》，常把弥陀念几声，观世音。不踏地狱门，身清净。菩提路上行。

幽冥游遍不见娘，思想尊萱哭断肠，泪两行。高声大叫娘，寻不见，灵山问法王。

尊者烦恼泪纷纷，不见生身老母亲，无处寻。教儿苦痛心，难寻觅，灵山问世尊。

尊者驾云，直至灵山，拜告如来。尊者言曰："弟子往诸地狱中，尽皆游遍，无有我母。见一铁城，墙高万丈，黑壁千层，铁网交加，盖覆在上。高叫数声，无人答应。弟子无能见母。哀告世尊，佛说："你母在世，造下无边大罪，死堕阿鼻狱中。"尊者听说，心中烦恼，放声大哭。

母堕长劫阿鼻狱，

何年得出铁围城？

玉兔金鸡疾似梭，堪叹光阴有几何！四大幻身非永久，莫把家缘苦恋磨。

忽然死堕阿鼻苦，甚劫何年出网罗？若要脱离三涂苦，虔心闻早念弥陀。

光阴似箭，日月如梭，人生有几多；堆金积玉，富贵如何。钱过北斗，难买阎罗，不如修福向善念弥陀。

一生若作恶，身死堕阿鼻。

一生修善果，便得上天梯。

世尊言曰："徒弟，你休烦恼。汝听吾言。此狱有门，长劫不开。汝今披我袈裟，执我钵盂锡杖，前去地狱门前，振锡三声，狱门自开，关锁脱落。一切受苦众生，听我锡杖之声，皆得片时停息。"尊者听说，心中大喜。

饶你雪山高万丈，

太阳一照永无踪。

世尊说与目连听，汝今不必苦伤心。赐汝袈裟并锡杖，幽冥界内显神通。

目连闻说心欢喜，拜谢慈悲佛世尊。救度我母生天界，弟子永世不忘恩。

投佛救母，有大功能。振锡杖便飞腾，恩沾九有，狱破千层，业风停止，剑树摧崩，阿鼻息苦，普放净光明。

手持金锡杖，身着锦袈裟。

冤亲同接引，高登九品华。

尊者闻佛所说，心中大喜，身披如来袈裟，手持世尊钵盂锡杖，拜辞世尊，驾祥云直至地狱门前。目连尊者，广运神通，便将锡杖，连振三声。只见阿鼻地狱开门两扇，关锁自落。狱中鬼神，尽皆失惊，尊者便入，被狱主推出。问曰："你是何人？擅开狱门，有何缘故？"尊者告曰："我是释迦佛上首弟子，特来救母。"狱主问曰："师母是何名字？弟子去牢中检簿查勘。"

我母青提刘第四，

王舍城中辅相妻。

金环锡杖振三声，振开阿鼻地狱门。一声响亮惊天地，犹如霹雳震乾坤。

尊者便入牢中去，狱主将身推出门。吾是释迦佛弟子，特来救母出幽冥。

手持锡杖，连振三声。铁围关两下分，尊者便入，推出牢门，狱中神鬼无不心惊。是何贤圣，冲开地狱门？

尊者蒙法力，广运大神通。

地狱门粉碎，牢中神鬼惊。

尊者告狱主曰："我母青提刘四夫人。"狱主听罢，便入牢中，叫青提夫人。连叫数声，半晌才应，狱主问曰："我叫数声因何才应？"夫人答曰："恐怕狱主更移苦处，因此不敢答应。"狱主曰："你有一子，随佛出家，名号目连，特来寻你。"夫人告曰："罪人一子，身不出家，名不目连。"

狱主闻得青提说，

出牢回与目连知。

说与青提刘四听，汝有一子出家僧。见在大狱牢门外，直至阿鼻寻母亲。

青提夫人回狱主，罪人一子不修行。出牢回报师知道，有一青提话不同。

狱主听罢，便出牢门，告师听缘因。有一刘四青提夫人，言有一子，名不为僧。目连闻说，正是我娘亲。

父母皆存日，罗卜号乳名。

双亲亡没后，道号目连尊。

狱主见青提说罢。即时出狱，就与师听。"有一青提夫人，他说有一子，不曾出家，名不目连。"狱主说罢，目连又告狱主。"慈悲，父母在日，小名罗卜。父母亡后，随佛出家，改名目连。"狱主听说，便转回牢，说与夫人。"你在之日，小名罗卜；你亡之后，改名目连。"夫人听说，眼中流泪告狱主曰："若是罗卜，是我娇生之子。"狱主听说，令夜叉将铁叉挑起匣床，打钉在地。夫人一阵昏迷，百毛孔中尽皆流血。

汝儿若不归三宝，

怎能暂且出牢门？

青提两眼泪汪汪，阿鼻地狱苦难当。渴饮镕铜烧肝胆，饥食热铁烫心肠。

千生万死从头受，何由无罪片时闲。早知阴司身受苦，持斋念佛结良缘。

青提夫人，苦痛伤情，两眼泪纷纷，通身猛火，遍体烟生，铁枷铁锁，不离其身。生前造业，死后入沉沦。

青提受重罪，皆因作业多。

若要离诸苦，行善念弥陀。

狱主令夜叉，将青提夫人，项带沉枷，身缠铁锁。刀剑围绕,送出牢前。狱主言曰:"不是你儿佛门弟子,怎得出狱门前,与儿相见。"狱主告目连师曰:"你认得你娘么?"目连答曰:"一向不见我母,面容眼中不识。"狱主手指前面,遍身猛火,口内生烟,枷锁缠身,"便是师母。"目连见了,忽然倒地。多时苏醒,扯住亲娘,放声大哭。

此下历叙目连乞释迦试法打开地狱之门,救了母亲出来。但她却又到了饿鬼道中去;后目连又求释迦超度了她升天。最后便以青提的归心正道为结束:

  七月十五启建盂兰,释迦佛现瑞光,世尊说法,普度众生。青提刘四,顿悟本心,永归正道。便得上天官。
  目连行大孝,救母上天官。
  诸佛来接引,永得证金身。
  世尊说法,度脱青提。目连孝道,感动天地。只见香风飒飒,瑞气纷纷,天乐振耳,金童玉女,各执幢幡,天母下来迎接。青提超出苦海,升忉利天,受诸快乐。目连见母,垂空去了,心中大喜。向空礼拜,八部天龙,母告目连:"多亏吾子,随佛出家,专心孝道。今日我得生天!若非吾子出家,长劫永堕阿鼻,受诸苦恼。"普劝后人,都要学目连尊者,孝顺父母,寻问明师,念佛持斋,生死永息,坚心修道,报答父母养育深恩。若人书写一本,留传后世,持诵过去,九祖照依目连,一子出家,九祖尽生天。
  众生欲报母深恩,
  仿效目连救母亲。
  果然一个目犍连,阴司救母得生天。母受忉利天官福,千年万载把名传。

念佛原是古道场，无边妙义卷中藏。善人寻着出身路，十八地狱化清凉。

南瞻部州，人恋风流，不肯早回头。口吃血肉，惹罪无休。阎王出帖，恶鬼来勾。怎生回避？悔不向前修。

提起无生语，思想早还乡。

会的波罗蜜，不怕恶阎王。

说一部《目连宝卷》，诸人赞扬。提起青提，个个心酸。诸大地狱，受苦艰难。皈依三宝，念佛烧香。知音方便，孝顺爷娘。斋僧布施，忙里偷闲。闻经听法，婴儿见娘。经年动岁，不肯回光。遇着明师，接引西方。如来授记，亲见法王。一句弥陀，原是古道场。

目连尊者显神通，

化身东土救母亲。

分明一个古弥陀，亲到东去化娑婆。假身唤作罗卜子，灵山去见古弥陀。

如来立号目犍连，阴司救母坐金莲。仗佛神通来加护，一点灵光不本源。

我今看罢，真个心酸。只要恋家缘，不肯回光，惹下灾愆，堕在地狱。密语真言，一声佛号，端坐紫金莲。

阴间恶地狱，铁人也难当，

闻说地狱苦，拜佛早烧香。

目连尊者，原是古佛。因为东土众生不善，借假修真。真空而果实不空，真空里面聚真空。要知自家西来意，刹那点铁自成金。

清净圆明一点光，无始已来离家乡。有缘遇着西来意，一声佛号还本乡。

一动一静个为具，
无形无像体真空。

这句弥陀有谁知？曹溪一线上天梯。遇师通秀西来意，超生离死证菩提。

一念纯熟归家去，极乐国里坐莲池。三世如来同赴会，来赴盂兰见弥陀。

道场圆满，持诵真经，大众早回心。都行孝道，侍奉双亲。自然识破，返本还真。但看念佛，定生极乐中。

听尽目连卷，个个都发心。

回光要返照，便得出沉沦。

伏愿经声琅琅，上彻穹苍。焚语玲玲，下通幽府。一愿刀山落刃。二愿剑树锋摧，三愿炉炭收焰，四愿江河浪息。针喉饿鬼，永绝饥虚。麟角羽毛，莫相食啖。恶星变怪，扫出天门；异兽灵魖，潜藏地穴。囚徒禁系，愿降天恩：疾病缠身，早逢良药。盲者，聋者，愿见愿闻；跛者，哑者，能行能语；怀孕妇人，子母团圆；征客远行，早还家国。贫穷下贱，恶业众生，误杀故伤，一切冤业，并皆消释。金刚威力，洗涤身心，般若威光，照临宝座。举足下足，皆是佛地。更愿七祖先亡，离苦生天，地狱罪苦，悉皆解脱，以此不尽功德，上报四恩，下资三有。法界有情，齐登彼岸。川老颂云，如饥得食，渴得浆，病得瘥，热得凉，贫人得宝。婴儿见娘，飘舟到岸，孤客还乡，早逢甘泽，国有忠良，四方拱手，八表来降，头头总是，物物全彰。古今凡圣，地狱天堂，东南西北，不用思量。刹尘法界，诸群品，尽入盂兰大道场。

三涂永息常时苦，六趣休堕泪没因。恒沙含识悟真如，一切有情登彼岸。

乃至虚空世界尽，众生及业烦恼尽。如是四海广无边，愿今回问亦如是。

〔金字经〕

目连救母有功能，腾空便驾五色云。五色云，十王尽皆惊。齐接引，合掌当胸见圣僧。

自然善人好修行，识破尘劳不为真。不为真，灵山有世尊。能权巧，参破贪嗔妄想心。

今日最流行的东西，还是《目连宝卷》（另一异本，和《升天宝卷》不同。）和《香山宝卷》、《刘香女宝卷》、《鱼篮观音宝卷》、《妙英宝卷》、《秀女宝卷》、《庞公宝卷》等。有的是叙述菩萨的修道度世的；有的是叙述民间善男女修行的经过的。这种故事，对于妇女们最有影响。像《香山宝卷》、《刘香女宝卷》、《妙英宝卷》等都是同类的东西，描写一个女子坚心向道，历经苦难，百折不回，具有殉教的最崇高的精神。虽然文字写得不怎么高明，但是像这样的题材，在我们的文学里却是很罕见的。

《鱼篮观音宝卷》，尤具有博大的救世的精神。此卷一名《鱼篮观音二次临凡度金沙滩劝世修行》，写的是，金沙滩住户，为恶多端，上帝欲灭绝之。观音不忍，乃下凡来度他们。她变作妙龄女子到村中卖鱼，哄动了全村。恶人之首的马二郎欲娶她为妻。她说，有誓在先。凡欲娶她的必须念熟《莲经》，吃素行善。马二郎和许多少年们都放下屠刀，在声声念佛。于是她和马二郎结了婚。婚夕，她腹痛而亡。村中受了她的感化，竟成为善地。关于同类的故事，还有《锁骨菩萨》的一则。明末凌濛初有《锁骨菩萨杂剧》，写观音竟化身为妓女以普度世人。惜此故事，未见有宝卷。恐怕，宝卷的作者们只能把菩萨写到了卖鱼女郎为止，他们还没有勇气去写为妓女的菩萨。

四

关于神道的故事，在宝卷里写的也不少。由写菩萨、佛而扩充到写神仙，写道教里的诸神，在中国是并不觉为奇的。唐、宋以后，佛道二教差不多已是合流了。哪一个佛寺里没有供奉着财神、药王、土地等等神道呢？一般人最畏敬的关公（关帝），在佛寺里，便也成为"至圣伽蓝"，为重要的护法神之一了。

写关公故事的宝卷不止一二本。这里引清初刊本的《销释万灵护国了意至圣伽蓝宝卷》的一段为例：

先凡后圣诚功玄妙修心品第二
〔耍孩儿〕
黄昏夜静更深后，急令关平掌上灯。春秋左传从头论：先皇后代兴世事，几帝真明几帝昏。功劳十大成何用！如今奸谋当道，不显忠臣。

想先主，恩义深。三兄弟，无信音。中原妄受奸贼奉，忽闻阶前关平报，见有伯母讨信音。关某出户迎接，敬到庭前坐下。二皇嫂茶罢一钟，诉旧因，题起先主心中痛。奉劝皇嫂归宅院，主有消息就起身。将车辇，安排定，不必迟慢，各用虔诚。

关皇叔辞曹公，有孟德，不放松。修书一奉差人送，拜上丞相多用意，府库金银用锁封；赐来美女不从用，点就五百枭刀手，传与关平要起身，将车辇围随定，宝纛旗上书金字。上造关王鬼怕惊。谁人敢违吾军令，赤兔马踏碎曹公相府，昆吾剑剪草除根。

关王圣贤忠直心，合家眷等相当人。
全凭志刚为根本，务要寻着主人公。
关圣贤，令关平，当知左右。
刀出鞘，弓上弦，各逞威风。
攒车辇，保家眷，小心在意。
曹丞相，金银器，休带分文；
好绫锦，十颜女，尽都放下，
花红景，财色事，坠落灵根，
打一面，志刚旗，遮天映日，
上写着，关公号，鬼怕神惊。
甘梅妃，告皇叔，大行方便。
粉面上，珍珠滚，湿透衣襟。
发誓愿，合家眷，同绿一会。
得步地，成证果，万古标名。
在中原，身久住，通无音信。
有孟德，生奸智，落而无功。
出中原，曹丞相，军马势重。
二皇叔，身孤单，怎与相争？
关圣贤，既听说，银牙咬碎。
量曹贼，兵百万，扫荡浮尘。
令关平，攒车辇，即时就起。
五百个，精兵将，前后随跟。
放一个，襄阳炮，曹兵知会。
关圣贤，辞曹公，直到相府。
千拜上，万拜上，敬奉吾身。
拣丝刚，赤兔马，伴常去了。

二柳须，风摆动，一似天神。

火公圣贤勇猛直神，辞别曹操，出寨离营，中原杀气，勇猛威风，忠心无二，逼退奸臣，直至桥边，眷属先行。关平在意，各人用心，认定线路，去找当人。关圣勒马久住，等曹公，刀尖挑起绛红袍，退曹兵。

圣贤勒马站桥中，孟德定计生奸心，赤兔威武连声吼，逼退贪嗔妄想心。

又有《药王救苦忠孝宝卷》的，叙述医士孙思邈事。思邈隋唐间人，居太白山，精于医道，著有《千金要方》。世尊之为药王菩萨。这里叙的是思邈因救了白蛇，乃得受到诸助，成道为药王菩萨事。

思邈救白蛇分第五

〔山坡羊〕

孙思邈虔诚参道，每日家收丹炼药，时时下苦，将五气一处烤，将六门紧闭牢，三昧火往上烧，炼就了无价之宝。还源路才有着落，听着出世人委实少，听着把光阴休误了。

话说思邈将家财舍尽采百草为药。圣心有感，惊动东海龙王太子，出水游玩，变一白蛇，落在沙滩。牧羊顽童，鞭牛童子，鞭棍乱打。多亏孙思邈救我一命。龙王听说有恩之人，当时可报，巡海夜叉，速去请他进来。

夜叉听说不消停，辞别龙王出龙宫。

小太子，游玩时，落在沙滩。

变白蛇，不得的，受苦艰难。

鞭的鞭，棍的棍，乱打太子。

小太子，难展挣，跳跳镌镌。

不一时，孙思藐，采药到此。
叫小童，不要打，走到跟前。
急慌忙，将白蛇，托在筐内。
到海边，放在水，祷祝龙天：
是龙王，早归海，父子相见，
是白蛇，在水内，恣意作欢。
小太子，得了水，洒洒乐乐，
进龙宫，见父王，两泪千行。
老龙王，问太子，因何烦恼？
太子说，我出海，遭棍遭鞭；
多亏了，孙思藐，救我一命。
若不是，孙思藐，怎的回还！
老龙王，听的说，当得可报！
得他恩，要忘了，怎行圣贤？
叫夜叉，出海岸，去藐思藐。
有夜叉，出了海，来到岸边；
告思藐，老龙王，着我请你。
进海去，报你恩，谢你前缘。

思藐、夜叉进的龙宫，忽的把眼睁，看见龙王，唬一大惊。龙王开言，高叫先生，休要害怕，答报你恩情。

进得龙宫内，看见老龙王。

思藐心害怕，龙王问短长。

孙思藐进龙宫分第六

〔画眉序〕

思藐进龙宫，忽的抬头把眼睁。才观见龙宫海藏，唬一失惊。老龙王慌忙上前,告先生休要心动。你听,我得你恩情重,多亏你搭救小儿。

思藐告龙王:累劫有缘遇上苍。你本是真龙帝主,海底包藏。我有缘进你海来,可怜见把我饶放。恓惶,把我母亲望见,老母不忘龙王。

话说老龙王说:孙先生休要害怕!昨日救吾太子,得你大恩,不肯有忘。思藐听说,双膝跪下。肉眼凡胎,冲撞太子,望老龙王赦我无罪。王曰:罪从何来?得你大恩,我今答报与你夜明珠一颗,进上朝廷,加官赠职,永不采药为活。思藐告曰:艺人不富,富了不做。不争收了宝贝,朝廷加我高官,不得舍药,违父愿心,忤逆之人!王曰:不用宝贝,金银尽着你拿。思藐曰:不要宝贝,岂用金银,王曰:不用金宝,我吃的珍馐百味,与天齐寿。你受天福罢。思藐曰:我三件事不全:第一件有母亲在堂,第二件舍药为生,第三件重发重愿采百草救人。龙王说:将何报答?三太子跪下,有一本海上仙方,与孙先生拿去,看方舍药,再不采草。孙思藐得仙方,辞别龙王,出离大海。

思藐搭救小龙王。

进海得了海上方。

孙思藐,东洋海,得了仙方;
双膝跪,眼流泪,拜谢龙王。
辞别了,老龙王,出离大海,
急速走,来到家,拜见亲娘。
老母见,孙思藐,开言动问:
你因何,去三日?你在何方?
孙思藐,听母说,回言告母;
我昨日,采百草,游到山场。

牧牛童，轮鞭棍，乱打太子。
我有缘，将太子，送入东洋。
三太子，见亲父，将我举荐。
老龙王，圣贤心，得恩不忘。
他把我，请入在，东洋大海。
将宝贝，要与我，进上君王。
我再三。不受他，财帛宝贝。
老龙王，他与我，海上仙方。
我如今，不采草，看方舍药。
不图财，救天下，一切贤良。

得了仙方，辞别龙王，回家望亲娘。老母从头问，问家常一去三日，今才还乡。思藐从头说与母亲娘。

思藐告亲娘，得了海上方。要救男和女，灭罪又消殃。

这一类道教的诸仙诸神的故事和佛菩萨的故事相同，也是劝化世人为善的，像《蓝关宝卷》，写的是韩湘子度其叔父愈事；《吕祖师度何仙姑因果卷》写的是吕洞宾劝化何仙姑学道成仙事。

最有趣味的一个宝卷，乃是《土地宝卷》。（一名《先天原始土地宝卷》）把白发苍苍的土地公公作为一个与玉皇大帝斗法的英雄，这是从来不曾有过的一个传说。

这里写的是天与地的斗争；写的是"大地"化身的土地神如何的大闹天宫，与诸佛、诸神斗法。他屡困天兵天将，成为齐天大圣孙悟空以来最顽强的"天"的敌人。显然的，这宝卷所叙述的受有《华光天王传》和《西游记》的影响。但在作风上却完全成为独特的一派。作者描写那顽皮无赖的小老头儿土地，与他的如何制服天兵天将，以及两方交锋的情形，完全超出了一般的斗法和战争的布局之外。其中充满了幽默的趣味。这一

个宝卷,见到的人恐怕很少,故多引数节于下:

元始赐宝品第五

夫却说,土地寻佛不见,往前所行,见一老公。土地问曰:"老公见佛否?"答曰:"无见。"土地问曰:"这是何处?"公曰:"此是玉帝所居灵霄宝殿。"土地曰:"佛在天宫说法,我来寻佛,不知佛在何处?"公曰:"你往三清宫内问去。"土地曰:"三清宫在何处?"公用手一指。土地谢曰:"老公贵姓?"公曰:"金星是也。"土地辞别,迳到三清宫内,参见元始天尊。天尊一见,认的土地。"你是无极化身,如何到此?"土地答曰:"我来天宫寻佛,误遇天尊。"天尊曰:"天宫最多,那里寻问。"土地悲泣身老年残,千辛万苦,寻佛不见。元始曰:"我和你贴骨尊亲,源理一脉。我将如意与你作一拄杖,以为后念。你今回去,不可寻佛,灵山等佛去罢。"土地告辞,还归旧路而去也。

土地寻佛不得见,
误与元始赐宝回。

我佛上居兜率天,广演大法慈悲宽。玄言句句如甘露,信授尘劳尽除蠲:

土地寻佛到天宫,正遇太白李金星。问佛天宫说法处,金星一问指三清。

迳到三清问天尊,元始一见知原因。无极化身今到此,先天元气贴骨亲。

寻佛不见恸悲啼,身老年残步难移。天尊赐与如意宝,手持拄杖旧路回。

元始赐宝拄杖,龙头本是如意钩,随着土地,到处云游,戳了一戳，鬼怕神愁，敲了一上，音声遍四洲。

拄杖非等闲，拿起走三千。

要问端得意，唱叠《落金钱》。

好一个如意钩，是元始起根由。这个宝物谁参透？与土地做龙头，龙头。鬼怕神也愁。我的佛，拐杖一举谁禁受！

老土地心喜欢。我今朝大有缘。我得元始宝一件，如意钩妙多般，多般！下拄地，上拄天，我的佛，邪魔见了心寒战！

南天门开品第六

夫却说，土地得了如意，还归旧路。前到南天门紧闭。土地自思："三清宫随喜了，不曾进南天门，随喜龙霄殿。"遥望门首许多天兵神将。土地向前与众使礼。土地曰："乞众公方便，将门开放，我今随喜。"众神闻言，唬一大惊。众神大咤一声："你这老头，斯不知贵贱，不晓高低！你在这里，还敢撒野。"土地曰："我从无到此，随喜何碍！"青龙神将走将过来。掏着土地，连推待搡。众骂老不省事，一齐拥推。土地怒恼，使动龙拐，望众打去。众将一躲，打在南天门上，将天门打开。天门开放，毫光普遍，六方振动。诸神忙齐奏上帝。

未从随喜灵霄殿。

土地打开南天门。

老土地，才得了，龙头拐杖，

心中喜，比旬宝，大不相同。

正走着，猛然间，抬头观看，

远望见，南天门，瑞气腾腾。

三清宫，我随喜，看了一遍。

天宫境，世间人，难遇难逢。

灵霄殿，好景致，不曾随喜。
我看见，天门首，许多神兵。
老土地，走向前，与众使礼。
一件事，乞烦你，列位诸公。
你开放，南天门，随喜游玩。
众神将，听的说，唬一失惊。
叫一声，老头子，你推无礼。
推的推，搡的搡，骂不绝声。
怒恼了，老土地，轮拐一打，
打开了，南天门，振动天宫。

南天门开，神兵着忙，同启奏玉皇："一个老头，生的颠狂，手拿拐杖，力大无量。天门打开，上圣仔细详。"

土地好妙法，龙头拐一拉。

打开南天门，听唱《耍娃娃》。

老土地睁眼瞧南天门，影超超，霞光瑞气祥光罩，乘鸾跨凤空中舞，天仙玉女跨鸾鹤，神兵天将门前闹。老土地上前使礼，开天门随喜一遭。

老土地说一声，众天兵唬一惊，老头不知名合姓，发白面皱年高大，老来说话不中听。连掏待搡往外送。轮拐打，天门开了，毫光放，振动虚空。

神兵大战品第七

夫却说，众神同奏玉帝："有一白头老公，不知何名，力大无穷，手拿龙头拐杖，要开南天门，随喜灵霄殿，众神不从，推拉不动，使拐杖打来，众皆躲避。一拐打在南天门上，将天门打开。紧奏上。"圣帝曰："差众神兵，左右天逢，率领天兵大将二十八宿，九曜星官，同去围住，拿将他来。"众神排阵，一拥齐来，围住土地，各使兵刃，踊跃前来。土地观见，不慌不忙，一柄拐去，指东打西，遮前挡后。天兵虽多，不能前进，难得取胜。土地这拐使开，无有撼挡，万将难敌，只打的个个着伤，头破血流，天兵后退。

土地不知多大力！

天兵虽多实难敌。

土地广有大神通，打开天门力无穷。众神一齐奏玉帝，到把玉帝唬一惊。

传令忙把天兵点，为首左右二天蓬，二十八宿跟随定。九曜星官不消停，

天兵天将排阵势，土地围住正居中。枪刀箭戟齐着力，望着土地下无情。

土地使动龙头拐，横来直去不透风。天兵着伤难取胜，打的重了丧残生。

神兵大战，各逞高强，英雄气昂昂，围住土地，不慌不忙，使开拐杖，万将难敌，大战一场，天兵都着伤。

土地呵呵笑，我把天宫闹。

神兵不能敌，听唱《雁儿落》：

土地广有大神通，龙头拐杖有妙用。使动了这宝物，神变无穷。行在凡来又在圣，参不透，这宝物神鬼难明，呀，举起乾坤都晃动，有万将也难敌，鬼怕神惊闻听，天兵虽多难取胜，唬坏了大将军，左右天蓬。

天兵睁眼瞧一瞧，这个老头也不弱。一个人一根拐，独逞英豪。因何来把天宫闹？俺若还拿着你，定不轻饶，呀，无理难得讨公道，这场祸，本无门，自惹自招。观瞧，四下神兵都来到。

你总然有手段，插翅难逃！

地金水泛品第八

夫却说，天兵难敌。众将问曰："老头何名？"土地曰："我是土地也。我来天宫寻佛，不知佛在那一天宫？"土地言罢，九曜星官上奏玉帝。玉帝闻知，忙传敕令五方五帝，五斗神君，三十六天罡，七十二地煞，率领八万四千天兵天将，去把土地拿将他来。众位天兵，围住土地。土地观看："天兵无数，将我围住。我今使个方法，戏他一戏。"土地曰："众兵多广，一人难敌，我今去也。"往地里钻去。众天兵说："走了他了！"九曜曰："他是土地。这地就是他的原形。"众人刨地，掘自数尺，尽都是金。天兵欢喜。言还未毕，金化成水，涨涌漂泛。天兵着忙，各显神通，水上游行。土地将水一抽，天兵跌倒水里。跑将起来，又是笑，又是恼。这个老头，神通不小。俄然水干，天兵都在泥内。土地出现："你可认的我么？"

土地生金金生水，
世人不解这神通。
老土地，闹天宫，神通广大。
天兵多，层叠叠，围绕周遭。
按五方，五帝神，威风抖搜。
上天罡，下地煞，独逞英豪。
领八万，零四千，天兵天将，
一个个，齐呐喊，闹闹吵吵。
土地说，使个法，钻到地内。
天兵说，齐下手，都把他刨。
刨数尺，土成金，个个欢喜。

忽然间，金化水，涨涌泛漂。
众天兵，使神通，水上行走，
老土地，水一抽，神兵跌脚。
爬起来，又是笑，心中怒恼。
这老头，有手段，蹊蹊跷跷。
猛然间，水尽无，都在泥内。
有土地，现出身，你可瞧瞧。

地金水泛广有神通，土地战天兵，土能化金，金将水生。天兵天将，水上游行。将水一抽，都倒在泥中。

天兵使神威，都将土地追。

水上平跌脚，听唱《驻云飞》。

天将天兵，个个猛烈抖威风。土地有妙用，天兵难取胜。佛，广有大神通，变化无穷，通凡又通圣，独自一个闹天宫。

独逞英豪，将身入地你是瞧。天兵呵呵笑，老头到也妙。佛，一齐把地刨。金能生水，涨涌水胜茂，天兵水上平跌脚。

树林火起品第九

夫却说，土地现出身来，众兵围住。天兵曰："老头子从你怎么变化，也走不了你。"土地曰："我一个小小的法，我着你当架不起。"天兵曰："有什么法，使来俺看！"土地往地下挝了一把土，满天一洒，众天兵闭眼难睁，如沙石么情，痛如刀剁，甚疼难忍。土地笑曰："可知我的利害！"却说那直神奏曰："若得取胜，问佛借兵。"玉帝准奏，敕命求佛。佛即遣差四大天王，八大金刚来战土地。两家对敌，三昼三夜。土地一怒，将拐使开，百步打人，拐拐不空。天王金刚，一齐后退。土地笑曰："略你众将，非吾对手。我再使个方法。"土地曰："极你不过，我今去也。众兵后追。土地倒在地下,身化树木,稠密深林。"天兵曰:"老头子又变化了。这树就是他的原身。岔可伐树。"无数天兵,齐动刀斧,越砍越长。偶然林中四面火起,烧天燎地,大火无边。天兵忙着,无处躲避,只烧的袍破甲烂,少眉无须,奔走无门,各逃性命。天兵大败。

一切天兵拿土地。

秘树林中大火烧。

土地手段最高强,无数天兵都着忙。天兵又把土地叫,今朝莫当是寻常!

众人今朝围着你,插翅难飞那里藏?土地挝土只一洒,天兵合眼痛难当。

玉帝求佛把兵借,四个天王八金刚,一勇齐来战土地。土地抬头细端详。

两家交锋三昼夜,土地又使哄人方。倒在地下树木长,稠秘深林遮日光。

天兵一齐伐来树,四面火起亮堂堂,火烧众将袍铠烂,少眉无须都着伤。

树林火起,天兵着忙。四面起火光,各人奔走,慌慌张张,手盔掠甲,不顾刀枪,烧眉燎须,个个都着伤。

土地闹天宫,两家大交兵。

林中失了火,听唱《一江风》:

众天兵不违天主命,各赌能,合胜抖威风,一勇齐来,四下相围定。土地显神通,神通,杖手中擎,一人能挡天兵众。

细详参,土地好手段。千化有万变,妙多般。身化松林,将众来滞赚。四下起狼烟,狼烟,天兵心胆寒。少眉无须各逃撺。

地摇物动品第十

夫却说，天兵大败，齐奏玉帝，"那土地神通变化，身化山林。天兵伐树，四面火起，个个着伤，无能可敌。奏上圣定夺。"上帝曰："领我敕旨，传与南极令众群仙来拿土地。"话说旨传南极，领众群仙，通天大圣，齐天大圣，率领群仙，齐来交战。那土地散者成风，聚而成形。天兵到此，不见土地。高声大叫："土地，你在那里？出来受死！"那土地从地里钻将出来。齐天大圣一见土地："就是你撒野。"行者举棒，娄头就打。那土地拐杖相还。练战一处。后有通天大圣来掠阵。土地发威，使开拐杖，把通天大圣一拐戳倒。拐杖一拉，把齐天大圣拉了一跤。南极着忙，领众群仙，一勇齐来围着。土地将拐戳在地下，手搬拐杖，晃了两晃，地动山摇，一切神仙，站立不住，平地跌仙。众仙着忙各驾祥云。起在空中。土地将拐望空一举，晃了几晃。那神仙空中东倒西歪，站立不住。那土地一拐化了万万根拐，起在虚空，打的那神仙各人散去。

天兵大战无能胜，

敕命又传李长庚。

有玉帝，灵霄殿，忙传敕令，

命南极，率领着，一切神仙。

李长庚，见敕旨，不敢怠慢，

各名山，洞府里，去把书传。

敕旨到，众群仙，一齐来到。

惟独有，齐天圣，越众出班。

通天圣，黄石公，神仙领袖，

燕孙膑，李道仙，鬼谷王禅。

众神仙，叫土地，你在何处？

那土地，从地里，往外一钻。
　　孙行者，扬起棒，娄头就打。
　　有土地，龙头杖，着架相还。
　　通天圣，齐天圣，不能取胜。
　　众神仙，把土地，围在中间。
　　龙头拐，戳在地，晃了几晃。
　　山又摇，地又摇，动地惊天。
　　一个个，都倒跤，立站不住。
　　显神通，驾祥云，起在空悬。
　　一根拐；多变化，望空打去。
　　众神仙，难着架，各奔深山。

　　地摇物动，乾坤失色，天地仄两仄，神仙着忙，东倒西歪，平地跌跤，爬不起来。从也无见蹊跷好怪哉！

　　土地拐一根，摇动晃乾坤，

　　神仙敌不住，听唱《柳摇金》：

　　土地手段，夸不尽土地手段，一根拐变化多般，天兵难取胜，神通广无边。行者大战，土地与行者大战，唬坏了众位神仙。这个老土地，谁人敢向前。齐使手段，神仙们齐使手段，俺合你怎肯善辨！

　　呵呵大笑，老土地呵呵大笑；四下里瞧了一瞧，天兵无其数，神仙绕周遭。拐杖玄妙，说不尽拐杖玄妙，戳在地摇了两摇，乾坤都撼动，神仙齐跌跤。腾空吵闹，神仙们腾空吵闹，这老头子手段不弱。

问佛因由品第十一

　　夫却说，神仙败阵，行者曰："爹若败了，着那土地夸口。

你看着，我去合他见个高低。"行者回来，叫声土地："我合你使使手段。"土地说："你有什么手段？使来我看！"行者变化，一个变十个，十个变百个，百个变千个。土地笑曰："你看我变来。"你看土地一变，无边无岸，撑天拄地，一个大身，把一切天兵众位神仙都在土地身内包藏。行者着忙，东走西跑，只在土地身内。

玉帝闻知灵山问佛告自如来，土地撒野大闹天宫，是何因由？佛言：土地神者，无极化身也。未有天地，先有无极。无极以后生天化地有了天地，才有佛祖。一切菩萨罗满圣僧，一切神仙天人四众，言也不尽，何物不从地生，何人不从地住。土地之神，只可尊敬，不可冒犯。冒犯土地，我也难敌。天尊闻罢。自悔不及，善哉，善哉。

土地广有神通大

玉帝求佛问因由。

土地神通不可量，大闹天宫逞高强。一切神仙都散了，行者回来战一场。

各显手段能变化，土地旁里细端详。行者变了千千个，土地一身总包藏。

撑天拄地是土地，行者见了也着忙，玉帝灵山把佛问。佛说混沌劫数长。

无极分化天和地，土生土长养贤良。诸佛菩萨地上住，从地修道转天堂。

尊敬土地休冒犯，恼了土地实难当。玉帝闻言心自悔，谢佛指教拜法王。

问佛因由，起立原根，无极显化身。安天立地，置下乾坤，万圣千贤，土上安身。尊敬土地，知恩当报恩。

行者调天兵，神仙赌斗争。

玉帝去问佛，听唱《金宁经》：

土地行者大交兵，各使手段显神通。孙悟空变了许多猴儿精，土地笑，土地笑，一身变化总包笼。

众位神仙睁眼观，土地法身广无边。体量宽遍满三千及大千。土地大，土地大，包着地来裹着天。

玉帝灵山问世尊；土地起初是何因？不知根。佛说，无极立乾坤，三千界，三千界，万物都从土出身。

佛说土地功德多，大千沙界一性托。运娑婆，普覆大地及山河。生万物，生万物，先有土地，后有佛。

以下叙述：土地显尽了神威，玉帝无法制伏他。便去问佛祖。最后，佛祖到了；像他的收伏齐天大圣一般，也以无边的法力，制伏了土地。土地被掳到灵山，给投入炉火中焚毙。但土地的肉体虽死了，他的灵魂却是永在的，无往而不在的。佛祖遂遣使者遍游天下，使穷乡僻壤，大家小户，无不建立土地祠与土地神位。

这个宝卷为明、清间的刊本，惜未能知其作者。

五

民间的故事，在宝卷里也占着很大的一个成分，正像唐代变文里很早的也便有着王昭君、伍子胥，以及舜等的故事一样。

这一类的故事，有的还带些"劝化"的色彩，有的简直是完全在说故事，离开了宝卷的劝善的本旨很远。

今所见到的，有：

《孟姜仙女宝卷》（这是劝善的。)

《鹦儿宝卷》

《鹦哥宝卷》

这二卷情节很相同,是一个故事的异本。写的是一只灵鸟——白鹦鹉的成道的故事。

《珍珠塔》(这显然是重述那著名的弹词的。)

《梁山伯宝卷》(其中祝英台改扮男装去读书,为其嫂嫂所讥刺的一段,写得很不坏。)

《还金得子宝卷》(写吕玉、吕宝事,有话本。)

《昧心恶报宝卷》(写金钟事,亦见于小说。)

《赵氏贤孝宝卷》(写蔡伯喈、赵五娘事。)

《金锁宝卷》(写窦娥事:她临刑被赦,终于和父亲及丈夫团圆。)

《白蛇宝卷》(写白蛇、许宣事。)

《还金镯宝卷》(写书生王御的事。)

《雌雄杯宝卷》(写苏后、梅妃事。戏文有《苏皇后鹦鹉记》。)

《希奇宝卷》

《现世宝卷》

《后梁山伯祝英台还魂团圆记》(这是一个荒唐的故事,写梁山伯、祝英台死后还魂,成为带兵的将官。后来功高名就,山伯被封为定国王,且于英台外,复娶二女为妻。故亦名《三美图》。)

《花枷良愿龙图宝卷》(包拯断狱事。)

《正德游龙宝卷》

《何文秀宝卷》(戏文有《何文秀玉钗记》。)

我自己所有的还不止此,但都在"一二八"的战役里被毁失了,一时也不易重行购集。这些宝卷都不是很难得的:写更详细的宝卷研究的人在搜集材料上还不会很感到困难的。

参考书目

一、郑振铎：《中国文学论集》，开明书店出版。

二、郑振铎编：《变文与宝卷选》，《中国文选》之一，商务印书馆出版（在印刷中）。

三、《西谛藏书目录》第三册，为讲唱文学的目录（在编印中）。

四、郑振铎：《一九三三年的古籍发现》，见《文学》二卷一号。

五、郑振铎：《三十年来中国文学新资料的发现史略》，见《文学》二卷六号。

六、刊印宝卷最多者为上海翼化堂及谢文益二家，都是专售善书的。

第十二章　弹词

一

弹词为流行于南方诸省的讲唱文学。在福建有所谓"评话"的；在广东，有所谓"木鱼书"的，都可以归到这一类里去。

弹词在今日，在民间占的势力还极大。一般的妇女们和不大识字的男人们，他们不会知道秦皇、汉武，不会知道魏徵、宋濂，不会知道杜甫、李白，但他们没有不知道方卿、唐伯虎，没有不知道左仪贞、孟丽君的。那些弹词作家们所创造的人物已在民间留极大深刻的印象和影响了。

弹词的开始，也和鼓词一般，是从"变文"蜕化而出的。其句法的组织，到今日还和"变文"相差不远。其唱词以七字句为主，而间有加以"三言"的衬字的，也有将七字句变化成两句的三言的。

加三言于七言之上的，像：

　　常言道，惺惺自古惜猩猩。（《珍珠塔》）

把七言变化成两句的三言的，像：

> 方卿想，尚朦胧，元何相待甚情厚。（《珍珠塔》）

这便和"鼓词"之十字句有些不同了。在一般的弹词里，总是维持着七字句的。鼓词的句法组织，便有些变化多端了。特别是所谓"子弟书"的，差不多变得很利害，恣其笔锋所及，已不复顾及原来的七字或十字的限制了。

凡弹词都是以第三身以叙述出之的；即纯然是史诗或叙事诗的描叙的方法。但到了后来，又分出不同的组织的体式来。大约受了很深的戏曲的影响吧，在吴音的弹词里每每的注明了：

生白（或旦白，丑白）

生唱（或旦唱，丑唱）

表白（即讲唱者的叙事处）

表唱（即讲唱者的以叙事的口气来歌唱处）等等，但在一般的弹词里却都是全部出之于讲唱者之口，并没有模拟着书中主人翁或特别表白出主人翁的说唱的口气的地方。

最早的弹词，始于何时，今已不可知。但刻《元曲选》的臧晋叔在万历时曾经刻过元末杨维桢的《四游记弹词》。（《侠游》、《仙游》、《冥游》、《梦游》，他仅刻其三，）这当是"弹词"之名的最初见于载籍的。（臧序见他的文集中。但其体裁如何，却不可知。）正德嘉靖间，杨慎写二十一史弹词，其体裁和今日所见的弹词已很相近。

《二十一史弹词》每段，必先之以《临江仙》等曲，后有"诗曰"数段，然后入本文。

本文为散文的叙述，都是历史的记载。其次才为唱文三首，那唱文，全部是十字句，和鼓词极相近，而和一般的弹词不甚同。且引其一段为例：

第三段　说秦汉　临江仙

滚滚长江东逝水，浪花淘尽英雄，是非成败转头空。青山依旧在，几度夕阳红？白发渔樵江渚上，惯看秋月春风。一壶浊酒喜相逢；古今多少事，都付笑谈中。

诗曰：

战败兴亡古至今……

记得东周并入秦……

剪雪裁冰诗有味，降龙伏虎事曾闻……春去春来人易老，花开花落可怜人！不如忙里偷闲好，再把新闻听一巡。

昨序说夏、商、周三代，到周赧王被秦昭王逼献国邑，旋灭东西周，而周亡。

秦之先，原姓嬴氏……秦始皇至汉献帝，通共四百三十三年。中间覆雨翻云，几场兴废，谈论间不能细说，略将大概品题。

底下便是唱文的部分了：

战七国秦昭王英雄独霸，夺周朝取世界迁徙周氏。
昭王死子孝文继登三日，奄然间无疾病做了亡人。……
秦楚灭汉龙兴二十四帝，转回头翻覆手做了三分。

底下又结之以一诗（或二句或四句）及《西江月》：

前人创业非容易，后代无贤总是空。回首汉陵和楚庙，一般潇洒月明中。

> 落日西飞滚滚，大江东去滔滔。夜来今日又明朝，蓦地青春讨了。千古风流人物，一时多少英豪！龙争虎斗漫伽劳，落得场谈笑。——《西江月》
>
> 明朝整顿调弦手，再有新文接旧文。

所谓"整顿调弦手"，正指弹词是伴以弦索来歌唱的。鼓词也用弦索来伴唱，惟多一面鼓。

今所知最早的弹唱故事的弹词为明末的《白蛇传》。（与今日的《义妖传》不同。）我所得的一个《白蛇传》的抄本，为崇祯间所抄。现在所发现的弹词，无更古于此者。

明末柳敬亭的说书，不知所说的是否即为弹词。但《桃花扇余韵》一折里，柳敬亭所弹唱的一段《秣陵秋》却确为弹词无疑：

> 〔丑弹弦介〕六代兴亡，几点清弹千古慨；半生湖海，一声高唱万山惊。〔照盲女弹词介〕
>
> 〔秣陵秋〕陈、隋烟月恨茫茫，井带胭脂土带香。驰荡柳绵沾客鬓，叮咛学舌恼人肠。……全开锁钥淮、扬、泗，难顿乾坤左、史、黄。
>
> 建帝飘零烈帝惨，英宗困顿武宗荒。那知还有福王一，临去秋波泪数行。

二

弹词大别之为国音的与土音的二种。

国音的弹词最多，体例也最纯粹，像大规模的《安邦志》、《定国志》、《凤凰山》和《天雨花》、《笔生花》、《凤双飞》等等均是。

土音的弹词,以吴音的为最流行,像《三笑姻缘》、《玉蜻蜓》、《珍珠塔》等均是。他们大约是模拟着南戏的吧,在叙述及生旦说唱的部分,多用国语,而于丑角的说唱部分则每用吴语。

广东的木鱼书,则每多杂入广东的土语方言。

弹词为妇女们所最喜爱的东西,故一般长日无事的妇女们,便每以读弹词或听唱弹词为消遣永昼或长夜的方法。一部弹词的讲唱往往是须要一月半年的,故正投合了这个被幽闭在闺门里的中产以上的妇女们的需要。她们是需要这种冗长的读物的。

渐渐的,有文才的妇女们便得到了一个发泄她们的诗才和牢骚不平的机会了。

她们也动手来写作自己所要写的弹词。她们把自己的心怀,把自己的困苦,把自己的理想,都寄托在弹词里了。诗、词、曲是男人们的玩意儿,传统的压迫太重,妇女们不容易发挥她们特殊的才能和装入她们的理想。在弹词里,她们却可充分的抒写出她们自己的情思。

于是在弹词里,便有一部分是妇女的文学;为妇女们而写作,且是出于妇女们之手。

三

今日所见国音的弹词,其时代很少在乾隆以前。除《白蛇传》外,我尚得有《绣香囊》一种,为乾隆三十九年的抄本,其写作时代当在乾隆以前。这是小型的一种弹词,分订上下二册,不分卷。全部是唱文,没有讲文。在弹词里,这种的体式也间有之。大约有些作者们已觉得这讲文是不必要的了。

大宋中宗永和年，孝宣皇帝坐金銮。九省华夷归一统，八方宁静四海安。

六龙有庆千家乐，五谷丰登万姓欢。七旬老叟不负戴，三尺孩童知逊谦。

二气阴阳同舜日，十分清泰比尧年。天下奇闻难尽数，单表个英才出四川。

成都府有一个金堂县，县内的居民有几千。出了西门关乡内，长街一代有人烟。

牌坊匾额文风地，联芳及第广旗杆，无多买卖庄农户，半是举监共生员。

街心路北一宅舍，奎□翰墨透门兰。内中住着个文林客，姓何名质号天然。

才过司马文章重，貌比元龙品格贤。二八登科标名早，三七入试举孝廉。

结发的妻儿于月素，德貌言恭都占全。娘家本是在农户，他父持家勤俭有银钱。

产业虽多人本分，不晓得读书专会种田。小姐生来天资秀，超群出众不同凡。

多亏他母舅高学士，丁忧守制在家园。爱惜甥女如珍宝，七岁上攻书教训的严。

诗书礼义深通悟，描鸾刺绣不须言。年方二八十六岁，高学士亲自择配与天然。

自从洞房花烛夜，至今不觉过三年。真个是夫妻和顺如鱼水。郎才女貌校凤鸾。

知音识趣调琴瑟，情深义重庆芝兰，举案齐眉加逊让，甘苦同心相爱怜。

这时节何生方交二十单一岁，娘子青春少二年。使纵的书童名何旺，还有秋露少丫鬟。

他夫妻持家人端正，并无个俗客到门前，风花雪月同玩赏，诗画琴棋共笑谈。

天然昼夜读书史，小姐常观《列女篇》。那年正逢春秋冬，又到清明三月三。

此处有一个莺栖岭，正南十里有名山。果然是奇峰峻岭山叠翠，树有苍松水有泉。

地脉兴隆开旺像，藏风聚气有根源。风水无穷来龙好，广生白璧在蓝田。

有几家乡绅修茔地，许多的士官把坟安。年年春季来祭扫：家家都来挂纸钱。

这一日何生夫妻同早起，安排祭礼也来祭祖先。收拾已毕出门户，重门紧闭上锁闩。

雇了乘小轿娘子坐，后跟秋露小丫鬟。天然骑马头里走，书童何旺把担担。

一路上佳景无穷真清雅，果然是天工点缀不非凡。只见那春梅春杏春光好，春树春林春鸟喧。

春山春水春如画，春气春光春景天。前芽出土阳和艳，万物发生暖气暄。

野草无心满荒径，山花有意动人怜。树树杏花红绕眼，行行嫩柳绿垂烟。

荡荡和风吹人面，丝丝细雨洒庄田。对对粉蝶穿花径，双双紫燕舞林间。

呖呖黄莺如唤友，哀哀鹃鸟韵幽然。涓涓不断溪涧水，滚滚石冲上下番。

曲曲小路通幽径，层层盘道转山湾。平坦坦坡矮桥宽烟村近，碧沉沉水绕山怀野寺连。

雾濛濛云横岭外千层树，哗拉拉水流声响瀑布泉。这正是天展画图开景运，春遍山河起壮观。

青阳送暖芳菲节，碧水光摇锦绣山。笑哈哈无非公子王孙戏，喜孜孜尽是佳人士女顽。

咯吱吱香车辗动石子响，青烟烟绿草引的宝马欢。忙碌碌捧打黄莺无非是樵夫子。乱纷纷扇扑粉蝶尽都是小丫鬟。

喘吁吁白发老叟拄拐杖，跳钻钻黄口儿童把柳扣儿编。说不尽日暖风和清明景，观不尽水秀花香锦翠山。

穿林越岭多一会，他的那古墓先茔咫尺间。于氏佳人出了轿，书生弃骑下了鞍。

轿夫闪在石桥下，书童拉马在林内拴。他夫妻设摆香花供，秋露忙来铺拜毡。

双双跪倒忙奠酒，视死如生心秉虔。他夫妻至至诚诚深深拜，见墓思亲甚惨然。

恨不能眼看先人亲饮酒，最可叹一点何曾到九泉。祭祀已毕忙站起，随即亲身化纸钱。

叫书童祭物摆在松阴下。夫妻对坐在林间。秋露执壶斟上酒，天然月素把诗联。

官人说木有本兮水有源，娘子说父母恩同天地宽。天然说哀哀生我劬劳意，月素说昊天罔极报恩难。

才子说视死如生长存敬，佳人说春霜秋露祭绵绵。何生说慎终追远诚为本，于氏说百般行善孝为先。

这正是夫唱妇随谈大道，你吟我咏把诗联。酒过三巡用过饭，吩咐收拾转家园。

> 他夫妻这番举动无防备，那知暗地有人观。只因上坟来祭扫，勾起风波惹祸端。
>
> 有一个土豪浪子名许豹，原是为非作歹的男。强盗出身鱼漏网，洗手为良隐四川。
>
> 不义之财成富户，冒名充作假生员。改姓为言更名午，到处人称言午官。

这弹词写的是，何天然为许豹所危害，历经困苦；后来"上方剑下斩许豹，明彰报应显循还"，他们夫妻方才团圆。

> 虽说是海市蜃楼悬空假设非实有
> 亦可以触目惊心善恶贤愚果报全

这是作者的解嘲了。

大规模的国音弹词，当以《安邦》、《定国》、《凤凰山》的三部曲为最弘伟；全部凡六百七十四回，恐怕要算是中国文学里篇幅最浩瀚的一部书了。

《安邦志》别题为《晚唐遗文》，写的是，赵匡胤一家，经历唐末五代的兴衰的故事，"补纲目之遗，修史篇之失。高贤睹之而喷饭，闺媛阅之而解颐。"（学海主人序）作者不知为谁何，刊者则为学海主人。最早的刊本为道光己酉的一本（即学海主人所刊）。我曾得抄本数部，别名为《七梦缘》、《玉姻缘》，其间字句异本颇多。在没有这刊本以前，抄本的流传一定是很广的。

赵家的龙兴，始于赵春熹。二十册的《安邦志》，二十册的《定国志》，三十二册的《凤凰山》，所叙的事都是以赵家为主人翁的。

> 笔应春风费所思，玩之如读少陵诗，句多艳语元无俗，事效前人却有稽。
>
> 但许兰闺消永画，岂教少女动春思，书成竹纸须添价，绝妙堪称第一词。

这是这部巨大的故事书的开场白。这部书全以七字句组成，讲文所占的地位很少，正和升庵的《二十一史弹词》相同。

同样的巨部的弹词，又有《西汉遗文》、《东汉遗文》（此书未见）及《北史遗文》等，都是弹唱历史故事的。

这一类弹唱历史故事的弹词和讲史没有多大的区别，不过其主要的部分为唱文，而讲史则以"讲文"为其主干耳。

这些历史的弹词，乃是升庵《二十一史弹词》的放大。《二十一史弹词》的唱文全为十字句，它们却都是七字句。

姑举《北史遗文》的首段为例。这部弹词似还只有抄本，没有过刻本。

"北史"是最难读的，五胡十六国的事，尤为复杂。《北史遗文》却从元魏统一北方后，北中国的地方略为平靖，其第五君孝文帝，年十五登位说起，直写到隋的统一；其主人翁则为北周，北齐的二皇家的故事，全书凡四十册。

> 自从汉末三分后，世上干戈不住停，司马先王行圣德，照师二子便欺君。
>
> 武王始起承曹氏，灭蜀平吴四海宁，贾氏枭恶王子怨，刘肖乘乱起胡尘。
>
> 一朝怀愍蒙尘去，洗爵青衣在虏边，元帝渡江来称帝，晋臣王导奉为君。

偏安江左东都地，抚力中原取归京，让豫作孽宁吞炭，河洛生灵苦已深。

后魏托出让豫氏，其君文武尽贤能，征诚五胡残孽散，云中建国号金陵。

万里江山成帝业，华夷贤士尽为臣。道武功成身弃世，明元皇帝二朝君。

三世升遐传文武，文成皇帝四朝君，五帝献文群早位，孝文即位幼年人。

年登十五为天子，天性聪明不可伦，读书小自耽文字，招纳贤才入内门。

高允催光为宰辅，轻粮薄赋养黎民，圣音宽洪天下治，九州社稷得安宁。

国姓改元为汉主，百官尽改汉朝人，南迁国在河南府，重修礼乐化夷民。

光允在京修理政，添增圣主读书文，三十三年为君主，一朝龙化弃群臣。

东宫太子名元毂，代主称为宣武君，宣武为君十七岁，守文梁主亦称贤。

天生雅意真无比，容貌端妍好个君，下笔成章如流水，临□尊重一如神，

王亲贵妾皆端正，文武官员尽俊英，兄弟六人兄早丧，官家第二得为君。

京兆王愉三太子，清河王怿四储君，广平穆武王第五，六王元悦汝南君，

弟兄情好元间阻，百姓黎民尽太平。国泰民安当兴日，半分天下各为君。

江东晋绝归刘氏，南宋南齐二主人，齐氏有忙肖氏继，梁王武帝自为君。

立国南京建康府，金陵为主数年春，君正臣贤民安乐，风调雨顺布用春。

长江两处分南北，南北为君各守城，兵戈接界彭城郡，常起尘灰要战征。

古语一天无二日，良臣勇将未甘心。肖衍自在金陵地，却说元王魏圣人。

说这魏世宗宣武。

帝年十七岁即位改元年。帝容貌端妍，临朝承重，有人君之量。帝母高夫人，生帝未久，被冯王后害而死。帝既即位，追怀旧恨高夫人追荐文昭王后。景明二年，帝敕令重录高氏亲族在者。诗曰：

南北驱驰国事分，秦人何意筑长城。离宫别院春成梦，玉树传奇鬼入神。

河洛已非秦岁月，雁门无复汉将军。自从二帝青衣去，荆棘蓬蒿几度新？

叔侄二入同受职，一朝衣紫出金门，一女入宫贵九族，况为天子旧家人。

高氏入朝多休说，却说天子后宫人，不立朝阳正后主，未生太子小储君。

充华妃内于宅子，受宠承恩化贵人，容貌端妍多清雅，情性温和又可人。

静默宽容不妒忌，年登十四正青春，喜得君王多爱惜，礼容敬爱冥诸人。

梁明二年秋九月，立为王后正官人，天子在朝朝大赦，娘娘受册谢天恩。

又封于家兄和弟，尽在朝中化贵人，好好官内为王后，左了三千第一人。

三宅六院皆钦敬，展上君王喜十分，生得俱全才貌好，宽洪不妬众妃嫔。

娘娘有德天心宠，因此于家有大恩，休言宫内于王后，却说元王帝王身。

孝文王帝亲兄弟，今日为王化大人，咸阳王子元思永，献之亲子二储君。

封氏昭仪亲生子，孝文次弟至亲人，官为太保王公职，执掌经纶在魏廷。

大王天性多贪色，爱色贪花喜美人，造成官府灵华美。广纳名妃美貌人。

太尉全军名于烈，与王结怨二年春，一朝侄女为王后，兄弟朝中做大臣。

次子于登天子喜，官封直阁内宅门，父子兄弟多显职，咸阳面上占仇深。

因此大王心不悦。有心怨望在朝廷，于登一一朝前奏，天子闻知不喜忻。

亲情面疏上皆忌，不喜成阳王子身、大王宫内心烦恼，怨恨朝中圣主人。

你重妻家亡母党，忘了先王面立恩，吾身亦是官家子，你便为君欺负人。

体说大王身不悦，再言天子在朝门，一日圣人亲有旨，要行射猎出朝门。

驾幸北邙观野景，就要离戏小平津，敕令领军于烈相，京城留守管三军。

御厩之中点好马，天子离朝出内门，于登侍驾离金殿，轻弓短箭一齐新。

殿下群臣多去了，其时已至小平津，只为君王亲去了，咸阳王子自平仓。

朝内空虚君不在，乘时意欲起谋心，妃是陇西李辅女，其兄伯尚李官人。

官受黄河侍郎职，天生相貌甚清奇，便把其情来告诉，告言王子听元因。

我当直取天家府，焚香立誓要诚心，大王去到城西宅，却往城西野外游。

引其爱妾申屠氏，王姬张氏少年人，心腹数人来饮酒，流连一日到黄昏。

有志无谋反作祸，世间有此大呆人，却有武兴王阳集，出入咸阳西府门。

便知此事先成了，早上邙山告反臣，上马飞鞭鞭得快，看看来到小平津。

来到王前忙下拜，臣是咸阳府内人，只因大王来造反，结连侍卫害朝廷。

天子闻言亲失色，帐前侍御尽惊心，今日成阳王子反，朕今在野靠何人。

世宗王室生烦恼，圣意沉沉有惧心，他是先王亲兄弟，献文王帝御储君。

今日一时生反意，京城文武未知因，在成北海彭城主，尽是咸阳亲弟兄。

此事如今难解救，恩良朝内并无人，在内于登忙启告，我王今且放宽心。

臣父令兵为留府，保无他故在朝门，天子便交车马起，四更时后尽登程。

五更来到王城外，于烈迎门接圣人，君王只入王城内，敕令王亲于令军。

今日元傿逃走了，必在黄河路上行，卿可令兵来追捕，及早兴兵捉此人。

若还走了真消息，走入京陵作祸根，于烈兄弟亲受命。羽林点起五千人。

分头河下来投捉，休走咸阳王子身，所在官员尽奉命。看他王子怎逃生。

大王却在黄河内，又有名姬二个人，心腹数人同饮酒，夜深方始各安身。

洪池亦又咸阳府，王造离宫别院门。已宿帐中方夜半，忽闻左右报来因，

报说洪池西路上，马军数百好京人。金鼓不闻无火把，想是朝廷有蜜情。

王子闻知忙便起，穿衣只出内宫门，只空日间清由露，此间何故往来人。

走出正堂堂下看，谁省争强舍命人，爱妾数人皆上马，府中心腹尽行呈。

此日大王逃命起，追兵却在后头跟，有人认得咸阳主，大喝三声莫要行。

大王马上如非走，魂魄飘飘不在身，一众官员多下马，一齐下马告追兵。

二个夫人多掠去，皆尽拿到进朝廷，告说咸阳王走了，羽林

于烈令三军。

正是大王身得脱,回头失了二夫人,镇守将军各武虎,马前说与大王听。

殿下一时为逆事,如今何处去安身,兵卒众人多散了,小人怎保大王身。

不如就此投梁去,逃得残生再理论,咸阳王子心中苦,说与将军姓尹人。

吾身在此为王子,走去梁家作反臣,寻思只为朝中主,宠任于家薄吾身。

因此一日小短见,岂知今日走无门,说罢大王心中闷,马前烦恼尹将军。

王子无心梁国去,此生性命不留存,臣受皇恩中不舍,死生必定一同行。

道了二人衣细作,加鞭拍上马途呈,行过一条高岭山,前边洛水大河津。

白浪滔滔不见岸,行人见了越伤心,水流中去无回日,浪花迷尽往来人。

大王见此心烦恼,懊悔当初枉用心,前有大河来阻隔,后有这兵赶近身。

今朝欲走从何处,只得从河水上行,于烈于忠亲父子,领兵来赶大王身。

说这于烈父子追及大王龙武,俱被捉之咸阳,渴之大甚。王帝下令与他水浆。看看渴及,只私与勺,王含之而吸。

休说众人心上事,再说咸阳王子身,王子一身居最长,第三赵郡大王身,

第四广陵王元羽,第五高阳王子身,第六彭城王元魏,北海

王洋第七人。

尽是各宅姬子出，不是同娘一母生，赵郡广陵身死了，废兄立位在朝门。

数中却有彭城主，交义亲情分外深，大王知得咸阳反。一且忧心有悔临。

不道我兄生此意，如今难保自前呈，天子凝定咸阳罪，妃子孩子废庶人。

龙武将军皆斩了，殿前号令众王亲，彭成王子心中苦，来到咸阳王殿门。

大王入进宫中去，洞府仙宅尽不成，二兄枉受荣华贵，却做亡家败国人。

幼子姣妻保不得，天利已及悔无门，大王此时忙移步，直入神仙内院门。

果见咸阳王敛手，周回防备已多人，月貌花容诸美女，双眉锁定尽愁心。

大王见了添烦恼，可惜哥哥枉用心，帝子王生孙贵子，求其大祸害其身。

听了少人之言语，今日灾来怨甚人，烦恼咸阳王流泪，叫声贤弟听原因。

我身失却先王礼，苦了姣儿几个人，家亡国破谁为伏，兄弟今朝可用心。

王子烦恼双流泪，美人侍侧泪沾襟，忽报孝文王帝妹，平女官主到宅门。

公主已招冯驸马，献文王帝女儿身，奉王圣主来辞别，要见哥哥一个人。

姐妹数人多来到，尽来辞别大王身。

说这人尽来相兄大王，朝廷圣赐咸阳王死。其前妃子王氏生世子元通，通年十五，后妃李氏生元晔方二岁，妃亦赐死。平安公主怜悯，告其遂密引入车中而归去矣。

作者以二首诗为结，其情怀和《二十一史弹词》是极相同的：

堪叹人生在世间，争名争利不如闲，古来多少英雄辈，尽丧幽魂竟不还。

不信但看高王传，到今那有一人存，图王霸业今何在？多做南柯梦里人。

又诗曰：

为看青山日倚楼，白云红树两悠悠，秋鸿社燕催人老，野草闲花满地愁。

和升庵的漂亮的诗语比较起来，一望而知其为出于通俗的文人之手。

四

吴音的弹词，今传者，以《玉蜻蜓》、《珍珠塔》及《三笑姻缘》为最著。

《玉蜻蜓》写申贵升和女尼志贞恋爱，死于尼庵。后其子元宰状元及第，乃迎养志贞事。至今申家还是苏州的大族，故这部弹词曾被禁止弹唱。后乃改为《芙蓉洞》。（为道光间，一位专门改编弹词的作者陈遇乾所改编。他又改编过《义妖传》、《双金锭》等等）。

《果报录》一名《倭袍传》，也以淫秽被禁止。但其文辞是比较的写得很雅驯的。

《珍珠塔》一名《九松亭》。山阴周殊士序云："云间、方茂才元音，先得我心，于俗本虑为改正。惜未成书而殁。余所见仅十八回。……余因为之完好，凡挂漏处称缀靡还，又增之二十四回。"是此书原为旧本，其成为今本的式样，乃是周殊士的手笔。

《三笑姻缘》在吴语文学里是不可忽视的。其中保存了无数的方言俗语。这是一部"别开生面"之作，刊于嘉庆癸酉。作者是一位金山张堰人吴毓昌（字信天）。他以为，"近来弹词家专工科诨，淫秽亵狎，无所不至，有伤风雅，已失古人本意。至字句章法，全未讲求"，因"戏作《三笑新编》全本"。开场的《鹧鸪天》，他明白的说道：

何许先生吴毓昌？近来不做猢狲王。

是他本是训蒙为生的三家村学究了。这部弹词颇具特长，特录一节于下：

鹧 鸪 天

何许先生吴毓昌？近来不做猢狲王。吹竽声曼讯千古，弹铗歌惭走四方。番旧谱，按新腔，权将嘻笑当文章。齐谐荒诞供喷饭，才拨冰弦哄一堂。

唐诗唱句，未能免俗，聊复尔尔。

才撇了媻雨尤云风月场，缘何离却便思量，笑巫山十二难求迹，神女如何压众芳。说甚的七夕牵牛邀织女，蓝乔捣药遇裴航。吹箫弄玉同骑凤，金碗重逢窈窕娘，这多是鬼怪仙妖成匹配，看将来无凭无据却荒唐。怎及得我那人儿生就轻盈儿好一个风流俊俏，他是素口蛮腰妃子步，貌眉华发寿阳装。独爱他一双媚眼勾魂魄，细嫩肌肤白似霜，每日里玉镜晓装花并美，呼郎常做画眉郎。闲来爱把瑶琴操，也学焚香按工与商，效区区一曲凤求凰，灯花夜落敲棋子，布就连杯把罗网张。杀的俺抛车弃马屡抱枪，还待要直抵垓心那肯降，一笔京人直可爱，虽然小楷却端方，还要戏作相思字几行，道我恋新弃旧会装腔。白描却仿龙眠笔，画一幅男女凭栏纳晚凉，看莲开并蒂睡鸳鸯，指点分明要我去详。到晚来浅斟低酌销金帐，宛似那晓月笼晕海棠，曼曼的深入不毛交头宿，妙不过舌尖儿只管送来尝，微微还逗口脂香，却叫我如何遏得住魂荡，怎不由人情兴狂。到如今待要抛时难以撇，甘心情愿做楚襄王，守住阳台永不忘，好共他为云为雨去过时光，自号温柔老此乡。〔忆秦娥〕（生）天生我如何，却占风流座。风流座，春藏花坞，天生惟我。

满耳萧骚梦不成，残云凉月夜凄清。等闲吹落长林叶，尽是离情别绪声。小生唐寅，字称子畏，号呼伯虎，金阊人也。溶金作骨，濯锦为肠，青黎光照日前画，尽扶羽陵之秘，班管岂拈牙后语，须翻稷下之诗。虽只已登龙虎，奈何未梦黑熊，只是风鱼情痴，颇酣诗癖。金钗环绕，胸怀贾午之香。银管标题，花吐文通之颖。似这般合欢金屋，调笑鸾房，果然曲尽绸缪，无异人间天上。自从娶得九之，簇成八美。珠联合璧，名擅无双。那九空女也皈依释教，带发修行。却被我歪缠不过，情难理却，又得奇缘。不意掌合莲花，也做了艳桃秾李。这都不在话下。谁想端阳佳节，我家陆氏大娘道我浪荡无休，功名有碍。约齐众美，送区区书馆孤眠。要我去黄卷留心，以待青云得路。光阴迅驶，不觉又是中秋了。年年秋到棃花轩，秋色平分景景最研。看那玉宇无尘秋月，秋萤点点挂朱帘；当此秋月一帘，秋光万顷。目甚的秋来，只管心头闷。唉功名事小，叮文章读他则甚呢？看将来只好读南华秋水篇，自从书馆攻书，每日里不过唐兴唐桂，早晚常川，毫无心绪。今日早上那老祝有书来约我同去游河。谁奈烦同他玩耍，已经回覆他去了。想他们呢，指望我纤秋独紫，谁知反撇了何口偎行，担格我秋胡常独宿，害得咱秋窗独倚闷恹恹，想文章都是古人的槽粕，看他则甚！好笑他们还要五申三令哩。说什么，秋闱既折帖官挂，及应该此三秋去读圣贤，巴得秋风云□健，须待要春秋无间去细钻研，又谁知反做了悲秋客，只落得爽气横秋意悯然，独恨那蟋蟀鸣秋那里睡得稳，秋声不住在枕函边。伤秋宋玉偏同调，同甚的夏去秋来还未见怜，空叫秋蝶舞翩迁。想他们呢，看得功名事大，因而各愿悆期。但是娘子吓，你却意会差了，我与你是鹣鹣的鸟吓。说甚的一百五十名第一仙，害得我朝思暮想被情牵，我本是温柔乡里情多客。怎如你偏要分开并蒂莲。全不想殢雨尤云情最密，夜来挨次换新鲜，枕边调笑言难尽，被底缪情更粘妙，不过醋意微含常作弄，欢心复动又留连，这是爱海情河本是无边界，却被我占尽风流雪月权，唉想不到拥孤衾依旧夜如年，介自从大老官娶子九空进了门，郎才女貌，女爱郎贪，沉迷酒色，无事无时，满了月，出之房，大娘娘看看大老官个满眼介面黄肌瘦，意懒神昏，明知他房劳过度，变了药渣勒里哉。因而决计约齐众美，送他去书馆孤眠，以待他静养攻书，巴图上进。个个是大娘子好意吓。大老官罗里得知介。生唉向来秦晋交欢，不料他们竟如吴越了。到如今书房逼勒我勤攻苦，却叫我那里按得住心头意万千。娘子呀可怜我杜牧风流久已惯，刘郎最爱伴花眠。到如今，求晴未得先求雨，阻隔巫山冈越添，一腔心事向谁宣想，到其间头乱点。哈哈哈被俺猜着了，一定我家娘子道我有什么偏向之心，枝分南北，因而布就牢宠之计，送区区书馆孤眠，遂其所欲。不信他特来要离间我么？他只道弃旧恋新成薄幸，自然是旧弦那得及新弦，与其被底分新旧，莫若同居离恨天，若果如此，却是错怪卑人了。

五

女作家们写的弹词，其情调和其他的弹词有很不相同的地方。她们脱离不了闺阁气；她们较男人们写得细腻、小心、干净，绝对没有像《倭袍传》、《三笑姻缘》等不洁的笔墨。

第一个写弹词的女作家是陶贞怀。她自署为梁溪人。生平不可考知。她所作的《天雨花》弹词，为家传户诵之作。这是一部政治的文学作品，写成于顺治八年以前（据自序）。这个时候正是大难方平、痛定思痛的时候。作者的环境，又是："今者风木不宁矣！生我，知我，育我，授我，我何为怀！寄秦嘉之扎，远道参军；悼殒褯之殇，危楼思子。"其情绪是异常的沉痛。在这样的一个时候，作者"爰取丛残旧稿，补缀成书。"而她自己又是缠绵病榻，久疾不愈。"嗟乎！烽烟既靖，忧患频；澹看春蚓之痕留，自叹春蚕之丝尽。五载药炉，一宵蕉雨。行将花石以去，其能使顽石点头也乎！"（自序）但在《天雨花》里却不曾沾染作者的悲观的情绪。《天雨花》前半写男主角左维明的与权奸的斗法，后半写女主角左仪贞的忠烈智勇，不屈于权奸的压迫；都是以很机警的智术，不仅逃脱了危险，而且还给权奸以很重大的打击。但到了最后，国运已尽，无可挽回。连左维明那样的智勇双全的人，也不得不将全家载于舟中，凿沉了船，殉节以死。这死节的举动写得异常的悲壮。遗民的沉痛，悉寓于此。虽以左氏升天，受上帝的优礼，且以审判流寇等罪人为结束，而读者的悲感，却永远不能泯灭。所以作者是一位民族意识很浓厚的人；《天雨花》是一部遗民的悲壮的作品，不仅仅是供闺阁中人消遣闲日而已。《天雨花》第一回里，有几句话说道："欲帝遣一位星君下世为臣，……做一个忠臣而兼智士，再不为奸臣所害，以为后世忠良做一个榜样。"但这位"忠臣而兼智士"，只能对付权奸的郑国泰，却不能挽救危亡的国运。"明朝气数今已绝，王气全消辅不成。"（第三十回）这是无可奈何的叹息，这是号咷之后的饮泣吞声。

《再生缘》、《笔生花》等弹词，都是处处为女性张目的，在《天雨花》里虽然也夸张的写着左仪贞的智勇双全、为国除奸的事，却没有那样的写作的态度；作者歌颂左维明更过于他的女儿仪贞。所以有人怀疑，这部弹词并不出于妇人之手。陶贞怀是一个伪托的名字；为了作者有难言之隐，所以才这样的将男作女。《小说考证续编》（卷一）引《闺媛丛谈》云："《天雨花》弹词，共三十余卷，而一韵到底，洵乎杰作也。其署名为梁溪女子陶贞怀。而近人谓实出浙江徐致和太史之手。为其太夫人爱听弹词，太史作之，以为承欢之计。则所谓陶贞怀，似系子虚乌有，未知然否。"这个怀疑颇有可信的地方。遗民的著作，为了避免"时忌"，往往是有意的迷离惝恍，故作欺人之举的。陈忱的《后水浒传》便是托名于古宋遗民，托时于"元人遗本"，托序的年月为"万历"某年的。

关于左仪贞事，曲阜孔广林有《女专诸杂剧》（有《清人杂剧二集》本）作于嘉庆五年，其序云："浙中闺秀某，取明三大案，用一人贯穿之，成《天雨花弹词》三十卷"，是《天雨花》在那时流行已久。

最可信的妇女写的弹词，当始于《再生缘》。《再生缘》为陈端生所作；未完成而端生死；后来又由梁德绳续成的。《闺媛丛谈》（《小说考证续编》卷一引）云：

相传泉唐、陈勾山（按勾山名兆仑）太仆之女孙端生女士，适范氏。婿以科场事，为人牵累谪戍。女士谢膏沐，课《再生缘》弹词。托名有元代女子孟丽君，男装应试，更名郦君玉，号明堂，及第为宰相，与夫同朝而不合并，以寄别凤离鸾之感。曰："婿不归，此书无完成之日也。"后范遇赦归，未至家而女士卒。许周生驾部与配梁楚生恭人足成之，称全璧。吾国旧时妇女之略识之无者，无不读此书焉。楚生名德绳。晚号古春老人。驾部卒后，遗集皆其手定。二女云林、云姜，皆能诗。

端生著有《绘影阁集》；德绳也著有《古春轩诗钞》、《词钞》。《再生缘》后由侯香叶改订刊行。

《再生缘》凡八十回，分二十卷。陈端生写到第十七卷便绝了笔；以下三卷是梁德绳续成的。因为二人的环境不同，所以作风也便不同了。端生的性格很傲慢，一开头便说："不愿付刊经俗眼，惟将存稿见闺仪。"（第三卷）德绳的续稿，却说道："怎同夏玉敲金调，聊作巴辞里句听。"（第二十卷）又说道："如遇知音能改削，竟当一字拜为师。"（第十九卷）在每一卷的开端，作者都有一段类乎自叙的引言。像第一卷：

闺帏无事小窗前，秋夜初寒转未眠，灯影斜摇书案侧，雨声频滴曲栏边。

闲括新思难成日，略检微辞可作篇，今夜安闲权自适，聊将彩笔写良缘。

她们都是为了要消遣闲暇，方才着笔写作的。所以端生说道："清静书窗无别事，闲吟才罢续残篇。"（第四卷）德绳也说道："终朝握管意何为？藉以消困玩意儿。每到忙时常搁笔，得逢暇日便抽思。"（第十九卷）不仅她们二人如此，一切写弹词的女作家都是在这样的环境里写作的。

端生写到第九卷的时候,又因随亲远游而搁笔。

> 五月之中一卷收,因多他事便迟留。停毫一月工夫废,又值随亲作远游。
> 家父近家司马任,束装迢递下登州,蝉鸣丛树关河岸,月挂轻帆旅客舟。
> 晓日晴霞恣远目,青山碧水淡高秋,行船人杂仍无续,起岸匆匆出德州。
> 陆道艰难身转乏,官程跋涉笔何搜,连朝耽搁出东省,到任之时已仲秋。
> 今日清闲官舍住,新词九集再重修。

写到十七卷的时候,她的生活上一定遇到很大的刺激,作者的情绪突然的凄楚起来:

> 搔首呼天欲问天,问天天道可能还!尽尝世上酸辛味,追忆闺中幼稚年。……
> 仆本愁人愁不已,殊非是,拈毫弄墨旧如心。

以后便绝了笔,像这样的情绪在前十六卷里,我们是得不到一点消息的。也许她在这时有了难言之隐,便骤然的离去人间了吧。

德绳卒时年七十一。她续作《再生缘》时,总在六十岁左右。所以她一再的说:

> 怎才那老去名心渐已淡,且更兼夜来劳顿不成眠(第十八

卷)。

年来病骨可支撑,两卷新词草续成,嗟我年近将花甲,二十年来未抱孙。

藉此解头图吉兆,虚文纸上亦欢欣。

以自己"暗作氤氲使",把孟丽君和皇甫少华结了婚,且使之生子,"藉此解头图吉兆",其心境殊为可笑。

《再生缘》以孟丽君为主角。她许配给皇甫少华。但少华为奸人刘奎壁所害,逃到山中学道。奎壁又谋娶丽君。其婢映雪代她出嫁。丽君自己改名为郦君玉,中了状元,做宰相。少华改名应试,也中了武状元;主试官却是丽君。后来少华平了寇乱,娶了刘奎壁妹燕玉为妻,但丽君始终不肯认他为夫。但她的矫装,却为皇帝所知,要想娶她为妃子。丽君方才奏明始末。赖太后的维护,方得无罪而和少华团圆了。

端生的原文,没有写到少华和丽君的相认;那团圆的局面是续作者梁德绳写的,故她有"暗作氤氲使"之语。

《再生缘》原是续于《玉钏缘》之后的,《玉钏缘》叙谢玉辉事。玉辉是:"少年早挂紫罗衣,美貌佳人作众妻。画戟横挑胡虏惧,绣旗远布姓名奇。人间富贵荣华尽,膝下芝兰玉树齐。美满良缘留妙迹,过百年,又归正果上清虚。"(《再生缘》第一卷)但他却"尚有余情未尽题"。《再生缘》便是写谢玉辉等再世的姻缘的。

《玉钏缘》的作者为谁,今不可知。后来也经侯香叶改订过。全书凡三十二卷。第三十一卷的开头有"女把紫毫编异句,母将玉缮写奇言。篇篇已就心加胜,事事俱成意倍欣",似亦为母女二人之所作。

侯香叶为嘉庆道光间人:她喜改订弹词。今所知的经她改订的凡四种,一、《玉钏缘》,二、《再生缘》,三、《再造天》,四、《锦上花》。《再造天》一名《续再生缘》,写《再生缘》中之邬必凯投生为皇甫少华女,名飞龙,后为英宗右妃,因欲报前世之仇,便任用奸臣,倾害忠良,几至亡国。皇甫少华乃再出而重整江山;飞龙被赐死。《再造天》的作者不知为谁。侯香叶她自己有"近改四种,《锦上花》业已梓行"语,则《再造天》当然不会是她自己所作的了。

《锦上花》前半为《锦笺缘》,后半为《金冠记》,原为二书,而被合编为一者。《锦笺记》叙宋王曾因拾得锦笺,竟得和刘舜英结合事。《金冠记》则叙王曾子王铎和宋兰仙的结合事。作者最后说道:

> 莫笑女流无训话,病中岁月代呻吟,闺中士女休草草,永昼长更仔细吟。

是亦为闺秀所作的了。

和《再生缘》同样的流行于闺阁中的,有邱心如的《笔生花》。《笔生花》的故事显然受有《再生缘》的很大的影响。主角姜德华,活是孟丽君的化身。德华被点秀女,投水自杀,终于得救,改换男装,入京应试,中了状元,官至宰相。其前半的故事,是把丽君和映雪二人的事合而为一的。其后,德华和她的未婚夫文少霞也经了许多的波折和试探,方才露出真相,结了婚。

只有一点,《笔生花》较《再生缘》不同,便是作者伦理的观念更加重了;对于女的,要求更坚贞、更无瑕的操守。但可怪的是,对于男子的三妻四妾却反不以为奇。恰可和《天雨花》里所写的男子不娶二妻的情形成为很有趣的对照。在邱心如这个时代,片面的贞操的观念已是根深柢固的,连女子们也以为当然的了。

作者邱心如是淮阴人。她的生活很清苦。在每一回的开头,都有关于她自己的话。我们藉此可以知道她的生平。她嫁给一位姓张的儒生。她自己是"多病慵妆闲宝镜",她的家境是"疗贫无计质金钗"。她的丈夫是:

"虽则教良人幼习儒生业,怎奈是学浅才疏事不谐。到而今潦倒平生徒碌碌,止落得牛衣对泣叹声偕。"(第六回)她的父亲死了;她的一个妹妹也抚孤守寡。母家的境遇也一天天的坏了。她在夫家又是"毫无善状遇迍遭。备尝世上艰辛味,时听堂前诟谇声"。到了后来,她的一个儿子死了,女儿也出了嫁。而她的长兄病逝后,又家徒四壁,双孤无恃,更令她焦虑不已。最后,她的舅姑死去,儿子又娶了亲,她和她老母同聚一堂,开始享受着天伦的乐趣。虽然家境还不充裕,还要赖她设帐授徒为生,却和早年的"诟谇"时闻很不同了。

没有一个女作家曾像她那样留下么多的自传的材料给我们的。

《笔生花》刊行于咸丰七年。

后半写姜德华的矫装为人识破,不得不露出真面目时的愤激凄凉之感,最为动人;泄露出了无数的有才能的女子们的恸哭的心怀:

欲修奏折无心绪,铺下黄笺笔懒挥,砚匣一推身立起,绣袍一展倒罗帏。

心辗转,意敲推,想后思前无限悲。

咳,好恼恨人也!

老父既产我英才,为什么,不作男儿作女孩。这一向,费尽辛勤成事业,又谁知依然富贵弃尘埃。枉枉的,才高北斗成何用,枉枉的,位列三台被所排。

——第二十二回

恐怕作者也在这里也便寄托着她自己的愤激吧。和《再生缘》的后半比较起来,邱心如的写作的技术和情绪,要较梁德绳高明得多了。

有郑澹若的,在道光间也写了《梦影缘弹词》四十八回。坐月吹笙楼主人所作《娱萱草》的序说:"昔郑澹若夫人撰《梦影缘》,华缛相尚,造语独工。弹词之体，为之一变。"其实这部弹词只是逞展着作者的才华而已；其故事叙庄梦玉和十二花神的姻缘，并无多大的意义。澹若于咸丰庚申杭州失陷时，饮卤以死。

在近十余年流行最广的，尚有《凤双飞弹词》一种。这部弹词出现很晚，大约在民国十年左右，但作者在光绪二十五年前便已完成了。作者名程蕙英，"系出名门，姓耽翰墨。"《小说考证》（卷七）引缺名笔记云：

> 阳湖程蕙英茝侪，著有《北窗吟稿》。家贫，为女塾师。曾作《凤双飞弹词》，才气横溢，纸贵一时。其所为诗，纯乎阅世之言，亦非寻常闺秀所能。小说界中有此人，亦佳话也。《自题凤双飞后寄杨香畹》云："半生心迹向谁论？愿借霜毫说与君。未必笑啼皆中节，敢言怒骂亦成文。惊天事业三秋梦，动地悲欢一片云。开卷但供知己玩，任教俗辈耳无闻。……"

她的最后二语的口气，和陈端生的"不愿付刊经俗眼"的心境有些相同。所谓《凤双飞》者，指书中的二主人翁郭凌云与张逸少而言。故事的经过复杂离奇，重要的二主人翁都是男人，和《再生缘》《笔生花》等之为女子张目者又有些不同。不过供闺中人的消遣闲日而已，并没有什么特殊可注意的地方。

《梦影缘》的作者郑澹若夫人有女周颖芳，字蕙风，亦作了《精忠传弹词》。坐月吹笙楼主人所作《娱萱草》序云："逮吾嫂蕙风氏，演述宋岳忠武事，撰《精忠传》，尽洗秾艳之习，直抒其忠肝义胆。虽亦弹词，而体又一变也。"《精忠传》写成于光绪二十一年；写成以后，作者便死了。刊行的时候却已在民国十七八年了。

周颖芳嫁给严太守（名谨）。太守死后，归居海宁。李枢有一序，写她的生平很详细。"追同治乙丑，太仆公治苗匪，阵亡于石阡府任内。太夫人舍生不遂，乃奉君姑，并携六月孤儿，伴榇回浙。赁居于海宁桐木村旧戚马氏之见远山楼。自此含冰茹蘖之中，惟曲尽其事长抚雏之责矣"。又云："惟此书之成，自同治戊辰至光绪乙未，二十八年中，或作或辍。风雨蓬庐，消遣穷愁几评。不意此书告成之日，即为太夫人仙去之年。"全书凡三十六卷，七十三回，其情节和《精忠传》小说没有多大的不同；其最重要的修改惟在删去大鹏鸟和女土蝠的冤冤相报的一段因果。"周夫人痛夫子没于王事，暇日排闷，偶检阅《精忠传》说部。因内有俗传大鹏女土蝠冤怨相报等事。不然其说，叹曰：'从古邪正不并立。小人道长，君子道消。若再饰以果报，则将何以辨是非而励名节？'"（徐德升序）

作者的文笔很谨严，有时也很动人。在一般弹词里，这一部确是弹出一个别调的。

此外，所知的尚有朱素仙作的《玉连环》、映清作的《玉镜台》（未刊全）等等，均不能在此一一的叙述着了。

六

最后，流行于各地方的弹词，也应一叙及。福州传唱最盛者为"评话"，也即弹词的别称。中多杂以方言。但多为抄本，很少刊印出来的。闺阁中人往往向专门出赁这种"评话"的铺子去借阅。有《榴花梦评话》一种，最负盛名。闻有三百余册，可谓为最冗长的一种了。惜未得一读。

广东最流行的是木鱼书。余所得的不下三四百本；但还不过存十一于千百而已。其中负盛名的有《花笺记》，有《二荷花史》。《花笺记》被称为"第八才子书"。原作者不知何人。有钟戴苍的，仿金圣叹之批评《水浒》、《西厢》法来批评《花笺记》。全文凡五十九段，叙梁亦沧及杨淑姬的恋爱的始终。作者写这两个少年男女的恋爱心理，反复相思，牵肠挂肚，极为深刻、细腻。文笔也很清秀可喜。

> 自古有情定遂心头愿,只要坚心宁耐等成双。山水无情能聚会,多情唔信肯相忘。

作者以这样的情意开始去写,正和玉茗《还魂》之以"但是相思莫相负,牡丹亭上三生路"开始相同。

《二荷花史》被称为"第九才子书",凡四卷、分六十七则,叙的是少年白莲因读《小青传》有感,梦小青以双荷花赠之。后遂得和丽荷、映荷二女等成为眷属事。作者评者俱未知为何人。

> 倒罢清樽理瑶琴,偶行荒径见苔阴。正系目来无事贫非易,老去多情病自深。

作者似乎也是穷愁之士了。

参考书目

一、郑振铎:《西谛所藏弹词目录》,见《中国文学论集》。

二、郑振铎:《巴黎国家图书馆中之中国小说与戏曲》,见《中国文学论集》。

三、郑振铎:《一九三三年的古籍发现》,见《文学》二卷一号。

四、郑振铎:《三十年来中国文学新资料的发现史略》,见《文学》二卷六号。

五、谭正璧编:《中国女性的文学生活》,光明书店出版。

六、赵景深编:《弹词选》,商务印书馆出版(将刊)。

七、蒋瑞藻编:《小说考证合编》,商务印书馆出版。

八、阿英:《海市集》,北新书局出版。

第十三章　鼓词与子弟书

一

"鼓词"为流行于北方诸省的"讲唱文学",正像"弹词"之流行于南方诸省的情形相同。弹词以琵琶为主乐;鼓词则以鼓为主乐。

鼓词的来源,亦始于变文。至宋,变文之名消灭,而鼓词以起。赵德麟的《商调蝶恋花鼓子词》为最早的鼓词之祖。陆放翁《小舟游近村》诗,也道:

> 斜阳古柳赵家庄,负鼓盲翁正作场。身后是非谁管得!满村听说蔡中郎。

则在南宋的初年,已有负鼓的盲翁,在乡村里说唱蔡中郎的故事了。

《水浒传》第五十一回《插翅虎枷打白秀英》记着白秀英上了戏台,"参拜四方,拈起锣棒,如撒豆般点动。拍下一声界方,念了四句七言诗,便说道:'今日秀英招牌上明写着这场话本,是一段风流蕰籍的格范,唤做《豫章城双渐赶苏卿》。'说了开话又唱,唱了又说。合棚价喝采不绝"。她虽然用的是锣棒,但"拍下一声界方",又唱又说这恐怕是说唱鼓词一类的东西吧。——至少是最近于鼓词的讲唱文学的一类。像这样性质的伎艺，在宋元二代是极为流行的。（到了明清这流风还未泯。）

但至明末始有鼓词的传本。我在北平曾到得一部《大唐秦王词话》（一名《秦王演义》），殆为最早的鼓词。此书始名《词话》，实即鼓词，写唐太宗李世民征伐诸雄、统一天下事。所述和小说《隋史遗文》等相差不远，不过用十字句的唱文和一部分的散文的说白组成而已。像：

> 唐太子急拈香低声祷告，李世民忙下拜恭敬参神；我乃是大唐国高皇次子，父李渊，祖李昺，李虎玄孙。忆往岁炀帝崩九州鼎沸，隋恭皇禅宝位让以为君。普天下起烟尘一十八处，剪强梁诛贼寇放赦安民。

这是鼓词的唱文的一般式样。但也有将句法略加变更的，像《大明兴隆传》：

> 无奈何傅师正顿人与马，查点伤损八九万兵。仰面朝天叹又多，不由得又气又恼又伤心。

第二句为八言，第三句为七言，这样的例子并不罕见。

明末清初又有贾岛西《鼓词》的，不演故事，全写作者的不平的胸怀，且不用说白，全是唱词，和一般的鼓词不同。

明代的鼓词，决不止这寥寥的一二种；像《大明兴隆传》、《乱柴沟》等等，多颂圣语，恐怕也是明代的东西。

二

鼓词所叙述的，大都为金戈铁马、国家兴亡的故事，故多是长篇大幅的。对于战争的描写、兵将的对垒特别的加以形容：这大约是北方人民的特嗜之所在吧。

《大明兴隆传》，我所得者为抄本，坊间未见有刻本。这部鼓词凡一百〇二册，规模很大，写的是，朱元璋统一了天下之后，见皇孙懦弱，放心不下。欲请刘伯温设计，如何的能够保持得江山万世。他们得到了方孝孺为皇孙的辅佐，大为高兴。但当元璋死后，建文即位，却信用了几位臣下的话，欲减削诸王的兵力。因以引起了燕王的靖难的一役。

这里写朱元璋，这位流氓皇帝的患得患失的心理，远没有打天下的时候的豪迈的气概，甚为入神。当元璋将死之际，留连不舍，放心不下的情形，和刘邦的枕戚夫人膝，相对涕泣，以赵王如意为虑的情景，恰好是相类似。那么泼辣无赖的流氓，到了功成名就，天下为家的时候，想不到会变成了那样的一个无可奈何的末路的人物！这不是一部凡品，几乎每一个地方都写得很细腻而又不贫弱。姑引第二册的一节于下：

> 话说刘伯温方才一闻太祖爷传旨，昨日在昭阳正院将皇孙建文封为太子，不由的暗暗说道："这位少爷福分有限，只怕不能长久，难保大明从此天下纷纷，刀兵四起！"又听皇爷要在金殿大放花灯，由不得唬得一跳！连忙望驾进礼，口尊："陛下！臣有本章奏主。"太祖爷说："卿家有事，只管奏来。"伯温见问，口尊："陛下！微臣非为别故，闻听我主要在这金殿前大放花灯，与民同乐。"
>
> 刘伯温，往上进礼将头叩，口尊皇爷纳臣音。爷在金陵如尧舜，不比前朝乱姓为君。不是为臣拦臣驾，只怕内里有变更。臣知臣等不细奏。有负皇命算不忠。再者前朝是傍样，爷上听臣细奏明。隋朝天子行无道，信宠奸贼放花灯。长安城内真热闹，与民共乐太平春。偏与李素他庆寿，天下各省纳臣封。州城府县会

尽礼，山东省，差遣捕快叫秦穷，押解寿礼将城近，那知与见众绿林。私闯禁门代贼寇，下在招商旅店中，归与炀帝将灯放，正月十五放花灯。也是天意该如此。天下荒荒起刀兵。花灯已来过十五，归与招灾九个人。玄埙与见柴驸马，持标打死宇文通。李如辉一同王伯党，劫牢搭救薛应登。秦穷虽众动了手，七雄大闹长安城。炀帝不听忠臣劝，才有凶煞闹花灯。我主也要将灯放，到只怕，金陵军民不安宁。

朱太祖闻听军师伯温所奏，不由龙心不悦。叫声成义伯。"臣伺候圣驾。"太祖说："你如何将朕比作隋朝炀帝那无道的昏君！还有一说，寡人在金陵城，不比那一省的州城，朕的文武众家公卿大臣，一般均是治国安邦，调河鼎鼐，胸藏锦绣，腑隐珠玑之辈，又有卿家善晓阴阳，能断吉凶，何况还有许多的文武，也都是能争惯战，远略近韬，绝胜千里，勇似重童，猛如吕布，又有足智多谋的老元帅，定国公徐达，有何惧哉！还有一说，那前朝的君王无道，行事昏愦，才生出那些逆事来。又兼外有贼寇，搅乱世界。先生，莫非寡人有甚昏愦之处，怕有那四处逆党群寇，都要到我金陵城内搅乱我朕的世界？"

太祖爷说罢一往前后话，伯温进礼又奏君。口尊殿下容臣奏，并非为臣拦主公。皆因为臣观天相，北极冲犯斗口中。只怕金陵出怪事，外省日走数条龙。正月又是凶煞日，正照皇宫禁地中。不是为臣拦爷驾，只怕相访一辈人。朱温也曾俱文武，传旨长安放花灯。鸡宝山前交战兵，梁唐征斗恶交锋。差遣赵埙诓粮草，正与朱温放花灯。赵埙私把长安围，大闹西地不太平。故此臣拦圣主驾，免在金陵放花灯。皇爷闻奏微微笑，叫声先生刘伯温。虽说梁唐交兵战，也是无道草头君。叫寡人，如何比作朱温辈！越发胡言不通情！先生不必往下奏，我朕定要放花灯。与民同乐齐庆贺，群臣筵宴在朝中。伯温一闻皇爷话，付又进礼尊主公。臣有一事在奉丰，爷卜听臣细奏明。圣丰要把花灯放，须得传旨在皇宫。凤子龙孙与太监，嫔妃彩女与各宫，十三十四十五日，不许自擅出宫门。若是能勾不出禁地，保管无事保太平。太祖闻听说准奏，寡人传旨在官中。伯温叩头忙站起，太祖俯下自沉音。虽说伯温阴阳准，细想来，有些玄虚未必灵。

太祖爷闻听，也旧分付："先生平身，寡人准本。"伯温叩头，爬起归班。且说太祖爷在宝座上，龙心暗想："刘伯温虽然阴阳有准，看起来，也有应验之处，也有算不准之时。这些言词也难以凭信。方才我朕也曾问过他的梦景。他说有应梦之人。我想抱日升，他的福分一定不小。料想满朝文武，也无有这样大命之人。"洪武爷正自心下猜疑，就有那御书馆的官官，朝上跪到，说："奴婢启奏：今日乃是众殿下与太子讲读书的日期。有那伴读的先生方孝孺，特请皇爷的圣驾至御书馆内。方先生好与众殿下讲书。"太祖闻听，座上传旨："今日寡人不能亲临馆舍，叫先生与众儿将太孙代来，一同在金銮殿上讲书，与朕解闷。"哦，官官答应，忙忙平身，飞传到御书房，就将皇爷口传的圣旨，传说了一篇。方孝孺不敢怠慢，连忙代领九位殿下，还有建文太子，一齐来到朝刚金銮殿上。方孝孺领头，一齐的望圣驾朝参进礼。座上的太祖在上面传旨平身。方先生一同十位凤子龙孙，各自站起，分在左右。太祖爷望下观看，齐齐整整的弟兄九个，一个皇孙。万岁看罢，龙颜大悦，高声叫道："皇太孙上殿？"小千岁忙忙答应说道："臣孙伺候。"建文言罢，来至龙书案前站住。太祖说："建文，你先生所教的是那部书？"小千岁见问，忙忙回奏说："是，臣孙读的是经书。"太祖说："但不知所讲的事那一章？"小千岁回答说："乞上皇祖，臣孙所读的是书经,讲的是周公辅佐成王,叔倚殿造反。"太祖闻听,龙心大悦,高声说好,好一个周公辅佐成王。方先生就将这段故事讲将上来。众皇儿与太孙没得用心,听那方先生讲论。

太祖爷,宝座之上传下旨,方先生遵旨不消停,金殿就把圣经讲,凤子龙孙两边分。个个躬身两边站,立存龙书案傍存。孝孺尊旨把书讲,讲的是:武王伐纣正乾坤。当今万岁归苍海,应当是,子擎父业坐龙墩。怎奈成王年幼小,就有那,叔父周公保幼君。侄男金銮聚武文,叔父站立愿称臣。上殿行的是君臣礼,遵守国法令人钦。又与见,管蔡两个恩叔父,倚大欺小安歹心。思想要篡侄儿位,搅乱朝纲乱烘烘。私投外国心不正,勾到外人反边廷。后来天报全拿住,循还遭诛丧残生。周公忠心人人敬,当殿受封鲁国公。可敬国公怀赤胆,寿活百岁得善终。只为平生行正直,万古千秋落美名。夫子看道贤慧处,造再《书经》成圣文。太祖闻听龙心喜,往下开言把话云。皇爷叫声众殿下,你等着义仔细听。能学周公行忠正,莫学管蔡起亏心。久后寡人辞了世,你等须要秉忠心。建文皇孙年幼小,以后全仗叔父亲。扶保皇孙坐天下,我朕死后也闭睛。天子言罢训子语,殿傍气坏一个人。四殿下心烦暗痛恨,满怨孝孺方先生。老牛当殿胡言讲,似这等,无要紧言词信口云。古书上面事稽处,岂不耽误正事情。方孝孺,你今胡言讲,后来咱两把账清。有朝一日时运转,俺要稳坐九龙墩。执掌天下为皇帝,一定不饶老畜生!剜眼摘心不算账,敲牙割舌不容情。今日个,殿下发恨不要紧,到后来,果应其言在金陵。太祖宾天,建文登位,燕王吊孝发大兵。孝孺当殿骂殿下,千岁想起今日情。立刻敲牙取了齿,先生痛死尽了忠。闲言少叙书归正,且说北极宫内龙。越听越气心烦闷,忙忙下殿不稍停。金殿之上拉架式,雄纠纠,顽耍去拳,要作应梦那条乌龙。

《乱柴沟》是继续着《大明兴隆传》写下去的。《大明兴隆传》终止于建文的失国、永乐帝的登极及方孝孺的被杀。《乱柴沟》则开始于永乐帝由金陵凯旋北归。他有一天坐朝,要令北番入贡,不料因此惹起兵戈,他便发大军前去讨北,也大得胜利而回,故全书名是:《通俗大明定北炮打乱柴沟全传》。其中写番将的勇猛异常,正衬托着永乐帝的兵将的英武。

> 胡总镇,垛口以内往下望,麾前的,副参游守细观眸。但只见,无数番兵临城下,乱恍盔缨雉尾飘,身披明甲如凶虎,一个个,项短脖粗猛又肖。羊皮袄下藏利刃,沙鱼鞘内代顺刀。马似欢龙宗尾乍,人显威风杀气高。天降野人生口北,时常的,侵犯边界抢南朝。总镇看罢将头点,付内多呼两三遭。怪不得,大元不肯来纳进,所仗着,将勇兵多呈雄威。两国这一打上仗,胜败输赢往后眸。

这是第一战,已看出番兵是如何的壮健了。

像这一类大规模的讲唱战事的鼓词,我所得到的还不在少数,像《北唐传》、《呼家将》、《杨家将》、《平妖传》、《三国志》、《忠义水浒传》、《西唐传》、《北唐传》、《反五关》等等,这些都是每部在五十册以上的。马偶卿先生曾得有明末清初刊的《孙武子雷炮兴兵救孔圣》,那是其中规模较小些的,只有数册而已。刊本的鼓词为了易于分册流传之故,往往每册或每数册别立一名目,像《忠义水浒传》第三十九部,其别名是:《刘快嘴诓哄宋江》。其下又有两个标题,道是:

> 二次降招安,
> 刘能泄机密。

这一册便是四卷，可以独立成为一部分的。其第四十卷的标题则为：《济州城阵亡节庆》。也分四卷，其小标题则为：

玉麒麟拒捕，
显道神大战。

现在再引《呼家将》的一段，做为这种战事鼓词的又一例。

《呼家将》亦有小说；这是和《粉妆楼》、《薛家将》同类的东西，写北宋时，呼延赞子丕显被宋仁宗西宫庞妃之父庞文所害，全家遭难；后来，其子呼延庆来祭坟，大闹京城，终于替呼家报了仇事；文笔很流畅有力。疑小说系从此出。

且说众官兵官将，有人给他们付了音信，因此大家手忙脚乱，各持兵刃前来。走至离坟不远，只听得炮竹之声。大家往前紧走了几步，只见坟前烈火飞腾。借着火光，看见有一个十一二岁的顽童，在那里抚掌大笑。众官兵一见，忙忙的往上一裹，登时把小爷围在垓心。应声威唬说："嗯！那个黑小子，你可是呼门的后代？你好大胆子！竟敢前来上坟！快给我据实说来。我定然放你逃生。你若不说实言，立刻叫你性命难存。"且说呼延庆听见他等来到，但见有一百余人，将他围住，一个个手执兵刃，全是官兵打扮。有在马上的，有在步下的。单有两个为首的，一个使刃，一个使斧，骑在马上，与他讲话，叫他说实话。小爷由不得又惊又气。暗说："我可如何答对于他？"正然低头思想，又听见马上的二人开言问话。

小英雄，正然低头心思想，可对他是怎样云。又听二人开言问,叫一声,黑小顽童你是听。方才老爷问你话,为何不言是何音?难道说,你的耳聋没听见,快说休叫我动嗔。姓其名谁何处住?谁人叫你来上坟?你们还有人几个?可是呼家后代根?再若是,代曼巡探你不讲,叫你立刻命归阴。小爷闻听这些话,他的那,腹中展转自沉音。只得与他讲嘴硬,假作痴呆哄众人。倘若是,哄过他们好走路,早早的,我好回家见母亲。想罢有语开言道,假意堆欢面代春。对众人,口中连连呼列位,你等仔细请听云。小可我在城外住,离城三里有家门。家中父母全在世,我家好善本姓金。我父母,前年一同生灾祸,是我神前许愿心。若得父母均安好,我情愿,各庙之中把香焚。若到清明这一日,城中各处赦孤魂。果然是,孝心感动天合地,父母全然病离身。我本照会还香愿,万不敢,虚言失信哄鬼神。

众位请想:神鬼的跟前,如何敢失信。口愿已出,不能不还。因此今往城内各处普济孤魂。我见这里有坐大坟,知道此处叫作万人坑,定然无人祭扫,故此与他烧纸。此乃善事,众位何必嗔怪,话已说明,天可也不早咧,我还要出城家去呢。小爷说着话,只见他答里答山,迈步想走。

呼延庆,说罢答山想走路。二人一见那相容!在马上,兵刃一指开言道:微微冷笑两三声。叫声顽童真胆大!小小的,英尔也敢把人蒙。分明你是呼家后,乱语胡言不说明。料着你,可又能有多大鬼,想要瞒人万不能!好好与我说实话,我们放你去逃生。再若用言来支吾,叫尔立刻赴幽冥。呼延庆,听言不由心不说,说:你这人好不通:我说尽是实情话,为什么,会故拦我不叫行?什么叫做呼门后,此乃闲言我不听。我的话,凭你爱信与不信,天晚我是要出城。谁肯与你说闲话,白白耽误我的工!倘然若是回去晚,父母必定挂心中。我走了,不与你们白扯臊。说罢答讪又要行。二人一见冲冲怒，不由得，一齐无名往上攻。只说幼尔真万恶！料你不肯讲实情！必须得，拿住用绳上了绑，还得拷打动官刑，那是你才说实话，善善如何肯应承。说罢一催坐下马，举大刀，形如恶煞那相容。

这二人乃是庞贼的心腹家将。使斧的叫做刁奇，使刀的叫做王斌，二人俱有几分本领。仗着主人的势力，终日欺压百姓。这王斌见呼延庆年幼，故此轻视小爷。说话间，心中一怒，催开坐骑，举起刀来，搂头就剁。

呼延庆，一见时下不代曼，小爷元本体太伶，又有神人亲传授。他本是，王敖老祖一门生，虽说学艺年分浅，奈何根行不非轻。他乃是，尊奉敕命临凡界，报仇之中头一名，来历实实非小可，自然与众不相同。看见大刀离不远，小爷连忙纵身形。嗖一声，闪至旁边躲过去，王斌刚刀砍在空。使得力大身一探，这个贼，吸呼栽下马能行。付又搂马身一挺，坐下征驹往前冲。他付又，旋转回来心大怒，只听他，口内吆喝喊一声、大叫幼尔真可恶！定要送你赴幽冥。说着话，双手又把刀一举，照定小爷下绝情。呼延小爷不代曼。他又迈步往上迎。却是留神加仔细，二目圆睁不错睛。但见那，刀离自己头不远，这才设下巧牢笼。将身一闪躲过去。伸虎爪，抓住王斌斩将锋。用力便往怀中掖，小爷力大是天生。叫一声，拿过来罢快给我，不由王斌把手松。兵刃竟叫人夺去，王斌他，又惊又臊又飞红。

小爷呼延庆乃是天生的神力，那王斌可又能有多大力量。一刀砍空，就知有些不好。果然被小爷将刀杆抓住，用力一拽，竟自夺去，由不得心下着忙。暗说："我连一个小孩子斗不过，叫人家赤手空拳，将刀夺去。况且他还是在步下！"登时间臊得满脸通红。口中大嚷。"快拿我的兵刃来！我好杀你！"呼延庆闻听，微微冷笑说："我把你这该死的囚徒！世界上那有那等的呆人！我还了你的兵刃，好！你将我杀死！这倒罢了，我这里正要还你呢。"说着，一个箭步赶上前去，双手一甩，搂头就剁。呼小爷，说话之间身一纵，双手一甩斩将锋，照定王斌搂头剁。这个贼，一见着忙魂吓惊，手无寸铁难招架，只得代马闪身形。偏偏呵，马失前蹄多背气，也是奸贼恶满盈。刚刀来的多急快，只听硙叉响一声，代背连肩着了众，这一家伙真不轻。可笑他，只为痴心将功力，不料先归枉死城。死尸一仰栽下马，那边厢，刁奇一见恼又惊！大叫一声气死我，好个万恶小畜生！你敢在，禁城之中众撒野，刀伤将官命残生。情如谋反一般样，岂肯轻饶擅放松！言罢马上忙传令，分付手下众军兵，去一个，先到各门去付信，晓谕他等快关城。再到帅府去报信，速调那，人马前来莫消停。大家先将他围住，看他可往那里行。众军卒，内有两名人答应，又分头，付信关城去调兵。此且按下我不表，再说呼延小英雄。他听见，刁奇传下这将令，不由英雄魂唬京。暗暗腹内说不好，今日里，倒只怕性命残生保不成。

三

但小规模的鼓词，从二本到十本左右的，也还不少。这些，大都是讲唱风月的故事的。不过也杂有像《东郭野史》一类的讽刺鼓词，《斩窦娥》一类的讲唱民间流行的故事的鼓词，和《平定南京鼓词》一类的讲唱时事的东西。

我曾得有旧刊本的：

《蝴蝶杯》（四册）

《巧连珠》（四册）

《凤凰钗》（四册）

《满汉斗》（二册）

《红灯记》（二册）

《三元传》（六册）

《紫金镯》（十本）

《二贤传》（四册）

《珍珠塔》（四本）

《千金全德》

《双灯记》

等等。而新出（或旧本新印）的鼓词有如江潮的汹涌，雨后春笋的怒苗，几有举之不尽之概，差不多每一个著名些的故事，都已有了鼓词。这可见北方民众是如何的爱读这类的东西。不一定听人讲唱，即自己拿来念念，也可以过瘾了。姑举二十种于下，实不过存十一于千百耳。（但也有的是大部鼓词里的一册或数册）

馒头巷	施公案	方玉娘产子滴血
宝莲灯	孽姻缘	雍正八义
白良关父子相会	红拂传	迷魂阵
唐宫闹妖记	郑元和莲花落	迷人馆
铁公鸡	侠凤奇缘	骚翁贤媳
霸王娶虞姬	雷峰塔	侠女伶
封神榜	双合桃	张松献地图

像这一类的鼓词,其组织和金戈铁马的大部鼓词没有多大的区别,描写的也不见疏忽粗率。且举《二贤传》的一段于下为例:

人间私语,天闻若雷。暗里亏心,神目如电。

上本书说张子春将三两青丝拨开,绑了个结实。佳人不能动转。

佳人躺在尘埃地,打马的鞭儿手中拿。用手指定开言骂,骂了声烟花柳巷下贱人。我到有心台爱你,你这贱人情性歪!三声若是跟我回南去,一笔勾消两分开。牙崩半字说不去,管叫你一命苦哀哉。打死你贱人臭臭一块地,料想着无人刨一土把你埋。佳人说:你杀了罢!老蛮子闻听下绝情。只见他一鞭一下往下落,鞭鞭着人甚可怜!打的佳人难禁受,扑漱漱泪珠染香腮。眼望北京将头点,暗叫兄弟陈钦差。你只知奉旨河南把巡案坐,那晓得姐姐此处有难灾!瞒怨保儿心太狠,竟自卖与子春他。欲待跟客河南去,从今后姐弟两分开。欲待不跟他河南去,老蛮子毒打我情实难挨。这佳人出在无计奈,叫了声张爷贵手高抬。

佳人受打不过。口尊:"张爷息怒!贱人跟你回南去就是了。"老蛮子闻听,把手内鞭子往扔边一旁,说:"贤妻真呆气!既愿跟我回南,何不早说?若是说了,我怎肯打你这些马鞭子呢?张洪,把马拉拉,抱扶侍我爱娘上了牲口。"张洪闻听,把马代过,先侍候主人上马。老蛮子上得马来,头前东南角上,相离佳人有十数多步的光景,在那等候。张洪一回身,又往树林拉马。忙的佳人停身站起,把头上的青丝挽了一挽,用乌绫手帕包紧。有一条青衣汗巾束腰,朝着张洪把手一摆,说:"掌家的,你且站住,我有话问你。"张洪说:"你这女子还有什么讲的?"佳人说:"掌家,我有许多心事,有意告禀你家东主。虽想张爷不容我说话,竟把我打了一顿。你虽是主仆,却像父子一样。你要说话,你东主无有不听之礼。掌家的,奴借你口中言,传心腹事。你对张爷说明:你主仆只当积点阴功,把我送到河南开封府,找着我兄弟。银子还你个本利相停。这个如何?"张洪闻听,把手一摆,说:"你这女子,醒醒罢!"佳人说:"我不是睡觉不成!怎么叫我醒醒呢!"张洪说:"你虽然无有睡觉,你竟说都是些梦话。你当我家爷费了一两半两的吗?也费许多银子。他在富春院使了一千二百两银子,才买你来身边为妾。要送你河南,见了你兄弟,银子还我们个本利相停。这要算起来,足约贰千四百两,你当少呢!"佳人说:"这到河南,不见我兄弟,也不费难。只当谈笑之中,易如反掌。"张洪说:"怎么的,你在烟花柳巷,你还有这们个好兄弟么?我且问你令兄弟在河南作什么买卖呢?"佳人说:"你猜一猜。"张洪说:"我何用三猜二猜!我一猜就猜着了。想你令兄弟在河南开当铺。"佳人说:"不是。""哦,想来是贩卖红兰紫草的。"佳人说:"不是。又远了,更不是咧。""哦,是贩蜜烛香茶的。""可也不是。"张洪说:"这个我可猜不着咧!令弟在河南又不是开当铺,又非贩卖红兰紫草香茶蜜烛,那有这宗银子买你出水从良呢?"佳人说:"张洪,要不提起我那兄弟到还可矣!若是提起我那兄弟来可也不小!想你在他跟前站着跪着地方也是无有的。"张洪说:"这话不然!说我张洪是我家东主仆人,不过敬尊我家的太爷,并天下财主虽多,他都不能管我。再说你兄弟就有拨天势力,我与他无干,也管不着我在这个地方!我偏在这里坐下,又撺何方!"张洪一边说着话,一屁骨坐下在佳人面前,仰着脸,单听女子讲话。佳人说:"张洪,你当我那兄弟是买卖客商么?不是!哦!他本是今年正德皇爷御笔亲点头名状元,皇爷又点河南八府代天都巡按。我实对你说罢,如今河南奉旨按院陈奎,那就是我兄弟哟!"张洪闻听,那里还有魂呢。不扶尘埃,爬起来拨开脚步,往东北角下,咕噜咕噜的直跑。这个话幸亏老蛮子未曾听见,在马上如何坐的住呢。要是滚下马来,就送了他这条老命。为什么他就无有听见呢?书要说个明白。在坐明公,听书也要听个细致。方才说过,老蛮子八十来岁了,耳陈眼慢,看也看不真,听也听不见,又再东南角下,相离佳人有十数多步开外的光景。这女子与张洪讲话,他可如何听的见呢?他若听见,有见识的,自然也不害怕了。他是无从听见,只看见他的仆人,往东北角下飞跑,他还不知到打那头所来呢。在马上把鞭子一摆,用声招手。"张洪,你往那里去?你与我回来!"要是别人,想叫他回来,再也不能的。张洪正往东北上直跑,听见有人指名叫他,回头看了一看,是他的东主,忙反面来至老蛮子马前,大惊小怪:"大爷不好了!方才那女子讲的语,你老无有听见么?"老蛮子说:"哦!是了!想是不跟咱们走回南去,口出怨言,骂起我来么?"张洪闻听,把脚一跺,仰面长吁!"大爷,你当真没有听见么?方才那女子说的明白,叫咱主仆二人只当积点阴功,叫咱爷儿们把他送到河南开封府,见了他的兄弟,银子还咱爷们本利相停。我问他兄弟在河南作何买卖呢?他说:他兄弟并不是个买卖客商,本是个状元出身,今奉那正德皇爷御笔亲点,现任八府巡按。如今那河南按院大人陈奎,就是他的兄弟咧。"老蛮子闻听得,将顶梁股上吱的一声,冒了一股凉气,把手一扎,险些吊下马来。在位的爷想情,方才说老蛮子八十多岁的人了,要是从马上吊下来。焉能有他的姓命呢。多亏了他的仆人张洪,正在精壮年少,扯上一步,挽扶在马上,说:"大爷醒来!"老蛮子定神良久,到抽一口凉气,哎呀一声,自己叫着自己说道:"张子春,你活了八十多岁了,老来无有才料!花费了一千二百两银子，买了一个心爱的花娘子。何从是心爱的娘子，分明是比作刺猬一样！捧着他罢，又扎手；欲得扔了罢，可惜我那一千二百两银子呀！"

老蛮子爬伏在那鞍轿上，唬得他浑身打战战兢兢，良久还过一口气，腹内展转自颠夺。我今年枉活八十多岁汗，这是我少智无谋缺欠通。我比作乞丐得病把父母想，赖蛤蟆要想吃天鹅。我就说老来作个风流客。不承跳进是非坑。这一去河南路过开封府，遇见钦差难逃脱。倘若是得罪陈巡按，到只怕我这老命活不成！虽然后悔悔得晚，事到其间莫奈何。老蛮子他在马上神不定，张洪，你可怎样行？

《二贤传》写的是明代正德时，书生陈奎和李三姐的悲欢离合事。

四

到了清代中叶以后，大规模的鼓词，讲唱者渐少，而"摘唱"的风气以盛。所谓"摘唱"便是摘取大部鼓词的一段精华来唱的。这似是一种自然的趋势，南戏的演唱由全本而变成"摘出"，鼓词也便由全部的讲唱而变成"摘唱"。这种趋势是原于社会的和经济的原因的。以后，成了风气，便有人专门来写作这种短篇的供给"摘唱"的鼓词了。

近代所唱的鼓词有京音大鼓、奉天大鼓、梨花大鼓（即山东大鼓）等等分别，但在大体上，其弹唱的方法是很相同的。

赵景深先生以为近日流行的大鼓书和鼓词不是同物。这见解是错误的。近日的大鼓书诚然很少夹入说白，但每次讲唱时，唱的人，仍要来一段开场的。因为"短"，所以以下便也容纳不下讲说的一部分了。这便是"讲"的部分渐渐被淘汰了的原因，零段的鼓词，今所传的并不十分多。

最重要的是所谓"子弟书"。"子弟书"的组织和鼓词很相同，虽然没有说白，但还可明白看出是从鼓词蜕变出来的。

所谓"子弟书"，是指八旗子弟的所作。八旗子弟渐浸润于汉文化，游手好闲，斗鸡走狗者日多，遂习而为此种鼓词以自娱娱人。但其成就，却颇不少。

子弟书以其性质分为西调、东调二种。"西调"是靡靡之音，写"杨柳岸晓风残月"一类的故事的。东调则为慷慨激昂的歌声，有"大江东去"之风的。

西调的作者最有名的是罗松窗，惜未能详其生平；他所作的，今知有《大瘦腰肢》、《鹊桥》、《出塞》、《上任》、《藏舟》及《百花亭》六种。（总不止此数，但不易再得到。）他所写的，不尽为故事，也有纯然是抒情的，像《大瘦腰肢》。《松窗》的文学修养的工夫很深，故其风格便和一般的鼓词复然有异，像《出塞》的一段：

群山万壑赴荆门，生长明妃尚有村。一去紫台连朔漠，独留青冢向黄昏。画图省识春风面，环佩空归夜月魂。千载琵琶作胡语，分明怨恨曲中论，伤心千古断肠文，最是明妃出雁门。南国佳人飘雉尾，北番戎服嫁昭君。官车掩泪空回首，猎马出关也断魂。今日还非胡地妾，昨宵已不是汉宫人，风霜不管胭脂面，沙漠安知锦绣春。幸有聪明知大义，敢将颜色系终身。为救苍生离水火，甘教薄命葬烟尘。残香剩粉人一个，野地荒烟雁几群。自叹说到处沙场多白骨，又谁知今朝小妾吊英魂！尔等是侠气雄心真壮士，偏遇奴断肠流泪苦昭君，我叹尔白骨纵横在这荒草地，尔叹奴一身流落莽乾坤。为甚么尔叹奴家奴叹尔？只因都是汉家臣。为国精忠是臣子的事，封妻荫子圣皇恩。莫向黄昏哭鬼火，须从白日傲精魂。伸自神而屈自鬼，况尔等尽是英雄侠义人。休嫌风雪胡天地，自有莺花故国坟。这佳人想念爹娘不知安康否，也是苍苍白发六旬的人。大略著也模糊了儿的面貌，可怜空对我的朱门！一自孩儿归内院，但从魂梦见双亲。实指望二八青春压六院，三千宠爱在一身，万两黄金充小妾，千方白璧慰亲心；又谁知一朝去国才十八岁，万里投荒二九春。这娘娘命取琵琶弹马上，眼望南朝两泪淋。弹的是断肠商调《湘妃怨》，唱的是恸耳伤心故国音。君王雨露沾天下，并非独在昭君。自恃容颜羞行贿，也非爱小省黄金。妾身也不怨毛延寿，都为我前世的昭君是造了孽的人。不行好事才折了奴的福，可怨谁来是自己寻！只因我父母堂前缺孝道，君王座下少忠心，无故的断送毛延寿，总死胡邦也是结了怨的魂。这如今一身柔弱有谁来问！天哪，教我走投无路，进退无门。奴本是守礼读书节烈女，此身已是汉宫人，岂肯失身于草莽，难道说就不念南朝旧主恩！忆君王临别不忍与奴分手，龙目纷纷两泪淋，哭湿了龙袖还揩奴的泪，口唤卿卿莫怨寡人。这而今茫茫野草烟千里，渺渺荒沙日一轮。数团毡帐连牛厂，几个胡儿牧马群。回头尽是归家路，满目徒消去国魂。向晚来胡女番婆为妾伴，那浑身粪气咉就熏死人。这一日忽见道傍碑一统，娘娘驻马看碑文。看罢低头一声叹，呀，原来是飞虎将军李广坟！

不是大手笔是写不出这样流丽宛曲的唱文来的。韩小窗在《周西坡》里说道："闲笔墨小窗窃拟松窗意，降香后写罗成乱箭一段缺文。"则松窗也曾写过东调的了。

东调的作者，以韩小窗为最重要。他屡次的在鼓词里提到自己的名字，但在其中，对于他自己的生平，却一点消息也没有。他所作的有《托孤》、《千钟禄》、《宁武关》、《周西坡》、《长板坡》等，风骨棱棱，读之如啖哀家梨，爽快之至！至今还是大鼓书场里为群众所爱好的东西。他写些西调，像《得钞傲妻》、《贾宝玉问病》等，但不是嬉笑怒骂皆成文章，便是沉郁凄凉，若不胜情。他是不会写软怯无力的调子的。且举其《宁武关》的一段为例：

小院闲窗泼墨迟，牢骚笔写断魂词。可怜孝母忠君将，偏遇家亡国破时。怨气悲风凝铁甲，愁云惨雾透征衣。一腔热血千秋恨，宁武关苦死了将军周遇吉。这将军代州已被流贼破，也是那国家气数人力难支。出重围一念思亲情切切，几回欲死复迟迟。一路儿纷纷尘滚银枪冷，惨惨风吹战马嘶。奔到了宁武关中自家门首，见依稀风景似当时。老家将请安已毕接枪马，勇忠良把银盔整整抖抖征衣。进仪门脚踏花砖行甬路，到庭前英雄举目心内惊疑。但只见萱亲堂上开琼宴，妻子筵前捧玉卮。呀，这是我为国忘家把心都使碎，竟忘了太太是今朝寿诞期！太夫人一闻传报将军至，说，快唤来。早见阶前跪倒了遇吉，说，请太太万福金安无恙否？太太说：温存残喘难为儿媳，吾儿免礼。忠良站起见夫人，万福深深问起居。小公子向父请安垂手立，这将军千般悲恸只好一味支持。看看娘亲，瞧瞧自己，瞧瞧爱子，望望娇妻，暗思量，此际团圆，少时何在？一家儿须臾对面，倾刻分离。这将军满腹愁肠强忍耐，命家童把残席撤去重整新席。遇吉说：老母的千秋儿来拜寿。太太说：每年今日教你大远的奔驰。公子夫人双侍奉，旁华筵壶倾玉液，酒泛金樽。周遇吉膝前跪奉了三杯酒，无奈何把牙关紧咬作祝寿的言词。说：娘啊。声气儿倒噎红满面，泪珠儿在眼中乱转，不敢悲啼。说：儿愿母眉寿喜同山岳永，洪福长共海天齐。这将军拜罢平身把身倒背，偷擦得素罗袍袖血泪淋漓，太夫人看破将军悲切切，急问道：吾儿何故惨凄凄？周遇吉强硬着心肠陪笑脸，说：儿见母霜鬓垂白不似旧时，桑榆暮景年高迈，儿不能承欢膝下侍奉朝夕。太太说：你为此含悲么？忠良说：正是。太太摇头说：未必是实！可是吓，闻得代州有流贼犯境，你为何自回宁武，撇下了城池？周遇吉惊流满面含糊应，说曾打仗是孩儿得胜，那流寇失机。太太见忠良变色声音惨，老人家疑心之上更添疑。唤遇吉，忠良答应说，儿在。太太说：莫非你把代州失？周遇吉半晌惊呆说：儿来拜寿。太太见情真事确，就站起了身躯，说：好遇吉！还敢支吾说来拜寿！你瞧你一身甲胄，遍体征衣。忠良见萱堂震怒连声的问，无奈何一身跪倒，两泪淋漓。悲切切说："流贼的势众，代州的兵少，因此上孤城失守，独力难支。儿遇吉欲从阵上酬君死，为只为先到家中报母知。"这忠良磕头血溅花砖地，恸泪成行战袄湿。忽见老家将惊慌气喘在阶前跪，说：不好了，流贼的兵将围困城池。一片哭声远近闻，军民逃蹿各纷纭。满城怨气黄尘起。四野狼烟白昼昏。流泪断眼周总镇，水肝铁胆太夫人。老家将浑身乱抖中庭跪，不住的报说流寇督兵打四门。太夫人眼看着忠良说：还不快去！大丈夫血溅在疆场才是报君。遇吉说：孩儿愿做军前鬼，但是老家将只身怎样护送娘亲？

这里还嫌引得不多！

李家瑞的《北平俗曲略》说，子弟书的作者，于罗松窗、韩小窗外，尚有鹤侣氏、云崖氏、竹轩、渔村、煦园等人，惜皆未详其生平。（他们的生平当然是不会见之于文人学士们的记载里的。）

参考书目

一、刘复等编：《中国俗曲总目稿》，中央研究院出版。

二、李家瑞编：《北平俗曲略》，中央研究院出版。

三、郑振铎编：《世界文库》第四册，中选罗松窗、韩小窗二人之作十余种。

四、赵景深：《大鼓研究》，商务印书馆出版。

五、郑振铎：《一九三三年的古籍发现》，见《文学》二卷一号。

六、郑振铎：《三十年来中国文学新资料的发现史略》，见《文学》二卷六号。

七、杨庆五编：《大鼓书词汇编》。

八、刊行鼓词最多者，为北平二酉堂等民众的书坊。初为小型的木版本，最近多改为石印本。木版本几已绝迹市上。又乾嘉以下的抄本也不时的可以遇到。

九、郑振铎：《西谛藏书目录》第三册。这一册全载讲唱文学，自《变文》以下的诸门类的目录，间附说明。

第十四章　清代的民歌

一

清代的散曲也和明代的一样，已成了文人的作品，不复是民间的东西了。明代的南北曲，尚是和"南宋的词"相同的东西，虽已达老年，而还能生存，还能被歌唱，还能流行于民间；但清代的散曲却像"明代的词"了。除了少数的例外，大多数的南北曲都已不能被之弦歌，都已不能流行于民间。散曲作家们的气魄也不复像元、明二代之豪迈。他们不是过于趋向尖新、鲜丽之途，在一字一句之间争奇斗胜，便是拘守格律，不敢一步出曲谱外，变成了死气沉沉的活尸。

清代的重要的散曲，自当求之于民间歌曲，而不能在文人学士们的作品里见到。

明人大规模的编纂民歌成为专集的事还不曾有过，都不过是曲选或"杂书"的附庸而已。——除了冯梦龙的《挂枝儿》和《山歌》二书之外。但到了清代中叶，这风气却大开了。像明代成化刊的《驻云飞》、《赛赛驻云飞》的单行小册，在清代是计之不尽的。刘复、李家瑞编的《中国俗曲总目稿》所收俗曲凡六千零四十四种，皆为单刊小册，可谓洋洋大观。其实，还不过存十一于千百而已。著者昔曾搜集各地单刊歌曲近一万二千余种，也仅仅只是一斑（惜于"一二八"时全付劫灰）。诚然是浩如烟海，终身难望窥其涯岸。而综辑民歌的工作，也不断的有人在做。其规模虽没有比冯梦龙的更大，却比他更为小心谨慎。他的《山歌》、《挂枝儿》等集，究竟有多少是民间的本来面目，很可怀疑。他一定曾大胆的加以删改，加以润饰，好像把魏唐石刻，敷以近代的泥粉一样，未免有些走样或失真。其中，且更有许多他自己或他友人们的拟作在内。但清代的民歌搜集者，编订者却甚为忠实，其来源也甚为可靠。像《白雪遗音》的编者差不多便费了一年多的编辑工夫。

> 曲谱四本，乃多方搜罗，旷日持久，积少成多，费尽心力而后成者。（华广生自记）

在高文德的序上，也记着编者华广生的话，道：

> 初意手录数曲，亦自作永日消遣之法。迨后各同人皆问新觅奇，简封函递，大有集腋成裘之举。

所以，他的搜罗的范围是很广泛的，并非出于一人之力，而是出于许多人的协助。其中，搜集的人或难免有偶加润饰的地方，但大多数可信其为本来面目，有许多且是很新鲜的从民众口头上采集下来的。

《霓裳续谱》的来源，比较复杂。但在实际上也是伶工们的口头相传的东西。王廷绍序云：

> 三和堂颜曲师者，津门人也。幼工音律，强记博闻。凡其所习，俱觅人写入本头。今年已七十余。检其箧中，共得若干本。不自秘惜，公之同好。诸部遂醵金谋付剞劂，名曰《霓裳续谱》。

这是《霓裳续谱》的来历了。虽然"其曲词或从诸传奇拆出，或撰自名公钜卿，逮诸骚客，下至衢巷之语，市井之谚，靡不毕具"，但究竟以衢巷市井之歌为最多。像这样慎重的编订，乃是明人所不能及的。

二

今所知的最早的民歌集，乃是乾隆九年（公元1744年）"京都永魁斋"所梓行的《时尚南北雅调万花小曲》。永魁斋只题着梓行的年月："岁在甲子冬月"，但马隅卿先生所藏的一本，（我的藏本即从此出）封面前有维宽氏的"乾隆三十九年吉立"字样，由其版式看来可知此"甲子"，必是乾隆九年。如果是再前六十年的刊本，则便是康熙二十三年（公元1684年）的"甲子"了，但其版本却全然不是康熙时代的，更不是明代的。故可断定其刊行年代必为乾隆九年。

这本《时尚南北雅调万花小曲》并不怎么厚。所录凡：

（一）《小曲》　三十六首

（二）《劈破玉》　五十三首

（三）《鼓儿天》　五更一套

（四）《吴歌》　五更一套

（五）《银纽丝》　五更十二月

（六）《玉娥郎》　四季十二月

（七）《金纽丝》　四大景

（八）《十和偕》　三十首

（九）《醉太平》　大风流

（十）《黄莺儿》　风花雪月

（十一）《两头忙》　恨媒人

不过是一百余首的一个小集子。永魁斋题云：

> 此集小曲数种，尽皆合时，出自各家规式。本坊不惜重金，镌梓以供消闲清赏。

其中所选，俱未注明来源。但有一部分，像《劈破玉》、《黄莺儿》等，皆可知其为明代以来的遗物。最可珍贵的部分乃是三十六首的小曲，这里有很粗野的东西，但也有极真诚的作品；有极无聊的辞语，也有极隽永的篇章。

小　　曲

日字儿多似猛松雨，既要相交那在乎一时！要是要你有情来我有义，再别拿着丹田的话儿在我心坎上递。也自是柴重人多不凑咱两个的局，也罢了另择个日子把佳期叙。

天下最明不过就是你，你怎么这般样着迷！墙有风，壁有耳，非儿戏。受困邦一因一着机不密。虽有一个别途未否是你偕老的佳期，候伊允我这里自然有主意。

自己的心肠劝不醒，当局者迷旁观者就清。劝我的人金石良言咱不听，大端是未曾害过相思病。有一句话儿你牢牢的记在心，常言说是花儿也自开一喷。

不必你老表心事，我眼里有块试金石。一见了你就知道你是疼人的，初相交就与我个舍不的。人人道你最出奇，也是我三生有幸今朝你把遇。

你不必好歹跟着人家样子儿比，人有好歹物有高低。痴心的人到处里闻名深感及，负义的使尽了机关情不密。我虽然眼底下不齐后会有期，那其间上了高山你才显平地。

似你温良真少有，望攀有意碍口失羞。久闻着你件件疼人真情厚，但不知佳期能勾不能勾？虽然说会着你一遍留下一遍念头，无凭据自恐怕其中不实受。

　　学不会的温良真可喜，疼人的诀窍难得难习。行情处情意显然投我的意，又观人眉目之中自望心坎上递。但与你交接无不着迷，留下的好魂梦之中教人长影记。

　　一见乖乖把念头起，又不知投你的机来不投你的机。风月中滑脆脆的人儿如心腻，不似你件件桩桩合上我的意。从合着你傍花野草挂口儿不题，说不想不由的念你不知是咱的。

　　向日的真心蒙慨允，付来的字儿钦此钦遵。感你的情时刻悬思念不尽，我怎肯在你身上爽全信。怕只怕下玷干你蠢莽愚村，不过是交情泛好投缘分。

　　虽然合你相交浅，如同相交好几年。从离了你再不把别人恋。我的心实实伏在你身上。有两句碍口的说儿不好和你言，又未知亲人情愿不情愿。

　　这两日不曾见，未知亲人安不安。从离了你泪珠儿就何曾断，数归期十个指尖都掐遍。你遇着有窍的人儿尽着和他顽。欢娱去对着镜儿把我念一念。

　　做了一个蹊跷梦。梦儿中会我亲人。那亲人说的话儿知轻重，又未知亲人心顺不心顺，觑着你俊庞儿一似莺莺，喜杀了我把衾儿枕儿安排定。

　　从南来了一行雁，也有成双也有孤单。成双的欢天喜地声嘹亮，孤单的落在后头飞不上。不看成双听看孤单，细思量你的凄凉和我是一般样。

　　既有真心和我好，再不许你要开交，再不许你人面前儿胡撕闹，再不许你嫌这山低来望那山高，再不许你见了好的又把槽来跳。

小亲人儿心上爱，爱只爱情性乖。因此上恹恹病儿牵缠害，一见你魂灵儿飞在云霄外。一刻儿不见你放不下怀，要不想除非你在俺不在。

你在那里朝朝想，我在这里夜夜思。思只思亲人待我的好情意。愁只愁热香香的人儿分离去。虽然说去了还有个来时，怕只怕眼下凄凉无人绪。

隔着桌子把瓜子壳儿打，三番五次看着咱。斟一杯酒儿说了几句在行话，临起身大腿儿上掐一下。掐的我腰儿酸来骨头麻。天晚了今夜不如歇了罢。

成就佳期恭喜贺喜，展放开愁眉皱眉。有劳你费尽心机多累有累，幸今宵百年和偕身遂意遂。无罣碍再不去疼谁想谁，深感激痴心未退邪心退。

实不欺心灾少祸少，从无天理前瞧后瞧。圣人言在上不骄当拗别拗，所谓修身在正其心慎要谨要。你别说自夸其能心高志高，画虎不成反惹得旁人不笑也笑。

知己投机最少而可少，情性温良不交也交。但有些余下的工夫候教领教，你行的事百中百发玄妙奥妙。只因你美目上传情教我胡猜乱猜，俊庞儿思想起来不爱也爱。

实意真心疼你为你，要我的无常千移万移。既许下欲待亏心何必不必，因此上着意留神叫你心细仔细。朋友面前克要你随机应急。放宽心勿要拗争气赌气。

频坠灯花结彩报彩，昨宵惊梦奇哉怪哉。他与我诉离情耽耐敏耐，我回答因痴心少待等待。幸今宵独对和景音来信来，喜相逢从整佳期真爱可爱。

沉坠宫花结彩映彩，今夜凄凉难挨怎挨。梦儿中诉离情急坏想坏，醒来时自落得话在人不在。幸遇着乖乖音来信来，喜团圆二次佳期真爱可爱。

为去烦难怕有偏有,恩爱牵连欲休不休。现放着盆沿上佳期一就难就,又无一个帮衬的人儿成凑弗得凑。心坎上堆累着新愁旧愁,似你多鬼病恹恹憔瘦体瘦。

我为你招人怨,我为你病恹恹,我为你清减了桃花面,我为你茶饭上不得周全,我为你盼望佳期把眼望穿。亲人若团圆净手焚香答谢天,怎能勾手挽手儿同还愿。

河那边一只凤,我怎么叫他不应。大端是我亲人少缘分,雇一只小船儿把我来撑。撑到那河边问他一声,他若是不应承。转回身来跳在水中,你教我有名无实终何用。

人害相思微微笑,我只说故意儿妆着。谁承望我今入了你这相思套,恹恹瘦损我命难逃。海上仙方尝尽了,急的我双跌脚。亲人罢了我了,要病好除非是亲人在我怀中抱。

久别尊容可安否,失亲敬面带着佞。从离了你诸般样的事儿无心料。他那里怎么儿样温存对着我来学,我这里照着样儿侍奉我那年纪小的娇娇。你闪我我不恼,愁只愁把你牵连坏了,又我定要复整佳期鸾凤效。

洛阳桥上花如锦,偏我来时不遇春。大端是君子人儿时不正,遇着一个疼我的人儿不把我来亲,亲近我的人儿不会温存。你也是个人,我也是那十个月的怀胎八个字儿所生。

大端是前世前缘少缘分,昼夜家牵连不闭眼。愁只愁心事难全,虑只虑恩人不得到头真可叹。我怎么自是相与个人儿乍会新鲜,乍会情浓比蜜儿还甜。哄的我托心和他好,脚蹉着这山眼又望着那山。又怎么来几番家决断则是决不断。

一别经年无经惯,两次相思谁人敢耽。三不知的你去的一个音绝断,似有如没盼不到我跟前。五行书里命犯着孤鸾。六月连阴天，凄凄凉凉敢向谁言。又八不能闪了我和他行伴。

叫一声谁答应？叫二声有谁应承？叫三声乖亲儿去的一个无音信。叫四声走近前来着着意儿听，叫五声年小的乖乖有影无形。叫六声我的人。细想想，白叫了七声。又叫八声乖乖不来倾了我的命。

不在行谁把你来想，因为你在行惹下牵连。巴不得常挽手来和你明陪伴。交情儿容易拆情儿好难，提起一个离别的字儿摘了我的心肝。凡事无心恋时时刻刻掐不断的牵连，又若凄凉抢着手儿和你愿从愿。

像其中："有一句话儿你牢牢的记在心，常言说是花儿也自开一喷。""但与你交接无不着迷，留下的好魂梦之中教人长影记"，"一刻儿不见你放不下怀，要不想除非你在俺不在。""亲人罢了我了，要病好除非是亲人在我怀中抱"，"交情儿容易拆情儿好难！提起一个离别的字儿摘了我的心肝！"都是以极浅显的话，来表达最深挚的情意的，这确是衢巷市井里的男女们的情辞。有的想像和情语乃是元、明曲里所未曾见到的。

《十和偕》目录上写着三十首，实际上只有二十首，但每首都是粗鄙不堪的，都是最恶俗的赤裸裸的性的描写；大约连妓女们也不会唱得出口的吧。

最可注意的是《西调鼓儿天》，这是"一套"咏思妇的最好的篇什。"西调"之名，第一次见于此。这"西调"，在《霓裳续谱》里是极重要的曲调，可见当时是极流行于"京都"的。

西调鼓儿天

一更鼓儿天，又我男征西不见回还。早回还与奴重相见，了呀！叫了一声天，哭了一声天，满斗焚香祝告苍天。老天爷保佑他早回还，早回还，奴把猪羊献。了呀！

二更鼓儿多，又我男征西无其奈何！没奈何叫奴实难过！了呀！叫了一声哥，哭了一声哥。我想我哥哥泪如梭，泪如梭，不敢把两脚错。了呀！

三更鼓儿催，又月照南楼奴好伤悲。一张象牙床教奴独自睡。了呀！独守孤帏，又南来孤雁，一声一声催。雁儿，你落下来。奴与你成双对。了呀！

四更鼓儿生，又我男征西在路径。在路径，叫奴身怀孕。了呀，你好狠心！又是男是女早离了娘的身。山高路又远，谁人稍书信。了呀！

五更鼓儿发，又梦儿里梦见我的冤家。手挽手说了几句衷肠话。了呀！梦里梦见他，又架上金鸡叫喳喳，惊醒来忽听见人说话。了呀！

双手把门开，又，过路的哥哥带将书来。忙接下我这里深深拜。了呀！二哥请进来，又，忙叫丫鬟把酒筛。你那里筛暖了酒，我这里定下菜。了呀！

满满斟一瓯，又，我替我二哥磕上二个头。二哥，你在外边想与我男儿厚。了呀！慌忙斟一瓯，又，我替我二哥吃上几瓯。二哥，吃知你不知斋，我这里熬上肉。了呀！

一齐往上端，又，薄饼卷子一替一替的端。先上了肉粉汤，后上大米子饭。了呀！其实不中看，又，丫鬟调汤不知咸酸，二哥，你不美口，权当家常饭。了呀！

嫂嫂我来扰，又，有一句话儿不好对你说。守贞节不与旁人笑，了呀！不必你叮咛，又，我男征西掌团营。他本是大丈夫，奴怎肯扫他的兴。了呀！

送出前堂，又，回进后房弓箭什物挂在两墙。手拿着响蹼头，弓弦无人卜，了呀！打开柜箱，又，关东靴儿四针四针行。我男儿不在家，再有谁穿上！了呀！

巴到黄昏，又，忙叫丫鬟掌上银灯。照的奴影儿斜，自有身子正。了呀！手抱小婴孩。又，问着你爹爹几时回来？脸儿手好像黄花子菜。了呀！

上的床来，又，脱吊了绣鞋换上睡鞋。我男儿不在家，小脚儿谁来爱。了呀！巴到天明，又，日头出来一点一点红。叫丫鬟抬筒妆，取过青铜子镜。了呀！

对面相逢，又，照的奴一阵一阵昏来一阵一阵明。明明的害相思，不觉的忧成病。了呀。上的楼来瞧，又，满州的哥哥过去了。腰挂着筒金刀，头带着鞑子帽。了呀！

可不到好！又，转过湾来不见了。好叫我那块瞧？自是干急躁！了呀！抬头往上瞧，又，八洞神仙过去了。前头是渔鼓响，后头是简板子闹。了呀！

云里逍遥，又，王母娘娘赴着蟠桃。韩湘子饮仙酒，大家同欢乐。了呀！相思害的慌，又青铜境照的脸带子黄。拿过了鸳鸯枕，倒在牙床上。了呀！

两眼泪汪汪，又，梦儿里梦见我的情郎。醒来时独自在牙床上，了呀！想得闷恹恹，又，拿过烟锅吃上袋子烟。吃袋子烟，好似重相见。了呀！

奴好心焦，又，忽听门外一声一声高。开门瞧，却是儿夫到。了呀！摆摆摇摇，又，十指尖尖搂抱着进门时不觉微微笑。了呀！

挽手上高厅。又，忙叫丫鬟把酒斟。摆上了新鲜酒，与我郎同欢庆。了呀！宽衣到销金，又，自从你稍书摘了奴的心。脸皮黄,身子又成病。了呀!

〔清江引〕说来说来来不到,相会在今朝。欲待口儿唅,又要怀中抱,但不知那一些才为是好!

末以《清江引》为结束,这是《万花小曲》里的散套的通例。《银纽丝》的一套如此,《玉娥郎》的一套也是如此,《两头忙》的一套也是如此。

《两头忙》题为《闺女思嫁》,乃是全集里最有情趣的一篇。闺女思春之作,汤若士《牡丹亭传奇》写得最好,但还欠大胆,《姑尼思凡》颇能写出怀春的少女的情思,但也嫌不怎样投合于一般人的心意。但这里却极为大胆而显豁,言人所不能言,所不敢言。我曾得到单刊本的《艳阳天》,为陕西所刊,其内容完全相同。想不到这篇东西,很早的时候便已流传到"京都"里来了。这篇开头有《西江月》的引辞,乃是别的套曲所不见的。

闺女思嫁

〔西江月〕话说闺女思嫁。春天动了欲心。爹娘婚配是前因,留在家中说甚!男女愿有家室,长成当嫁当婚。央媒说合去成亲,千里姻缘分定。

〔两头忙〕艳阳天,又,桃花似锦柳如烟。见画梁双双燕,女孩儿泪涟,又。奴家十八正青年,恨爹娘不与奴成姻眷。泪如梭,又,春猫儿房上去起窝,奴在绣房中懒把生活做。嫂嫂与哥哥,又,二人说话情意多,到晚来想是一头卧。愿爹妈,又,李二姐,张大姐,都嫁人家养孩儿周把大。他也十八,奴也十八,爹妈伤蹇没大萨,正青春怎不将奴嫁!园林折花,又,双双媒人到我家,险些儿把奴欢喜杀,爹到在家,又,若是门当户对好人家，望爹爹发了帖儿罢。

帖儿去了，又，不觉两日并三朝，急得奴双脚跳。不见来了。又，想必是帖儿看不好，到晚来不由人心急躁。

点上灯，又，灯儿下慢慢细沉吟，媒人来就是我婚姻动。不见回音，又，想必是帖儿不曾与人，思量起把媒人恨！恨媒人，又，讨了帖儿没回音，成不成叫奴将谁问！雁杳鱼沉，又，等闲挨过好青春，说不出心中闷。

媒人来，又，只得伴羞到躲开，待要听又怕爹娘怪。惹得疑猜，又，梅香欢喜走将来，说道：是将插戴。

婆婆相，又，忙施脂粉换衣裳，越显得精神长。站立中堂，又，低头偷眼把婆张，这婆婆到也善佛相。

忒妆娇，又，往我门前走了几遭，小厮们就把姑爷叫。我也偷瞧，又，仪标俊雅又风骚。正相当都年少。

眼巴巴，又，巴得行礼到奴家，怕去看行盒下。宝玉金花。又，我心儿里着实的不喜他，喜则喜将奴嫁。

好长天，又，挨过了一日似一年。快虽快还有两日半。喜上眉尖，又，催装担儿更新鲜，寻下些柔攘绢。

嫁装铺，又，有些事儿罣杀了奴，安稳些床和铺。坐下围炉，又，滚汤接力不可无，想着席子香，定把精神助。

洗浴汤，又，偏生的今日用些香，怕人张故把门拴上。仔细思量，又，鲜花今夜付新郎，到明朝又怕别一样。

起来时，又，浑身换了些色新衣，沉檀降速香滋味。淡粉轻施，又，人人说我忒标致，做新人不比寻常的。

把头梳，又，根儿挽紧不比当初，鬏髻儿也要关得住。少戴钗梳，又，今日晚来要将除，只怕手儿忙全不顾。

日头西，又，喜欢的茶饭懒得吃，我精神已在他家去。灯烛交辉，又，叮咚一派乐声齐，好婆婆亲来至。

月儿高，又，都到房里把奴摇，一拥着忙上轿。鼓乐笙箫，又，爆竹起火一齐着，怕不成只是微微笑。

到门前，又，踹堂的鞋儿软如绵，下轿来行不惯。瞥见装奁，又，冤家站立在踏板儿前，同坐上床儿畔。

坐床时，又，安排热酒递交杯，两齐眉坐富贵。就扯奴衣，又，惟有这会等不的，却有些真淘气。

插房门，又，灯下看得忒分明，他风流奴聪俊。搂定奴身，又，低声不住的叫亲亲，他叫一声奴又麻一阵。

门外呼，又。妈妈叫醒把头梳，下床时难移步。心上糊涂，又，问着话儿强支吾，妈起身我也无心顾。

打扮衣，又，打扮的就像个谢亲的，叫几声方才去。把奴将惜，又，糖心鸡子补心虚，手儿酸难拿住。

〔清江引〕女爱男来男爱女，男女当厮配。女爱男俊俏，男爱女标致，他二人风情真个美。

三

《霓裳续谱》刊于乾隆六十年（公元1795年），较《万花小曲》晚了五十多年，但其内容却丰富得多了，凡选凡西调二百十四首，杂曲三百三十三首，总凡五百四十七首。在杂曲这一部分，内容甚为复杂，有《寄生草》、《剪靛花》、《扬州歌》、《玉沟调》、《劈破玉》、《银纽丝》、《落金钱》、《历津调》、《北河调》、《马头调》、《秧歌》、《南词弹簧调》、《岔曲》、《平岔》、《单岔》、《数岔》、《平岔带戏》、《莲花落》、《边关调》等等。这里《马头调》并不重要，但到了《白雪遗音》里，《马头调》便是极重要的一个曲调了。

在那二百十四首的西调里，最大部分是思妇怀人之曲，其余的一小部分是应景的歌曲及咏唱传奇小说里的故事的。在其中，当然以怀人的情歌写得最好，像：

红铺间砌

红铺间砌，绿拥虚窗，恰正值嫩晴初夏。雏莺越柳，乳燕穿帘，惹起了无限惊讶。心事儿，乱如麻！强支持，身儿倚遍荼蘼架。触景关心，一声声，一片片，烦眸聒耳，絮搭搭，猛听得笑语喧哗。隔墙儿娇音频送，却是谁家？没来由摧挫咱，不管人寂寞盈怀，偏向我唧唧喳喳？欲避却无暇。目断天涯，盼萧郎，坐想眠思，难消难罢。泪偷弹，柔肠寸结，空悬望。（叠）

菊枝香老

菊枝香老，竹叶声干，早则是乍寒天气。人儿去，清秋百病，拖逗的我意倦情痴。终日里总没情思，独坐空闺，冷冷清清，寻寻觅觅，金炉中兽炭频添，薰不暖红红衫袖，冷透冰肌，蹙损仙眉。这情思恹恹细细，除却梅花，又诉与谁？怕黄昏，忽见楼角月儿起。空将这被儿温着，便是那鹦鹉惊寒也睡迟。（叠）盼春归，盼得春归，人不归来，待怎生的？（叠）

恨别后纤腰瘦损

恨别后，纤腰瘦损，罗衣宽褪。那更堪花翻蝶梦，柳锁莺魂？情绪纷纷，觉柔肠怎当得新愁旧恨？起初时，归期准在新春，到而今，病红渐老，瘦绿成林。袖梢儿叠叠啼痕！最难禁绣屏独倚，寂寞黄昏，（叠）皓月如银，照孤帏转添一番忧闷。（叠）

黄昏后倚栏干

黄昏后，倚栏干，手托香腮，恼恨红颜多薄命。露湿霓裳，风摆罗裙，怎当得蟾光瘦影共伶仃？又听得落叶梧桐，檐前铁马咭叮当，搅乱愁人成病。可怜我一捻腰肢，几缕柔肠，悲愁恨秋，身似风中柳絮轻！长空皓月，不照那绣阁香帏，偏照得凄凄孤影。负你多情！满怀心事，难去觅知音！把玉笛梅花悠扬宛转，一声声吹断深更。（叠）这一番无限心情，都被那碧天凉月，迷却相思神不定。（叠）

愿郎君

愿郎君，荼蘼架下牢牢记：休为那风儿雨儿，误了佳期。长念着夜儿深，花阴有个人儿立。紧防着花儿柳儿，引逗的你意醉心迷。再叮咛此事儿，言儿语儿不可轻提，须教那月轮儿不空移！莫抛的莺儿独唤，燕儿孤栖！（叠）须要你情儿密，盟儿誓儿，切莫将人弃！（叠）

哑谜儿

哑谜儿，原约下荼蘼架。夙愿儿，又成在艳阳天。着紧的风流事儿，郎独占。你不怕鸦惊枝上，犬吠花间。我不受绣鞋儿苍苔露冷，罗袂儿杨柳风寒。响叮珰好姻缘，我伴你琴弹绿绮，你与我笔画春山。（叠）风光美满，千金一刻不肯轻相换！（叠）

晚风前

晚风前，柳梢鸦定，天边月上。静悄悄，帘控金钩，灯灭银缸。春眠拥绣床，麝兰香散芙蓉帐。猛听得脚步响到纱窗。不见萧郎，多管是耍人儿躲在回廊，启双扉欲骂轻狂，但见些风筛竹影，露坠花香。（叠）叹一声痴心妄想，添多少深闺魔障。（叠）

乍来时

乍来时，兰麝薰香，绮罗铺地。到而今，花残月冷，叶落林凄。病根儿从何起？这桩事儿分明记，月明时绿杨堤畔，白板桥西。早被他窥破了，使性儿软玉价儿低。悔当初，风流路儿迷！对萧郎粉脸堆羞！背萧郎翠袖含啼，（叠）自惹凄凉，青春怎怨人抛弃！（叠）

胡首儿

胡首儿认不出云鬟云鬓。血泪儿擦不干新痕旧痕！断肠儿着不下多愁多恨？苦口儿道不出痴意痴心！旧事儿恼不出花阴柳阴。暖篝儿薰不透寒枕寒衾。惊魂儿持不定春深夜深。（叠）病身儿留不住珠沉玉碎。谁怜谁问！（叠）

莫不是雪窗萤火无闲暇

莫不是雪窗萤火无闲暇。莫不是卖风流宿柳眠花？莫不是订幽期，错记了荼蘼架？莫不是轻舟骏马，远去天涯？莫不是招摇诗酒，醉倒谁家？莫不是笑谈间恼着他？莫不是怕暖嗔寒，病症儿加？（叠）万种千条好教我疑心儿放不下！（叠）

以上都还是带着比较浓厚的雅词陈语的；但也有意思很新鲜，而文词又活泼而更近于口语的，像：

离 别 时

离别时，落红满地；到而今，北雁南飞。央宾鸿，有封书信烦你寄：他住在白云深山红树里，流水小桥略向西。一派杨柳堤，紫竹苍松，斜对柴扉。（叠）那就是薄幸人的书斋内！（叠）

听残玉漏

听残玉漏展转，动人愁苦凄凉。怕的是黄昏后独对银灯，暗数更筹，奴比作（叠）墙内的花儿，潘郎比作墙外的游蜂。花心未采，来来往往，采去了花心，飘然儿不回！就是这等丢人！（叠）天呀！我把玉簪敲断凤凰头，平白的将人丢！要说来就说来；要说是不来就说是不来。哄奴家怎的耍奴家怎的了？潘郎你看这般样时候，月儿这不转过了西楼：（叠）这事儿反落在他人

后!(叠)

盼不到黄昏后

盼不到黄昏后,恨不能打落了日头!罗帕上写着暗把佳期凑。更深夜静冷飕飕,忽听城头交四鼓,唤奴下重楼。且漫说是金钗,就是凰帽也是难寻。(叠)小姐呀!待奴把灯儿提着,提着灯儿走进园头。风摆动池边柳。似这等寅夜之间,月色当空,那里有个人行,正是疑心生暗鬼,眼乱更生花了。小姐呵!月起楼,只当人走。(叠)怕只怕隔墙有耳防泄漏!(叠)

相伴着黄荆篮

相伴着黄荆篮,向烟波中求利,终日里苦奔忙,只为了身衣口食。我将这罗帕儿,高挽青丝髻,脸儿上轻铺浮粉,淡点胭脂。奴只为了这蝇头利,顾不得人羞耻。手提着竹篮儿,转过清溪。过村庄来到了繁华市。则见那往来的人,挨挨挤挤。见几个轻薄子弟,一个个眼角眉梢将人戏。○说来的话儿忒跷蹊。他倒说:恁娘行怎落在风尘里!他还说:俊庞儿人乍比,可惜落在渔人手,反把明珠陷污泥。若生在绣阁罗帏,也算得千金女,怎肯抛头露面受驱驰?却被他引的人意醉心迷!奴如今也顾不得莺俦燕侣,也是我五行中命合当如此。这其间怎免人轻品格低?○我怎敢恨天怨地!可惜奴花容月貌,女工针黹!有谁人晓我心腹事?羞答答怎肯向人提?万种千条苦自知!教人怎不悲啼?又不曾污了身躯,似我清白女被人轻视!哎!天呀!何日是我趁心时?只落得长吁气。要随心在几时?料应这捕鱼儿为活计,有什么终始？不知到后来那是我的归期？○那是我的归期，若要我随心遂意，除非把竹篮儿弃了，另弹别调，早定佳期！那时节穿绫罗，着锦衣，口食珍馐，身居华阁，任意施为！我也去春游芳草，夏赏荷池，随时消遣，举案齐眉；也强如吃淡饭黄斋，朝早起夜眠迟，冲风冒雪，受累担饥。有一日洞房才整合欢杯，那时才配风流夫婿。（叠）

乍离别

乍离别，难割难舍，要待要走，回头又看，恸泪儿擦了又流，由不的勾起那恩爱牵连。罢，罢，罢，趁蚤登程，免的又在阳关路上频嗟叹。见了些黄花满地，草木凋零，离人对景更惹愁烦。下在旅店之中，更深寂寞，愁怕孤枕，懒去安眠，寒蛩不住声闹喧，孤雁儿阵阵哀鸣，叫得我好心酸。（叠）冷清清只有那穿窗斜月将我伴。（叠）

其中，《相伴着黄荆篮》以四首合成，是最可注意的较长篇的东西。

俺双亲看经念佛把阴功作

俺双亲，看经念佛把阴功作。每日里佛堂中烧钵火，生下奴疾病多，命里犯孤魔。把奴舍入空门，削发为尼，学念佛，荐亡灵，敲动铙钹，众生法号，不住手击磬摇铃擂鼓吹螺，平白的与地府阴曹把功果作。多心经也曾念过，孔雀经文（叠）好教我参不破，惟有九莲经卷最难学，俺师傅精心用意也曾教过。念一声南无佛，哆呾哆啰娑波诃，般若波罗，念的我无其奈何。○绕回廊把罗汉数着：一个儿抱膝头，口儿里便念着我。一个儿手托腮，心儿里想着我。惟有布袋罗汉笑哈哈，他笑我时光错过，青春耽搁，有一日叶落花残，有谁人娶我这年老的婆婆？降龙的恼着我，伏虎的他还恨我。长眉大仙瞅着我，他瞅只瞅，到老来那是我的结果？（叠）○奴把这袈裟扯破，藏经埋了，丢了木鱼，我摔碎了铙钹，学不到罗刹女去降魔，学不到水月观音作。夜深沉独自卧，醒来时俺独自个。这凄凉（叠）谁人似我？总不如将钟楼佛殿远离却，拜别了佛像，辞别了韦驮下山去，（叠）寻一个年少的哥哥，我与他作夫妻永谐合。任他打我，骂我，说我，笑我，一心心不愿成佛。我也不念弥陀，愿只愿生下一个小孩儿，夫妻到老同欢乐。愿只愿夫妻到老同欢乐。

这篇也是以三首西调组织成的；这是用了时曲里的《尼姑思凡》的一出故事来改作唱词，内容并没有什么变更，文句也多沿袭着那出戏文的原语。大约便是王廷绍所谓"其曲词或从诸传奇拆出"的一个例子吧。

《寄生草》的许多首，都写得很成功，有许多逼肖《挂枝儿》，有许多竟比《山歌》、《挂枝儿》和《劈破玉》等更温柔敦厚，更富于想像力，更有新颖的情语，像：

三更月照湘帘外

〔寄生草〕三更月照湘帘外。密密花影，露湿了苍苔。回香闺衾寒枕冷人何在，呆呆呆为谁解下了香罗带？恨煞人的薄幸，想煞人的多才，总有那温存语，〔隶津调〕咳哟！魂灵儿赴阳台。盼断了肝肠。泪珠儿滚香腮，贪恋着谁？相思为谁害。贪恋着谁？奴的相思是为谁害？

望江楼儿观不尽的山青水秀

〔寄生草〕望江楼儿,观不尽的山青水秀。错把那个打鱼的舡儿,当作了我那薄幸归舟。盼情人的眼凝睛存细把神都漏!暗追思爱情的人儿情无彀。人说奴是红颜薄命,奴说奴是苦命的丫头。低垂粉颈,随心的事儿何日就?当日那王魁临行何必叮咛咒?

心腹事儿常常梦

〔寄生草〕心腹事儿常常梦,醒后的凄凉更自不同。欲待成梦难成梦。恨那薄幸的郎,你若在时,又何必梦!我将这个窗户洞儿,一个一个一个遮住,莫教那个月儿照明。叹气入罗帏,似这等煨不暖的红绫,可怎不教人心酸痛?偏与那不做美的风儿,吹的檐前铁马儿动。

人儿人儿今何在

〔寄生草〕人儿人儿今何在?花儿花儿为谁开?雁儿雁儿因何不把书来带?心儿心儿从今又把相思害,泪儿泪儿滚将下来。天吓天吓,无限的凄凉,教奴怎么耐?

自从离别心憔悴

〔寄生草〕自从离别心憔悴,满腹心事诉告与谁?口儿说是不伤悲,眼中常汪伤心泪。叹气入罗帏,翠被生寒,教我如何睡。废寝忘食,瘦损腰围,低声恨月老怎不与我成双对?青春去不归,虚度一年多一岁。

得了一颗相思印

〔寄生草〕得了一颗相思印,领了一张相思凭。相思人走马去,到相思任,相思城尽都害的相思病。新相思告状,旧相思投文难死人,新旧相思怎审问?(重)

熨斗儿熨不开的眉头儿皱

〔寄生草〕熨斗儿,熨不开的眉头儿皱。剪刀儿剪不断腹内的忧愁。对菱花照不出你我胖和瘦。周公的卦儿准算不出你我佳期凑。口儿说是舍了罢,我这心里又难丢,快刀儿割不断的连心的肉。(重)

一面琵琶在墙上挂

〔寄生草〕一面琵琶在墙上挂,猛抬头看见了他。叫丫鬟摘下琵琶弹几下。未定弦,泪珠儿先流下。弹起了琵琶,想起冤家,琵琶好,不如冤家会说话。(重)

佳人独自频嗟叹

〔寄生草〕佳人独自频嗟叹,狠心的人儿去不回还,他那里野草闲花长陪伴，奴这里恹恹消瘦了桃花面。他那里成双奴这里孤单。〔隶津调〕凑凉煞了，我病儿恹恹；摘下琵琶解下愁烦。才拿起又把那弦来断，泪儿连连。（重）左沾右沾沾也是沾不干，怨老天怎不与人行方便，老天爷。怎不与人行方便。

相思牌儿在门前挂

〔寄生草〕相思牌儿在门前挂，买相思的来问，咱借问声："这相思你要多少价？""这相思得来的价儿大。"买的摇头卖的把嘴咂："请回来奉让一半与尊驾。"（重）

一对鸟儿树上睡

〔寄生草〕一对鸟儿树上睡，不知何人把树推。惊醒了不成双来不成对。只落得吊了几点伤心泪。一个儿南往，一个儿北飞。是姻缘，飞来飞去飞成对，是姻缘飞来飞去飞成对。

昨夜晚上灯花儿爆

〔寄生草〕昨夜晚上灯花儿爆，今日喝茶，茶棍儿立着，想必是疼奴的人儿今日到。慌的奴拿起菱花我照一照，玉簪儿在鬓边上戴着。忽听的把门敲！（重）放下菱花我去瞧瞧。开门却是情人到！喜上眉梢。"情人你来了，你今来的真真的凑巧！昨夜晚却是灯花儿爆，入罗帏咱俩且去贪欢笑！"

《剪靛花》的一首《二月春光实可夸》大似上所引的《闺女思嫁》里

的一节。可见民间的歌曲，常是互相抄袭的，往往是已经不能明白其如何辗转抄袭的痕迹的。

二月春光实可夸

〔剪靛花〕二月春光实可夸，满园里开放碧桃花，鸟儿叫喳喳。（重）惊动了房中思春女，若大的年纪不许人，背地里怨爹妈，暗暗的恨爹妈。东家的女，西家的娃，她们的年纪比我小，尽都配人家。去年成了家，急煞了。我看见她，怀中抱着一娃娃，又会吃咂咂，又会叫大大。伤心煞了我泪如麻，不知道是孩子的大大，奴家的他，将来是谁家，落在哪一家？

在《霓裳续谱》里，《马头调》选得还不多，但就所选的看来，实在已孕育着不少的伟大的前途，像：

朔风儿透屋

〔马头调〕朔风儿透屋，雪花儿飘舞。郎君在外面享受福，贪花恋酒不嫌俗。你在外辜负了奴，恨情人心忒毒。奴把香茶美酒豫备的停停当当。你为何把奴的情辜负？无义的郎啊！你为何哄奴？将急等候，音信全无，丫鬟说姑娘啊！你这里凄凉还好受，可怜我这小丫鬟，十冬腊月里怪冷的，忽搭忽搭，白扇了一夜水火壶。

缘法未尽

〔马头调〕缘法未尽难舍难离,一霎时你在东来我在西。千些样的冷落,我向着谁提?心儿乱,意儿迷,暗滴泪,有谁知?奴这里诉不尽的凄凉苦,他那里陪伴着旁人顽耍笑戏。合眼朦胧方才睡,醒来不见情人你在那里。你那里欢乐,把奴忘记。似奴这望梅止渴渴还在,没人疼的相思,我害的不值。

这两篇的结尾都出人意外的尖新。在民歌里常有这样奇峰突起的新境地。

《岔曲》往往是散套,也有"岔尾";且多半是问答体的东西,颇近于小剧本,这是很可怪的一种漂亮的新体的诗。像:

佳人下牙床

〔岔曲〕(正)佳人下牙床,呀呀哟!(小)丫鬟侍奉巧梳妆,这个样的人儿缺少才郎,〔翦靛花〕(正)休得胡说少轻狂,在我的跟前,谁许你嘴大舌长?这两日太不像。(小)虽然我们下人生的愚鲁。言差语错冲撞着,你担惊也是该当。我为的是姑娘(正)哇!谁许你假装腔?从今以后再不可!提什么郎不郎?要你堤防。〔岔尾〕(小)这一个蜜桃未有吃着。(正)再要如此叫你跪到天黑了,也不肯放!起来罢!(小)挫磨的我成了一个小孽障。

泪涟涟叫了声丫环

〔岔曲〕（正）泪涟涟叫了声丫鬟。（正）姑娘想必有些不耐烦。（正）不知什么病儿把我害了个难？〔倒搬桨〕（小）姑娘莫怪我嘴头儿尖，想此事姻缘不周全。（正）佳人闻听红了脸，小小的东西你胆包着天！（小）尊声姑娘，莫把脸来翻。千万担待着我小丫鬟。（正）呀！似你这东西谁和你顽？〔岔尾〕（小）我这两日就活倒了运？（正）牛心的蹄子敢在我跟前来强辩！（小）是了，我就成了一个万人嫌。

这两篇还是比较短些的，只写小姐丫鬟二人的问答。像：

女大思春

〔岔曲〕（正）女大思春，果是真撅嘴。膀腮不称心，扭鼻子扯脸就呕死人。（白）这孩子吃的饱饱儿的，不知往那里去了，待我去寻寻他煞。（小上）香闺寂静，闷昏昏瞒怨爹妈老双亲。（白）闺门幼女常在家，不见提亲未吃茶。心想意念由不已，我那爹妈话口儿也不提！我呀今年二八一十六岁。我阿爸在湖下使船，长上苏杭来往，留下我母女二人，长伴在家，教我等到多咱。〔剪靛花〕阿二背地自沉吟，瞒怨阿爹老娘亲。糊涂老双亲耽误我正青春！（正白）啊！你背地自言自语，敢是瞒怨我哩？（小白）不瞒怨你，瞒怨谁？（正白）我和人家说过几次，人家都不要你，教我怎样煞！（小白）不要我，我头上脚下，人才比谁平常吗？（正白）好！样样都是好的，人家就是不要你。

（小）不要我，要你要你。（正）人家要我这大老婆子做甚子！（小）要你烧火吃饭。（同唱）母女房中把理分，（正）茶饭不吃为何因？这两日你短精神，瞪着两眼光出神。（小）今年我二八一十六岁。那先生算我正当婚，怎不教我出门？那姑爹是何人？（正）妈妈开言道：我那疼疼子，你是听，十五十六还年轻，不该你出门，为娘害心疼。（小）阿二开言道：妈妈你是听！我是秤砣虽小压千斤。我一定要出门，顾不的娘心疼。（正）妈妈开言道：我那疼疼子，你是听！怕在那里啊哼哼，娘替你揪着心，那也都是利害人。（小）阿二开言道：妈妈你是听！我是初生的牛犊儿不怕虎，满屋里混顶人，任凭他是什么人？（正）媒婆子再来说，我就许了亲。（小白）有理。（正）说嫁子人家，跟他去，再也别上我的门，打断了这条子根。（小）叫声养儿的娘，我的老亲亲！时常走动来看母，我也报不尽娘的恩。我与你抱一个小外孙孙。（正白）什么猫娃子，狗娃子，这么现成的吗？（小白）这不难，一年抱三个，抱五个何妨？（正白）人家孩子脸大，没有我们孩子脸大，脑大、脑袋又大。（小白）脑袋大得烟儿吃。〔杨柳条〕（正唱）瞧瞧街坊家，看看两邻家。谁家女孩不似过他！他又不害羞，脸有这么大！〔前腔〕（小唱）悖晦老亲娘，糊涂老人家！留在我家里做什么？我若狠一狠，可就偷跑了罢。跑去出了家，削去头发。（正白）当女僧成吗？（小唱）禅堂打坐，祷告菩萨，叫他保佑我寻一个好女婿罢，（正白）那菩萨管咱家务吗？（正唱）〔前腔〕女大不中留！（小）留下咱。就结冤仇。（正）没廉耻的呀不害羞！替娘打尽了嘴！教人尽够受！（正下）〔寄生草〕（小唱）又哭又悲。心酸怞。悖晦父母！不下雨的天！好伤感，我的命苦，敢把谁瞒怨！那月老儿心偏？我那世里惹的你。不爱见前思后,想进退两难。罢,罢,罢,寻一个自尽,我就肝肠断,断肝肠,闭眼伸腿,把拳来搯!(正白)这孩子为想婆家得了痰气了罢。罢,说嫁人家,推达去罢。(小白)你别哄我啊?(正白)我哄得你过么?(小白)你哄过不是一次了,哄过好几次了哪。(正)罢啊,随我后头吃个汤圆点心去罢。(正下小白)我妈这老娼根,等着我咬不动大豆腐,才给我寻婆家。(唱)〔岔尾〕不论穷富,找一难个主儿嫁。天招主,吃碗现成饭。又有地来又有田,终身有靠,乐了我个难。(下)

这里连说白也有,活是一篇剧本,只是"坐说"而不上台表演耳。

又有所谓"起字岔"、"平岔"、"数岔"的,也都是"岔曲"的支流。

潘氏金莲

〔起字岔〕潘氏金莲呀,呀,哟!年纪不过二十二三。他的干净爽利非等闲。心烦闷,挑窗帘,西门庆偷眼儿观。潘金莲一见了腮含着笑,说道是你为甚么呆呆呆呆把把我来看?似你这涎脸的人儿讨人嫌!

月满阑干

〔平岔〕月满阑干,款步进花园。慢闪秋波四下里观。但只见败叶飞空百花残。慢剪靛花仰面长叹两三番。独对着明月哀告苍天,不由的泪涟涟自语自言。只为儿夫离别的久,急速速蚤些催他回还,叙叙心田诉诉温寒。佳期从新整,破镜复团圆。免的奴终日里思间，想间，情间，恨间，忧间，愁间，魂间，梦间，魂梦之间，盼你回还，常把你挂牵。咳哟！我可度日如年，〔岔尾〕忽然一阵西风起，霎时间月被云遮。明光不得现，似这等人儿不能周全。这月儿怎得圆？

好 凄 凉

〔数岔〕好凄凉，呀，呀，哟！情人留恋在他乡，抛的奴家守空房。菱花懒照，永淡残妆，牙床懒上，不整罗裳。霎时间恨不能请情郎至，销金帐里合他比鸳鸯，相呼相唤同相应，如同软玉配温香。越思越想斜倚着枕，似醉如痴心内忙。猛听得窗外脚步儿响，有个不懂眼的丫鬟他走了房。双手捧定了茶汤，把姑娘让。是我错把丫鬟叫了一声郎。

"平岔"有时也有"岔尾"，像这里所引的，但大多数是没有"岔尾"的。我们或可以说，"岔曲"是相当于"套数"，而"平岔"、"数岔"、"起字岔"等则是小令。

《霓裳续谱》里又选有几篇《秧歌》。《秧歌》在今日还是北方民众最流行的一种歌曲，实际上往往是演搬了来唱的；是民间的重要娱乐之一，往往作为迎神赛会的附属节目。《秧歌》所唱的，以故事曲为多，但大部分是没有什么意义的，往往有七八人乃至十余人在互唱着；像：

正月里梅花香

〔秧歌〕正月里梅花香，张生斟酒跪红娘。央烦姐姐传书信，快请莺莺会西厢。二月里杏花开，五娘煎药为谁来，剪发又把公婆葬，身背琵琶找伯喈。三月里桃花开，山伯去访祝英台。杭州读书弊三载，不知他是个女裙钗。四月里芍药香，必正偷诗陈妙常。你贪我爱恩情好，二人哭别在秋江。五月里石榴红，孟光贤德配梁鸿，夫妻相敬人间少，举案齐眉礼貌恭。六月里赏荷花，昭君马上弹琵琶。心中恼恨毛延寿，出塞和番离了家。七月里秋海棠，李氏三娘在磨房。狠心哥嫂无仁义，刘郎一去不还乡。八月里桂花香，玉郎追赶翠眉娘。难割难舍多恩爱，几时才得会鸳鸯。九月里菊花黄，杨妃醉酒在牙床。眠思梦想风流事，只为情人安禄山。十月里款冬花，越国西施去浣纱。花容月貌人间少，送与吴王享荣华。十一月水仙香，为母卧冰是王祥。好心感动天和地，得尾活鱼奉亲娘。十二月蜡梅多，日红割股孝公婆。葵花井下将身葬，书房托梦与夫郎。月月开花朵朵鲜，多少古人在里边。一年四季十二个月，五谷丰登太平年。

这是颇为典型的《秧歌》，只是数着典故而已。定县的平民教育促进会曾编有秧歌二大册，那是集秧歌之大成的一个集子了。底下的一篇，乃是《凤阳歌》的一个变相：

凤阳鼓凤阳锣

〔秧歌〕凤阳鼓凤阳锣凤阳姐儿们唱秧歌。好的好的都挑了去，剩下我们姐儿们唱秧歌。从南来了个小二哥，红缨子帽儿歪戴着，撒拉着鞋儿满街上串。家中娶了个拙老婆，提起来委实的拙。告诉爷们请听着：那一日买了粗蓝布，教他与我裁裁袄裙。烧饼吃了一百五，烧酒喝了十来斤多，一做做了两三月，那一日拿起来试试袄裙。前襟只褡脖膀盖儿，后头就是一拖罗。两只胳膊三只袖，问声爷们这是怎么说。拾起棍子才要打，唬的他就战多索。叫声咳呀我的哥，你煞煞气儿听着我说。前襟只裰你的脖腰盖，教你走道迎风甚是利落。后头就是一拖罗，教你掷骰子游湖你好铺着。两只胳膊三只袖，那一只与你装侼侼。小二闻听忍不住的笑，拙老婆嘴巧能会说。〔尾〕唱了一个又一个，一连唱了倒有七八个，把些爷们喜欢的笑呵呵。

唱凤阳花鼓的人们到了北方，便也只好采用了北方的《秧歌》调子来唱着了。

尚有《莲花落》也和《秧歌》同样的无甚意义，也只是数数典故而已。

《霓裳续谱》里诸曲调的搜集者颜曲师，只知道他是天津人，可是连他的姓名也考不出了。编订者的王廷绍字楷堂，金陵人。生平亦未知。盛安的序说："先生以雕龙绣虎之才；平居著述几于等身。制艺诗歌而外，偶寄闲情，撰为雅曲，缠绵幽艳，追步《花间》。"是其中，必定也间有廷绍他自己的拟作在内了。

四

《白雪遗音》刊于道光八年（公元1828年），离开《霓裳续谱》的刊行，又有三十多年了。这是《马头调》风行一时的时候。编订者为华广生。广生字春田。他在嘉庆甲子（公元1804年）的时候，已经是在编纂着这书了，直到二十多年后方才出版。他是住在济南的，故所收的歌曲，以山东（济南）为中心，也间及南北诸调。也许王廷绍是在北平天津一带搜辑的，故《马头调》所选不多，而华广生则似是在《马头调》最流行的地方搜辑的，故此曲遂所选独多。——在第一二卷里所选近四百首。

"马头调"的解释，也许便是"码头"的调子之意吧，乃是最流行于商业繁盛之区、贾人往来最多的地方的调子。歌唱这调子的,当以妓女们为中心。《马头调》所歌咏的简直是包罗万象,无所不有。《霓裳续谱》里的《西调》、《寄生草》、《平岔》等,都以歌咏思妇的情怀为主题。《马头调》虽也以此为重要的题材,却更歌咏着:(一)小说戏曲里的故事和人物;(二)应景的歌词;(三)游戏文章,像《古人名》、《美人名》、《戏名》等等;(四)格言式的教训的文字,像《鸦片烟》等;(五)历史上或地方上的故事和案件,像《争台湾》、《李毓昌案》等;(六)引经据曲的东西,像《诗经注》、《四书注》等。可见华氏的搜集是极为慎重,极为广泛的;几乎是"取之尽珠玑"。实是民间的多方面的趣味的集成,也便是未失了真正的民间作品的面目。

当然,在这里,我们所要引的,还是情词一类的东西。在那里,漂亮的情语,尖新的文句,是撷之不尽的。这里且引十余首:

凄凉两字

凄凉两个字实难受,何日方休。恩爱两个字儿,常挂在心头,谁肯轻丢。好歹两个字,管叫傍人猜不透。别要出口。相思两个字,叫俺害到何时候,无限的焦愁。牵连两个字儿,难舍难丢,常在心头。佳期两个字,不知成就不成就,前世无修。团圆两个字,问你能彀不能彀,莫要瞎胡诌。

露 水 珠

露水珠儿在荷叶转,颗颗滚圆。姐儿一见,忙用线穿,喜上眉尖。恨不能一颗一颗穿成串,排成连环。要成串,谁知水珠也会变,不似从前。这边散了,那边去团圆,改变心田。闪杀奴,偏偏又被风吹散,落在河中间。后悔迟,当初错把宝贝看,叫人心寒。

鱼儿跳

河边有个鱼儿跳,只在水面飘。岸上的人儿,你只听着,不必望下瞧。最不该手持长竿将俺钓,心下错想了。鱼儿小,五湖四海都游到,也曾弄波涛。你只管下钓引线,俺闭眼儿不瞧,极自心焦。不上你的钓,我看你脸上臊不臊,是你自招。速速走罢,心中妄想,你瞎胡闹,不必把神劳。

好事儿

好事儿,多磨难成就,前世里无修。度过一日,如同三秋,昼夜忧愁。怕只怕日落星出黄昏后,泪珠先流。盼佳期,但只见银河斗转,一轮明月把纱窗透,转过西楼。可叹俺这红颜薄命,难得自由,闷气在心头。俺只得强打着精神,耐着心烦往前受,不必强求。到几时,薄幸的人儿,回归故里,悲喜交集,满怀恼恨难以出口,不打不骂不肯咒,既往不咎。

写封书儿

写封书儿袖里藏,暗绉眉头。未曾举笔,泪珠儿先流,纷纷不休。捎书人千万莫说奴的容颜瘦,牢记心头。出外的人儿苦,谁是他的知心肉,自度春秋。说奴瘦了,他也是忧愁,如何能丢。他愁我,岂不连他也愁瘦,无有挂心钩。再叮咛,说奴的容颜还照旧,昔日的风流。

岂有此理

岂有此理那里话,不是照奴发。先有你来后有他,何必争差。这都是傍人告诉你的话,主意自己拿。那些人巴不得咱俩不说话,是些冤家,怎肯疼他将你撇下,又不眼花。奴岂肯一条肠子两下挂,半真半假。你不信,我舍着身子把誓骂,屈杀奴家。

连环扣

解不开的连环扣,蜜里调油。放不下的挂心钩,常在心头。快刀儿割不断的连心肉,无尽无休。咱二人恩情,到比天还厚,天然配就。海誓山盟直到白头,谁肯分手。魂灵儿不离你的身左右,情意儿相投。愿结下来生姻缘,再成就,燕侣莺俦。

其 二

从今解开连环扣,听我说缘由。休要提起挂心钩,悔恨在心头。快刀儿割去这块连心肉,用手往外丢。咱二人一派虚情,我全瞧透,顺嘴胡诌。海誓山盟,付水东流,恩情一笔勾。我今去,会疼你的人儿还照旧,照样冤大头。实对你说了罢,再想我来不能彀,从今丢开手。

大雪纷纷

大雪纷纷迷了路,糊里糊涂。前怕狼来,后怕是虎,吓的我身上苏。往前走,尽都是些不平路,怎么插步?往后退,无有我的安身处,两眼发乌。你心里明白,俺心里糊涂,照你身上扑。既相好,就该指俺一条明白路,承你照顾。且莫要指东说西将俺误,误俺前途。

伤心最怕

伤心最怕黄昏后,似这等风月无情,何日方休?在人前强玩笑来强讲究,无人时凄凄凉凉实难受。朝朝暮暮,岁月如流,对菱花谁是保奴的容颜常照旧?恨只恨花残叶落,要想回头不能彀。

我今去了

我今去了,你存心耐。我今去了,不用挂怀。我今去,千般出在无其奈。我去了,千万莫把相思害!我今去了,我就回来。我回来,疼你的心肠仍然在。若不来,定是在外把相思害。

人人劝我

人人劝我丢开罢,我只得顺口答应着他。聪明人岂肯听他们糊涂话,劝恼我反倒惹我一场骂。情人爱我,我爱冤家,冷石头暖的热了放不下。常言道,人生恩爱原无价。

又是想来

又是想来又是恨,想你恨你一样的心。我想你,想你不来反成恨。我恨你,恨你不该失奴的信。想你的从前,恨你的如今。你若是想我,我不想你,你恨不恨?我想你,你不想我,岂不恨!

其中,有一部分是和《挂枝儿》、《银纽丝》、《寄生草》、《劈破玉》一类的古典旧词情意乃至文词相同的。这也是民间歌曲的特质之一,其词意常是互相借用,辗转抄袭的。

《岭头调》、在第一卷里收的凡三十四首,好的很多。比之《马头调》,这调子的变化却多了;一是长短不一定,像《艳阳天》一类便很长;二是可以插入"说白",像《日落黄昏》,注明是"带白"(这和《霓裳续谱》里的《岔曲》相同)。但题材方面却比较的简单,所取用的,只是思妇怀人之什和传奇小说的故事而已。

独坐黄昏

独坐黄昏谁是伴,默默无言。手掐着指头算一算:离别了几天?长夜如小年。念情人纵有书信,不如人见面,一阵痛心酸。走入罗帏难成梦,欲待要梦见,偏又梦不见,后会岂无缘。倒枕翻身,想起了前言,句句在心间。嗳,我想迷了心,恨不能变一只宾鸿雁,飞到你跟前。辗转睡朦胧,梦见情人将手攒。醒来是空拳。

艳 阳 天

艳阳天,和风荡荡,杨柳依依,听的那燕儿巧语莺声叫。勾惹起奴心焦。乜呆呆盼郎不回。纵有那嫩柳鲜花,桃李芬芳,我也无心去观瞧，辜负好良宵。恍惚惚，蛾眉紧皱，手儿托着腮，轻轻倚在妆台上。对菱花，猛然一照，但只见乌云散乱，病恹恹，瘦损奴的花容貌，粉黛儿全消。不由一阵好悲伤。对东风，伤心的泪珠儿，一点儿，一滴儿，一点点，一滴滴，恰似那断了线的珍珠，扑簌簌的朝下落，衫袖儿湿透了。无情无越，低垂粉颈，盼想我那在外的薄幸冤家去不回。闪的奴凄凉，相思病儿，害的奴止不住那么一声儿，一声儿，哎哟哎哟！害害害害死奴了，这病儿可蹊跷。是咱的神魂飘荡，奴的身子儿软，无奈何轻摇玉体，慢款金莲，一步儿，一步儿，走进绣房，上了牙床，意懒心灰，又把纱窗靠，寂寞好难熬。眼睁睁，一轮明月当空照。怕只怕，更儿深，夜儿静，愁听那檐前铁马叮呤儿，当啷儿，叮呤当啷，勾惹起奴的千思万虑；止不住，一条儿，一条儿，一条一条撇不吊，睡也睡不着。

日落黄昏　带白

日落黄昏，玉兔东升人静。秋香手提银灯进绣房，说是姑娘安歇了罢，奴去睡，那人不归回。（白）佳人恼皱双眉，你拿谁儿克搭，谁不睡。不睡偏不睡，独自一人打个闷雷，罢哟。这佳人闷悠悠，独坐香闺，思想起盼郎不归回，凄凄凉凉，泪珠儿双垂，越思越伤悲。（白）好伤悲，痛伤悲，拿过酒来斟上一杯，自斟自饮，闲解个闷，酒中好似玉朗陪，罢哟！（唱）一更里，秋风刮，刮的檐前铁马儿叮当响。细听听，孤雁过南楼，梧桐叶落纷纷，不断朝下坠，细雨儿纷飞。（白）细雨飞，细雨飞，心中好似玉郎回。手扒着窗棂，将他问，问了一声谁，呀！却无谁，罢哟！一更一点，正好意思眠，忽听的蚊虫叫了一声喧。蚊虫，我的哥，蚊虫，我的哥，你在外面叫，奴在绣房听，叫的奴家伤情，叫的奴家痛情。枕边的相思，越思越伤情。娘问女孩：这是甚麽叫？一更里的蚊虫，嗡嗡子嗡嗡，叫到二更。（唱）二更里，梆锣响，闪得我孤孤单单，冷冷清清，怕入罗帏，独自一人懒去睡，用手把枕推。（白）懒去睡，懒去睡，相思害的两眼黑，四肢无力难扎挣，身子好似凉水皴，罢哟！二更二点。正好意思眠，忽听的寒虫叫了一声喧。寒虫，我的哥，寒虫，我的哥，你在外边叫，我在绣房听。叫的奴家伤情，叫的奴家痛情。枕边的相思，越思越伤情。娘问女孩：这是甚么叫？二更里的寒虫，唧唧子唧唧，叫到三更。（唱）三更里，静悄悄，意懒心灰，呆呆呆紧皱着蛾眉，谯楼更鼓催。（白）更鼓催，更鼓催，梦中好似玉郎陪。二人正把巫山会，狸猫扑鼠，碰倒酒杯，惊醒奴家南柯梦。思量一回，叹一回，罢哟！三更三点，正好意思眠。忽听蛤蟆叫了一声喧。蛤蟆，我的哥，蛤蟆，我的哥，你在外边叫，我在绣房听，叫奴家伤情，叫奴家痛情。枕边的相思，越思越伤情。娘问女孩：这是甚么叫。三更里的蛤蟆，哇哇子哇哇，叫到四更。（唱）四更里明月照纱窗，唬的奴神虚胆怯，勾惹起相思病儿，害的奴如痴如呆如酒醉，这却埋怨谁（白）如酒醉，如酒醉，酒不醉人人自醉。自古红颜多薄命，好似雪里飘玉梅，罢哟！四更四点，正好意思眠，忽听的鸽子叫了一声喧。鸽子，我的哥，鸽子，我的哥，你在外面叫，奴在绣房听，叫的奴家伤情，叫的奴家痛情。娘问女孩！这是甚么叫？四更里的鸽子，呱呱子呱呱，叫到五更。（唱）五更里金鸡叫的天明亮，眼睁睁日出扶桑，盼郎不回。忙下牙床，无奈何唤声丫鬟，来与我叠起这床红绫被，从今把心回。（白）五更五点，正好意思眠，忽听金鸡叫了一声喧，金鸡，我的哥，金鸡，我的哥，你在外面叫,奴在绣房听,叫的奴家伤情,叫的奴家痛情。娘问女孩:这是甚么叫?五更里的金鸡,咯咯子咯咯。四更里的鸽子,呱呱子呱呱,三更里的蛤蟆,哇哇子哇哇,二更里的寒虫,唧唧子唧唧,一更里的蚊虫,嗡嗡子嗡嗡。唧唧子唧唧,哇哇子哇哇,呱呱子呱呱,咯咯子咯咯,叫到大天明。

盼 多 情

盼多情,奴的病儿恹恹。高一声叹,低一声叹,长一声叹,我可短一声叹,谁把心事传?伤心的泪珠儿,淌不断,流不断,左沾不干,右沾也是不干,哭的两眼酸。绣花鸳鸯,绣对小绣枕,里一半,外一半,枕一半,我可闲一半,衾冷枕寒。红绫被,冷一半,热一半,有人伴,可是无人伴,孤灯自己眠。想起了情人,恨一番,怨一番,欲舍一番,我可难舍一番,无人把书传。嘱咐奴家的温存语,有年半,无年半,记一半,忘一半,想也是想不全。想当初离也是难,别也是难。到而今见面更难,可是难见面,何日得团圆?

在第二卷有《满江红》二十余首,下注:"并《岔曲》及《湖广调》。"其中几乎全是情词。在那里,我们分不出哪一篇是《岔曲》或是《湖广调》。《从今后》一首是"集曲",《变一面》乃是《闲情赋》的复述:

变 一 面

变一面青铜镜,常对姐儿照,变一条汗巾儿,常系姐儿腰,变一个竹夫人,常被姐儿抱,变一根紫竹箫,常对姐樱桃,到晚来品一曲,才把相思了,才把相思了。

从今后

从今后,从今后,从今以后把心收,把心收,且把心来收,依然旧,依然旧,依然还照旧。当初何等样的好,如今反成仇。〔银纽丝〕泪似湘江水,涓涓不断流,这相思叫我害到何时候?〔起字调〕别人家的夫妇,四面飘游,奴家的命苦,前世里未曾修。〔乱弹〕姻缘事莫强求,强求的人儿不得到头。〔马头调〕恨将起,一口咬下你那腮边肉。〔正词〕好一似向阳的冰霜,候也是候不久,候也候不久。

在第二卷的最后,有"《银纽丝》并《岔曲》及《湖广调》"凡八篇。这八篇都是很长的。《两亲家顶嘴》也见于《霓裳续谱》。《母女顶嘴》及《婆媳顶嘴》都是很漂亮的文字,可惜太长,不能引在这里。这一类的"顶嘴"曲,大约是从《快嘴李翠莲记》一脉相传下来的吧。

所谓《湖广调》,只有《绣荷包》和《绣汗巾》的二篇,都是以五更调的格式出之的。

越思越想好难丢,情人只在奴的心头,我为情人才把荷包绣。快快的给他罢哟,喝喝咳咳,方算把情留。快快的给他罢哟,喝喝咳咳,方算把情留。

这是其中的一节。以"喝喝咳咳"为助语,乃是《湖广调》的特色。

在第三卷里,有《九连环》一首、《小郎儿》四首、《剪靛花》三十五首、《七香车》一首、《起字呀呀哟》三十五首、《八角鼓》四十九首、《南词》一百零六首。济南正居于南北的中心，故可网罗南腔北曲于一处。

在其中，《剪靛花》、《起字呀呀哟》、《八角鼓》及《南词》均有很可读的东西在着。《南词》比较的长。《八角鼓》至今还流行，但除了本书以外，别的地方还不曾见到有选录《八角鼓》这样的东西的。

剪靛花
春三二月

春三二月，桃花儿鲜，双双紫燕，落在眼前，叫奴好喜欢，哎哟！叫奴好喜欢。清早一个都飞出去，到晚来双双落眼前，恩爱两相连。哎哟！恩爱两相连有心学此鸟，郎不在跟前。奴好似绣球花儿，落在长江里，要团圆不得团圆，在浪儿里颠，哎哟！折散了并头莲。

小金刀

小小金刀，带在奴的腰里，又削甘蔗，又削梨，又削南荸荠，哎哟！又削南荸荠。削一段甘蔗，递在郎的手，削一个荸荠，送在郎的口里，甜如蜂蜜，哎哟！甜如蜂蜜。郎问姐儿：因何不把秋梨哟？你我的相与，忌一个字，梨子儿不要提，哎哟！怕的是分离。

扑蝴蝶

姐儿房中自徘徊，一对蝴蝶儿，过粉墙飞将过来，哎哟！姐儿一见，心中欢喜，用手拿着纨扇将他扑。绕花阶，穿花径，扑下去，飞起来。眼望着蝴蝶儿飞去了，只是个发呆。我可是为甚么发呆？

起字呀呀哟
雨过天凉

雨过天凉，凉夜难当，当不住月儿穿帘照画堂，堂上缺少个画眉郎。〔诗篇〕廊设古画，画在堂，堂前桂花阵阵香，香烟喷出樱桃口，口外的宾鸿叫的悲伤。伤心懒观西斜月，月照纱窗恨更长，长长愁闷精神少，少一个知心的人儿可意的郎。〔尾〕郎不归，精神少，少不得怀抱着琵琶低低声儿唱，唱的是红颜薄命受凄凉。

正盼佳期　劈破玉

正盼佳期，猫儿洗脸，又搭上那喜鹊乱叫，忽听的门儿外梆梆的不住的连敲。慌的我翻身滚落下牙床，走着我好不心焦。吱喽喽将门开放，却原来是猫咬尿胞，只当是冤家，不承望是稍书人到。那人儿控背躬身，尊一声夫嫂，不是你的冤家，是替你冤家把书信儿稍。羞的我面红过耳，接过书来瞧瞧，上写着情郎顿首，拜上那年少的多娇。有心和你相逢，阻隔路远山遥，带来的乌绫手帕、还有汗巾两条，珐琅戒指八个，下缀着红绒丝绦，木梳桃子一套，还有烟袋荷包，虽然是礼物不堪，冤家，你暂且收了。要问我多早归期，八月中秋到了。看罢了一回，我心中好焦，有心将书扯碎，又恐怕来人去说。打发来人去后，我可鸥鸥的撕成纸条，用手团个了蛋儿，放在口里嚼了又嚼。既有那真心想我,挪点工夫你来瞧瞧。既无真心想我,稍书不如不稍。三番两次带信,你可活活的做弄死我了。何必你之乎者也这般劳神,再思你再想。纵有那百封情书,不如你亲自儿来倒好。

《起字呀呀哟》有"尾",乃是套曲。《正盼佳期》下注《劈破玉》,大约是用这调子来唱的。

八 角 鼓

怕的是

怕的是梧桐叶降,怕的是秋景儿凄凉,怕的是黄花满地桂花香,怕的是碧天云外雁成行,怕的是檐前铁马叮当响,怕的是凄凉人对秋残景,怕的是凤枕莺孤月照满廊。

夏景天

夏景儿天,开放了红莲,池塘里秀水当啷啷的翻,佳人害热进花园。〔四大景〕手拿一把垂金扇,前行来在河岸边,两河岸边柳千条垂金线,清水儿照定奴家芙蓉面。出了水的荷花,颜色更鲜。蝴蝶儿恋花心,飞来飞去飞的慢,飞来飞去飞的慢。〔尾〕采花心,悠悠荡荡团花转,一阵阵兰麝喷香,扑着芙蓉面,奴这里慢闪罗裙,款金莲,才待要扑蝴蝶,身背后转过一个小丫鬟,拍手打掌便开言。他说道:姑娘呀,回去吧,姑爷还。

应节写景的东西,写得像《夏景天》那末样的是很少,末了一结,尤足振起全篇的精神,使之成为一首不同凡品的东西。

南　词
私订又折

和风阵阵蝶花飞,最苦私情要别离。才子佳人纷纷泪,姐姐啊,我与你再要相逢无会期。恨只恨月下老人真无礼,怨只怨三生石上少名题,恼只恼你家爹娘无分晓,悲只悲你的终身另改移。数载恩情成画饼,今生休想效于飞。我后来若有功名分,我把这饶舌的媒人活剥皮,姑娘听,泪悲啼。冤家呀!奴自怨红颜命运低,前番约你身早到,那知你为着功名误日期。到如今爹娘作主难更改,恩爱私情要两处离。今宵还在阳台会,只怕明日分开各惨凄,蒙君赠奴一对金事记,奴是表记留情一件贴肉衣,今晚与你来分别,以后是好比巫山云雨各东西。倘若奴家身出阁,劝君不必苦悲啼。倘把身躯来愁坏,却不道心病还须心药医。你回家勤把书来读,自然金榜有名题,常言道书中有女颜如玉。这些粉面裙钗稀甚奇。奴奴积的银三百,赠你回家娶一位绝色妻,比着奴奴还好些。冤家呀!恩情一样的。

其二

折看多娇一幅笺,顿然吓的胆魂偏,慌忙略把衣冠整,举步斜行到后园。见牡丹亭上婵娟坐,看他是未诉衷肠先泪涟。佳人一见书生到,椅内抬身忙把衣袂牵。小妹是未接君家怨我罪,请君到此有心事言。贤妹吓,昔蒙几度恩情重,你我是立誓如山订在前。曾说道:你不嫁来我不娶,天长地久永缠绵。为何平地风波起,你家令尊翁将你出帖配高贤?呀,我也理会得了。想必你我今生缘分浅,姻缘簿上少名添,我一见你来书,忙到此有几句肺腑之言要记心间。你临期出嫁到夫家去,孝敬翁姑要当先。客往亲来须和睦,三从四德要完全。姑嫂相看如姐妹,待这些仆妇丫鬟量要宽。你不要自道娘娘身体重,使这些下人背地要憎嫌。

只望你夫唱妇随朝共暮，不要将我苦命的寒儒心挂牵。多娇听，泪珠连，倒在郎怀难语言。非是奴弃旧恋新将你撇，只因父命三从苦万千。我是左思右想无良策，只得修书约你到后园间。我今无物来相赠，绣囊一只表心田。这香囊是奴亲手作，留在闺中有半年。请君常带胸前挂，见囊如见我容颜。赤金镯一对来相赠，还有黄金数两，宽湖珠几粒，休嫌细，却是奴家亲手穿。还有得意紫金钗一只，哥哥拿去放身边。不忘旧日相恋意，好友跟前不可言。望你用心勤把书来读，自然有日登云步九天。书中自有颜如玉，娶一个美貌千金德性贤。望你花烛洞房鱼水合，早生贵子接香烟。到后来你我生男女，还可央媒求帖把姻联。我与你私情不断长来往，以后相思断复连，苦后又生甜。

第四卷所收的全是《南词》，凡收散曲（《南词》）二十一首，《玉蜻蜓》九节。连那末浩瀚的弹词也被收入，可见其包罗之广了。

五

把民歌作为自己新型的创作的，像元代诸家，像明代的金銮、刘效祖、赵南星、冯梦龙诸家的，在清代还不曾有过什么人。他们只知道把宋词元曲，只知道把唐诗宋文，乃至把魏汉六朝辞赋作为模拟的目标；诸散曲作家，也只知道追拟于元明二代的南北曲之后，而绝少注意于在民歌里找新的刺激的。有之，不过招子庸、戴全德寥寥三数人而已。清末有黄遵宪的，他也曾拟作或改作了若干篇的流行于梅县的情歌，得到了很大的成功；其内容却全是运之以五言诗的。

其最早的大胆的从事于把民歌输入文坛的工作者，在嘉庆间只有戴全德，在道光间仅有招子庸而已。

戴全德为沈阳人，旗籍，曾任九江榷运使，著有《浔阳诗稿》。他自己说："余以习国书，入直内廷。于汉文初未究析。已而恭承帝简，巡醒视榷，历仕于外，凡案牍皆汉文。因而留心讲习。乘二十年，稍得贯串。"只有他本来不通汉文的旗人，才有勇气，在古典主义全盛的时代，第一个人脱出了这个古典的陷阱，到民间来找新的材料。我在他的《浔阳诗稿》里，见到了整整两本的"西调小曲"。最可注意的，他的一部分西调小曲，竟是满、汉文合璧的，凡摇曳作姿的地方都用满文。今仅能引录无满文的数首于下：

〔马头调〕正大光明宇宙间，人人皆被利名缠。读书的雪窗萤火望高中，庄稼汉愁水愁旱盼丰年，手艺之人要得大工价，作客商想赚加倍重利钱。〔弋腔戏〕有些个守本分甘贫穷，能行那孝弟忠，信礼义廉耻令人爱，有些个作高官拥富贵，不忠不孝。不仁不义讨人嫌。自古道：积善之家多余庆，行恶之人有余殃。只见那天鉴煌煌，善恶昭彰。〔马头调尾〕须知道天地无私终有报，休疑虑，劝君试看天何言。

〔马头调〕世上愚人贪心重，为名为利苦经营。却不道寿夭穷通皆有分，得失难量，圣人去：来之不善，去之亦易，货悖而入，亦悖而出总不如。〔叠断桥〕乐天知命，守分安常，荣华花上露，富贵草头霜，大数到，难消禳。自古英雄轮流丧，看破世事皆如此。〔马头调尾〕名利何必挂心肠！

〔平调〕春夏秋冬四季天，有人劳苦有人闲。不论好和歹，都要过一年。〔花柳调〕春日暖，有钱的桃红柳绿常游戏，无钱的他那里天明就起来忙忙去种地。夏日炎，殷实人赏玩荷池消长画，受苦人双眉皱挑担沿街串，推车走不休。秋日爽，有力的发楼饮酒赏明月，无力的苦巴竭，庄家收割忙，混过中秋节。冬日冷，富贵人红炉暖阁销金帐，贫穷人在陋巷衣单食又缺，苦的不成样。〔清江引〕一年到头十二个月，四时共八节，苦乐不均匀，公道是谁说！世上人惟白发高低一样也。

〔泛调〕大江东去永不停，庐山正对浔阳城。陶渊明不作官，愿把那菊花种，白居易送客，留下了《琵琶行》。〔弋腔戏〕有一个名英布，据浔阳称王霸业，有一个晋庾亮，鄱阳湖训练操兵。宋时节岳王武穆忠良将，威名大雄镇九江。更有那明太祖督兵鏖战陈友谅，临阵柂壤，多亏元将军。你看那鄱阳浔阳，古时战场。〔泛调尾〕手擎着笔管仔细追想，长江有，庐山在，人似后浪催前浪，长江有，庐山在，人似后浪催前浪。

〔马头调〕常言幕友架子大，毫无区别不成话。紫檀木书架虽小，人贵重，杨柳木架子极大，谁爱他，〔花柳调〕紫檀架内装着五经四书，心贯串，变化高，文章能治国，韬略平天下。杨木架内装着美酒肥肉，吃下肚，变化出清者即是屁，浊者臭巴巴。〔马头调尾〕请幕友不论架子大与小，只要他行为体面居心正，将公事办的妥当，写的又好，才称得钱不虚花头不大。

《粤讴》为招子庸所作；只有一卷，而好语如珠，即不懂粤语者读之，也为之神移。拟《粤讴》而作的诗篇，在广东各日报上竟时时有之。几乎没有一个广东人不会哼几句粤讴的，其势力是那末的大！

解 心 事

心各有事，总要解脱为先。心事唔（"唔"方言"不"也）安，解得就了然。苦海茫茫，多半是命蹇。但向苦中寻乐，便是神仙。若系愁苦到不堪真系恶算，总好过官门地狱更重哀怜。退一步海阔天空，就唔使自怨。心能自解真正系乐境无边。若系解到唔解得通，就讲过阴骘个便。唉，凡事检点，积善心唔险。你睇远报在来生，近报在目前。

吊秋喜

听见你话死，实在见思疑。何苦轻生得咁痴！你系为人客死心唔怪得你。死因钱债叫我怎不伤悲！你平日当我系知心亦该同我讲句。做乜（'乜'方言甚摩也）。交情三两个月都有句言词，往日个种恩情丢了落水。纵有金银烧尽带不到阴司。可惜飘泊在青楼孤负你一世，种花场上有（'冇'音世，方言无也）日开眉。你名叫秋喜，只望等到秋来还有喜意。做乜才过冬至后就被雪霜欺？今日无力春风唔共你争得啖气，落花无主敢就葬在春泥？此后情思有梦你便频须寄，或者尽我呢点穷心慰吓故知。泉路茫茫你双脚又咁细，黄泉无客店问你向乜谁栖？青山白骨唔知凭谁祭。衰杨残月空听个只杜鹃啼。未必有个知心来共你掷纸，清明空恨个页纸钱飞。罢略不着当作你系义妻来送你入寺，等你孤魂无主仗吓佛力扶持。你便哀恳个位慈云施吓佛偈，等你转过来生誓不做客妻。若系冤债未偿再罚你落花粉地，你便拣过一个多情早早见机。我若共你未断情缘重有相会日子，须紧记：念吓前恩义。讲到销魂两个字共你死过都唔迟！

以上两篇是最盛传的。但《解心事》还不过一种格言诗。《吊秋喜》却是一篇凄楚的抒情的东西了。据说秋喜实有其人，是一个妓女，子庸曾眷恋之。像《吊秋喜》这样温厚多情的情诗，在从前很少见到。

子庸字铭山，南海人。嘉庆举人，知潍县，有政声。后来坐事去官。

他对于绘事很有心得，画蟹尤有名于时，画兰行也为时人所重。但今所见者多系冒他的名的假作。

篆江居士题《粤讴》云："莫上销魂旧板桥，桥头秋柳半飘萧。无人解唱烟花地，苦海茫茫日夜潮"。荷村渔隐题云："应是前身杜牧之，惯将新恨写新词。十年不作扬州梦，容易秋霜点鬓丝"。这都可见《粤讴》是为妓女而作的；故在乐院间传唱最盛。石道人的序道：

> 居士曰：三星在天，万籁如水。华妆已解，芗泽微闻。抚冉冉之流年，惜厌厌之长夜。事往追惜，情来感今。乃复舒复南音，写伊孤绪，引吭按节，欲往仍回，幽咽含怨，将断复续。时则海月欲堕，江云不流。辄唤奈何，谁能遣此！余曰：南讴感人，声则然矣。词可得而征乎？居士乃出所录，漫声长哦。其音悲以柔，其词婉而挚。此繁钦所谓凄入肝脾，哀感顽艳者。不待河满一声，固已青衫尽湿矣。

这些话把《粤讴》的感人的力量已说得很明白了。

此外，拟作民歌、辑集民歌的，还有李调元（《粤风》）黄遵宪（《山歌》）诸人。李调元的《粤风》，恐怕润改的地方不会很少。黄遵宪的《山歌》，虽也说是从口头笔记下来的，（他自己说："土俗好为歌，男女赠答，颇有《子夜》、《读曲》遗意。采其能笔于书者，得数首。"）但作者必定不会没有所润色的。

> 人人要结后生缘，侬只今生结目前。一十二时不离别，郎行郎坐总随肩。
>
> 一家女儿做新郎，十家女儿看镜光。街头铜鼓声声打，打着中心只说郎。

> 第一香橼第二莲，第三槟榔个个圆。第四夫容五枣子，送郎都要得郎怜。

这些山歌确是像夏晨荷叶上的露珠似的晶莹可爱。

遵宪自己说道："仆今创为此体，他日当约陈雁皋、钟子华、陈再芗、温慕柳、梁诗五分司辑录。我晓岑最工此体，当奉为总裁，汇录成编，当远在《粤讴》上也。"但遵宪的大规模辑录山歌之举，终于未成。而隔了数十年后，梅岭情歌搜集者却大有其人，像李金发，便是很有成就的一个。

六

"道情"之唱，由来甚久。元曲有仙佛科；元人散曲里复多闲适乐道语。道家的词集在《道藏》里者不少。曲集亦有《自然集》等。到清代，"仅存时俗所唱之《耍孩儿》、《清江引》数曲"。(《泗溪道情自序》)而郑燮、徐大椿、金农诸家却起而复活了这个体裁。或创新曲，或循旧调。金农所作，已离开"道情"本旨很远。郑燮最得其意。徐大椿所作，以教训为主，也还近之。今仅引述郑、徐二家之作。郑燮道情，传唱最广。乾隆中，厉鹗附刻之于乔、张小令之后。

> 老渔翁，一钓竿，靠山崖，傍水湾，扁舟来往无牵绊。沙鸥点点轻波远，荻港萧萧白昼寒，高歌一曲斜阳晚。一霎时波摇金影，蓦抬头月上东山。
>
> 老樵夫，自砍柴，捆青松，夹绿槐，茫茫野草秋山外。丰碑是处成荒冢，华表千寻卧碧苔，坟前石马磨刀壤。倒不如闲钱沽酒，醉醺醺山径归来。
>
> 老头陀，古庙中，自烧香，自打钟，兔葵燕麦闲斋供。山门

破落无关锁,斜日苍黄有乱松,秋星闪烁颓垣缝。黑漆漆蒲团打坐,夜烧茶炉火通红。

水田衣,老道人,背葫芦,戴袱巾,棕鞋布袜相厮称。修琴卖药般般会,捉鬼拿妖件件能,白云红叶归山径。闻说道悬岩、结屋,却教人何处相寻?

老书生,白屋中,说唐虞,道古风,许多后辈高科中。门前仆从雄如虎,陌上旌旗去似龙,一朝势落成春梦。倒不如蓬门僻庵,教几个小小蒙童。

尽风流,小乞儿,数莲花,唱竹枝,千门打鼓沿街市。桥边日出犹酣睡,山外斜阳已早归,残杯冷炙饶滋味。醉倒在回廊古庙,一凭他雨打风吹。

掩柴扉,怕出头,剪面风,菊径秋,看看又是重阳后。几行衰草迷山郭,一片残阳下酒楼,栖鸦点上萧萧柳。撮几句盲辞瞎话,交还他钱板歌喉。

邈唐虞,远夏殷,卷宗周、入暴秦,争雄七国相兼并。文章两汉空陈迹,金粉南朝总废尘,李唐赵宋慌忙尽。最可叹龙盘虎踞,尽销磨燕子春灯。

吊龙逢,哭比干,羡庄周,拜老聃,未央宫里王孙惨。南来薏苡徒兴谤,七尺珊瑚只自残,孔明枉作那英雄汉。早知道茅庐高卧,省多少六出祁山!

拨琵琶,续续弹,唤庸愚,警懦顽,四条弦上多哀怨。黄沙白草无人迹,古戍寒云乱鸟还,虞罗惯打孤飞雁。收拾起渔樵事业,任从他风雪关山。

风流家世元和老,旧曲翻新调。扯碎状元袍,脱却乌纱帽。俺唱这道情儿归山去了。

把世情看得凉淡无聊之至，而以个人的享乐为主，所谓安贫乐道、无荣无辱，便是其宗旨。这样的人生观，在贵族文学和平民文学里都同样的占着势力。

徐大椿字灵胎，吴江人，作有《泗溪道情》和《乐府传声》。他是一位音乐家，自己会作曲。所以他愤于时俗所唱之道情"卑靡庸浊，全无超世出尘之响"。便"即今所存《耍孩儿》诸曲，究其端貌，推其本初，沿其流派，似北曲仙吕入双调之遗响。乃推广其音，令开合驰张，显微曲折，无所不畅。声境一开，愈转而愈不穷，实有移情易性之妙"（自序）。但其谱今已不传。他的《道情》，题材甚广，但多半还以教训为主。兹录其数曲于下：

读书乐

要为人，须读书。诸般乐，总不如。识得圣贤的道理，晓得做人的规矩。看千古兴亡成败，尽如目见耳闻；考九州城郭山川，不必离家出户。兵农医卜，方书杂录，载得分明；奇事闲情，小说稗官，讲的有趣。读得来满腹文章，一身才具。收了心省得些妄念淫思，束了身断绝那胡行邪路。这是读书的乐。更说那不读书的苦：记姓名，写不出赵李张王，登帐目缠不清一三四五。听见人说故事，颠颠倒倒，记了回来；听见人论文章，急急忙忙，跑将开去。更有那有钱的闲不过，只得非嫖即赌。到后来败了家私，遭了刑戮，我见他不但心情惨戚，又弄得体面全无。

时文欢

读书中，最不齐，烂时文，烂似泥，本来原为求贤计，谁知变了欺人技。看了半部讲章，记了三十拟题，状元塞在荷包里。等到那岁考日,乡试期,房行墨卷,汪汪念到三更际。也不晓得《三通四史》是何等的文章,也不晓得汉祖唐宗是那样的皇帝。读得来口角离奇,眼目眯萎,脚底下不晓得高低。大门外辨不出东西。更有两个肩头,一耸一低,直头吃了几服迷魂剂。又不能稳中高魁,只落得昏沉一世。就是做得官时,把甚么施经济!得趣的是衙役长随,只有百姓门精遭晦气。劝世人何不读几部有用经书。倘遇合有期,正好替朝廷出力。若遭逢不偶,也还为学校增辉。

泛 舟 乐

驾扁舟,水上飞,活神仙,不让伊。东西来往无拘系,琴书宝玩凭缘寄,衣裘饮馔诸般备。到春来绿柳环堤,红桃映水,锦帐千层逐处迷。到夏来萍花随橹,荷香扑鼻,满天凉雨挂虹霓。到秋来菰蒲藏雁,芦花映月,远浦渔歌绕钓矶。到冬来千山雰雪,披裘小酌,玉树琼林两岸垂。楼台城郭朝朝异,名山巨壑随时憩。更希奇,百里家乡,一望云迷。只半夜轻风,两幅征帆,一枕黄粱未已,朦胧地听说道:老子归来,似稚儿口气。推蓬看,已到我草堂西。

游 山 乐

到山中,便是仙。万树松风,百道飞泉。更有那野鸟呼人,引我到僧房竹院。异草幽花香入骨,奇峰怪石峭嶙天。一步一回头,景象时时变。越走得路崎岖,越骗得精神健。到了那山穷水转,又是个别有洞天。清风吹我尘心断,不知今夕是何年。遥望着牧竖樵夫,洗足清泉。与他言,竟不晓得唐宋明元。直说到日落虞渊，借宿在草阁茅轩。雨前茶浇一碗青晶饭。抬头看，只见藤萝月却挂在万峰尖。

吊何小山先生

萧瑟秋风，木落寒江，典型云谢，非为私伤。想先生博雅胸肠，炯炯目光，把亡经僻史，疑文奇字，考究精详。不论夏鼎商彝，唐碑宋画，真与赝，难逃鉴赏。普天下文人，那一个不问小山无恙。到今朝耆旧云亡，空了襄阳，许大一座苏州，又少个人相撑仗。想生前也有怕他说短论长，也有怪他骂李呵张。从今后，倘有那年少猖狂，铜臭鸱张，有谁人再管这精闲帐？今日里，鸦叫枯杨，月照空梁，只有半部校残书，摊在尘筵下。如此凄凉，任你旷达襟怀，也不禁泪洒千行！况我半世相随，一朝永诀，落落狂生，向谁人更觅知音赏？思量只得谱一首商调道情词，代做招魂榜。望先生来格来临！呜呼尚飨！

题山庄耕读图

祖父儿孙，聚首一堂，免不得做一首道情词，教尔曹都来听讲。我是个朴鲁寒儒，有甚么相依傍。除非是奋志勤修，方能像个人儿样。因此口不厌粗粝糟糠，身不耻敝垢衣裳。打起精神，广求博访。有时郭诗说礼，有时寻著采药，有时征官考律，有时舞剑轮枪。终日遑遑，总没有一时闲荡。严冬雪夜，拥被驼绵，直读到鸡声三唱。到夏月蚊多，还要隔帐停灯映末光。只今日，目暗神衰，还不肯把笔儿轻放。难道我对尔曹说谎。今日里置个山庄，造座书堂，雇几个赤脚长须，种植些米麦高粱。你若是吃饱饭，东游西荡，定做些败坏身家的勾当。所其无逸，稼穑艰难，这两句载在《尚书》上，怎么不思量？断不可矜才炫智，也不望身显名扬。只要你谦恭忠厚人皆敬，节俭辛勤家自昌。才守得这几亩稻田，数间茅舍，年年岁岁，徐姓完粮。

道情的作用，至灵胎而大广。但究竟还以劝世为主。经了乾隆"十全老人"的时代，清室渐渐的衰弱下去了，变乱不断的来。鸦片战争之后，不久便来了太平天国之乱。同时，便有了英法联军陷北京的事。自此以后，海禁大开，中国的古老的社会的基础根本的发生了动摇。像道情的那样情调的东西便永远不再会有人去写作了。崭新的描写变动的大时代的东西，不久便起来。不仅旧的正统文学被抛弃，即旧的所谓通俗文学也渐渐的显得不合时宜了。故五四运动，不仅结束了正统文学的历史，同时也结束了通俗文学的历史。而要把它们重新的估定价值。

参考书目

一、刘复、李家瑞编：《中国俗曲总目稿》，中央研究院出版。

二、李调元编：《粤风》，有《函海》本。

三、《时尚南北小调万花小曲》，有乾隆间刊本。

四、王廷绍编：《霓裳续谱》，有原刊本，有《国学珍本文库》本。

五、华广生编：《白雪遗音》，有道光间原刊本（西谛藏）。

六、郑振铎编：《白雪遗音选》，开明书店出版。

七、汪静之编：《白雪遗音续选》，北新书局出版。

八、戴全德：《浮阳诗稿》，有嘉庆原刊本。

九、招子庸：《粤讴》，有道光原刊本。

十、黄遵宪：《人境庐诗草》，有近刊本数种。

十一、郑燮：《郑板桥集》，坊刊本甚多。

十二、徐大椿：《泗溪道情》，有原刊本，有《散曲丛刊》本。